mainbook main crime

Das Buch

Bali – die Insel der Götter. Kommissar Rauscher aus Frankfurt macht Urlaub im Grand Hotel Bali Beach und lernt den deutschen Lebemann Horst Maurer an der Bar kennen. Am nächsten Morgen ist Maurer tot, erstochen mit dem Dolch Kris – der heiligen Waffe der Balinesen. Rauscher steht unter Mordverdacht, aber es gelingt ihm, Padang, den Chef der balinesischen Polizei im Touristenort Sanur, von seiner Unschuld zu überzeugen und fortan mit ihm gemeinsam den Mörder zu suchen.
Als weitere mysteriöse Morde nach dem gleichen Muster geschehen, kommt Rauscher ganz schön ins Schwitzen. Er steht vor einem Rätsel. Handelt es sich um Ritualmorde? Oder was steckt dahinter? Im Laufe der Ermittlung taucht Rauscher ein in die geheimnisvolle Inselwelt und lernt deren Bewohner und Mythen kennen. Nach und nach zerbricht die Idylle des Inselparadieses und Rauscher gerät immer tiefer in den Strudel von Religion und Aberglauben, Tradition und Moderne, Prostitution und skrupellosen Geschäftemachern. Bald schon offenbaren sich die dunklen Seiten des vermeintlichen Urlaubsparadieses, und die Suche nach dem Mörder wird zum Albtraum.

Der Autor

Gerd Fischer wurde 1970 in Hanau geboren. Er studierte Germanistik, Politologie und Kunstgeschichte in Frankfurt am Main, wo er seit 1991 lebt. „Mord auf Bali" war 2006 sein literarisches Debüt. Weitere Krimi-Veröffentlichungen: „Lauf in den Tod" 2010; „Der Mann mit den zarten Händen" 2010

Gerd Fischer

# Mord auf Bali

Krimi

maincrime No. 3

Neuauflage 2011

mainbook main crime

*Für außerordentliche Unterstützung danke ich besonders:*

*Ingeborg, meiner Schwester Claudia, Anne, Ute, Elisabeth,*
*Claudia L., Torsten W., Thomas W., Oli Rockstar,*
*Thomas und Uli, Frau Zett, Andrea und Alex, Uwe H., Frank D., meinen Eltern*



Signierte Bücher können ohne zusätzliche Versand- und Portokosten
direkt beim Verlag auf **www.mainbook.de** bestellt werden



Neuauflage.
1. Auflage Anderbeck Verlag 2006

Besuchen Sie uns im Internet:
**www.mainbook.de**

Lektorat: Ingeborg Bellmann
Layout: Anne Fuß
Titelbild (bearbeitet): © yovie – Fotolia.com

ISBN 978-3-9813571-2-7

# Vorrede

## 1.

Als mir der Tod auf Bali begegnete, hatte Bayan Frühdienst. Der Zimmerjunge des Grand Hotel Bali Beach bereitete, wie jeden Morgen, Opfergaben für den höchsten Gott, Sangyang Widi. Zwei Schalen füllte er mit Zitronen-, Mango- und Papayastücken, etwas Reis, Hibiskus- und Lotosblütenblättern und machte sich damit auf den Weg zum kleinen Hoteltempel.

Im zweiten Stock des Vier-Sterne-Hotels, kurz hinter einer Biegung, bemerkte Bayan die offene Tür von Zimmer 233. Er wunderte sich, warum Herr Maurer seine Tür offen gelassen hatte. Das kam sonst nie vor. Er blickte sich irritiert um. Da er niemanden sah, ging er zur Tür. Stille. Ein mulmiges Gefühl überkam ihn.

Es war heiß und schwül schon morgens um halb acht. Die Luft war stickig. Mit leicht vorgebeugtem Oberkörper lugte Bayan ins Zimmer und rief leise: „Mister Maurer?“

Als er keine Antwort bekam, rief er noch einmal, aber etwas lauter: „Mister Maurer?“ Wieder keine Antwort.

Es roch muffig und, wie er später zu Protokoll gab, nach Alkohol. Bayan, ein freundlicher, fröhlicher Mensch und sehr beliebt bei den Gästen, spürte ein Unbehagen, das sich langsam in seinem Magen ausbreitete. Die Stille war ihm unheimlich und passte ganz und gar nicht zur ansonsten heiteren und ausgelassenen Urlaubsstimmung im Hotel.

Bayan richtete den Blick ins Innere des Zimmers. Die Wände waren in dunklem Holz getäfelt. Das Sonnenlicht erhellte den Raum. Er versuchte, sich zu konzentrieren, um mehr zu erkennen. In der Mitte stand ein großes Bett.

„Aaaahhhhhh.“

Ein ohrenbetäubender Schrei kam über Bayans Lippen. Er ließ beide Schalen fallen. Sie krachten zu Boden und der Inhalt verteilte sich im ganzen Raum. Bayan drehte sich ruckartig um und lief so schnell er konnte die Treppe hinunter zur Rezeption, um Hilfe zu holen.

Horst Maurer lag im Hotelbett, nur mit Shorts bekleidet. Auf seinem Gesicht und dem Hals war ein weißes Muster zu erkennen. Es sah aus wie eine leichte Salzkruste. Getrockneter Schweiß. Sein Mund war leicht geöffnet, friedlich geschlossen die Augen. Ein balinesischer Dolch, Kris genannt, steckte tief in seiner Brust. An beiden Seiten der Klinge klebte getrocknetes Blut. Der handgefertigte Dolch war verziert mit bunten Edelsteinen. Er soll – laut Bayan – mit magischen Kräften ausgestattet und der Stolz eines jeden indonesischen Mannes sein.

Die Schwüle war an diesem Morgen kaum mehr auszuhalten.

Gleich würde der große Regen kommen.

Die Menschen im Grand Hotel Bali Beach würden sich daran nicht erfreuen können.

## 2.

„Diese Insel ist eine andere Welt."

Hätte nicht ein alter Freund von mir vor einigen Monaten diesen Satz gesagt, wäre ich wohl nie nach Bali gekommen. Er war gerade von seiner Reise zurückgekehrt und machte mich neugierig mit dem, was er erzählte.

Von Göttern, Geistern, Dämonen und Schattenspielen, von Tempeln, Festen, Aberglauben und Totenverbrennungen. Jedes Wort, jeder Satz klang exotisch. Alles hörte sich fremd an, vieles rätselhaft.

Nichts von dem, was er sagte, hatte mit meinem Leben etwas zu tun. Ich war fasziniert von der Idee, diese andere Welt kennenzulernen.

Ich war nicht lange dort. Vierzehn Tage, um genau zu sein. Aber in dieser Zeit schlitterte ich in turbulente Ereignisse, und die Insel zeigte sich mir von ihrer geheimnisvollsten Seite.

# Erster Urlaubstag

## 1.

Andreas Rauscher betrat den Jumbo von Cathay Pacific, der ihn via Hongkong nach Bali fliegen sollte, atmete erleichtert auf und tippte noch schnell eine SMS an Lena, seine Geliebte:

„Hallo Liebesengel. Bin jetzt in der Maschine auf dem Weg ins Paradies und freue mich auf Meer, Strand und Palmen. Vermisse dich schon jetzt. Tausend Küsse."

Er schaltete das Handy aus, und seine gute Laune war kaum zu überbieten. Es war nicht nur Reiselust, die den Kommissar aus Frankfurt nach Bali trieb, es war vor allem sein katastrophaler körperlicher und geistiger Zustand. Er war ausgelaugt und hatte Urlaub dringend nötig. Sein Chef hatte in Anbetracht seiner Verfassung den Urlaubsantrag ohne Murren und Maulen genehmigt und unterschrieben. Da war Rauscher sofort Bali eingefallen. Bali – allein schon dieser Name reizte ihn. Und nun bot sich ihm die Gelegenheit. Rauscher, 1,80 m groß, mit kräftigen Gesichtszügen, schwarzem Haar und Dreitagebart, verstaute sein Handgepäck und machte es sich direkt am Gang auf Platz C38 bequem. Am Gang saß er gerne. Er konnte aufstehen wann er wollte, ohne erst umständlich jemanden bitten zu müssen. Nach dem Anschnallen erhaschte er, vorbei an seinem korpulenten Nachbarn, einen letzten Blick aus dem Fenster auf den Frankfurter Flughafen, dann setzte sich die Maschine in Bewegung.

Endlich geht's los, dachte er. Kurze Zeit später befand sich der Flieger in 11.000 Metern Höhe.

Monate voll anstrengender Ermittlungsarbeit lagen hinter ihm: die Aufklärung eines Serienmordes, Ärger mit den Kollegen und feingesponnene

Intrigen. Neben dem beruflichen Stress lief auch sein Privatleben nicht wunschgemäß. Seine Seele war angeknackst und er brauchte etwas Abstand von Lena. Seit Jahren genoss er jede einzelne Sekunde mit ihr, doch in letzter Zeit nagte wieder der Zweifel an ihm, ob sie jemals ihren Mann verlassen würde? Lena war noch verheiratet. Noch? Redete er sich bloß ein, dass sie ihren Mann für ihn verlassen würde? Zurzeit jedenfalls konnte oder wollte sie sich nicht entscheiden, obwohl Rauscher sie seit drei Jahren bedrängte, ihn zu heiraten. Aber an eine Scheidung war im Moment nicht zu denken, aus Rücksicht auf ihren Sohn Julian, wie sie sagte.

Immer wenn Rauscher darüber nachdachte, fragte er sich automatisch, wie lange er diesen Spagat wohl noch ertragen würde. Verbrechen, Hektik, Kommissariat auf der einen Seite, Zweisamkeit, Einsamkeit und Tristesse in seiner Bockenheimer Altbauwohnung auf der anderen. Zum Glück gab es noch andere Seiten.

In ein paar Stunden würde er am azurblauen Meer liegen, unter Palmen einen Cocktail nach dem anderen trinken und sich maximal entspannen. Rauscher konnte es kaum erwarten. Nichtstun. Faulenzen. Erholen. Das war seine Devise für diesen Urlaub. Die Frau im Reisbüro hatte ihm von den freundlichen und angenehmen Menschen, von den Reisfeldern und den Stränden auf Bali vorgeschwärmt. Aber er wollte sich selbst ein Bild machen. Er war gespannt und freute sich auf zwei kostbare Wochen.

Damit er nicht ganz verloren dastand, holte er den Bali-Reiseführer hervor, den er extra besorgt hatte, und las einige Passagen. Immer wieder stieß er auf fremd anmutende Sätze: „Nach hinduistischem Glauben ist der Körper eines Menschen lediglich Hülle, Hülle der Seele. Wenn jemand stirbt, wird die Seele freigelassen, der Körper löst sich auf und tritt in die Welt der Götter ein“.

Rauscher versuchte sich den Satz einzuprägen. Eine blonde Frau mittleren Alters lief im Gang vorbei und sprach ihn an:

„Sie wollen auch nach Bali?“

„Ja, soll sehr schön sein.“

„Traumhaft, sag ich Ihnen. Ich war schon fünf Mal da."

„Ich bin gespannt."

„Vielleicht laufen wir uns ja mal über den Weg. Bis bald." Sie nickte und ging weiter. Dann las er wieder im Reiseführer und stieß auf einen Satz, den er amüsant fand:

„‚Kleinen Tod' nennen die Balinesen den Übergang von einem zum nächsten Lebensabschnitt. ‚Kleine Wiedergeburt' heißt der Beginn des neuen Lebens".

Er glaubte, sich an ähnliche Sätze erinnern zu können, früher, als sie im Religionsunterricht das Thema Hinduismus durchgenommen hatten.

Dann stieß er wieder auf einen Satz, der seine Aufmerksamkeit weckte: „Das Denken der Balinesen wird geprägt von Samsara, dem unaufhörlichen Kreislauf von Geburt, Tod und Wiedergeburt der Seele. Zu Lebzeiten sind die Balinesen fröhlich und unbeschwert, denn sie erwarten eine noch glücklichere Zeit nach dem Tode – im Jenseits. Das oberste Ziel eines jeden Hindu ist es, ins Nirwana einzugehen und nicht mehr wiedergeboren werden zu müssen."

Er hatte für den Moment genug von Tod, Wiedergeburt und Göttern, legte den Reiseführer beiseite und die Müdigkeit übermannte ihn. Von den anschließenden zehn Stunden bis Hongkong bekam er so gut wie nichts mit.

Sowohl Abendessen als auch Frühstück verpasste er. Sein Schlaf war tief und durchdrungen von wirren Träumen aus der jüngeren Vergangenheit: Bilder einer nackten Frauenleiche im Bahnhofsviertel, der ein ganzer Arm abgerissen war; eine wilde Jagd im Polizeiwagen nach einem Profikiller quer durch Frankfurt, die unsanft an einem Laternenpfahl endete.

Als die Maschine im Landeanflug auf Hongkong war, kam er wieder zu sich, reckte und streckte sich und spürte, dass er Hunger hatte. Er rieb sich die Augen, strich die zerstruppelten schwarzen Haare glatt, schüttelte den Kopf und sagte zu sich selbst:

„Andreas, Andreas, das geht so nicht weiter. Du musst unbedingt abschalten."

Die lächelnde, asiatische Stewardess brachte ihm schnell noch ein Bier. Ihr federnder und schwereloser Gang erinnerte ihn an eine Elfe. Nur blond war sie nicht. Kurze Zeit später landeten sie.

Den zweistündigen Aufenthalt nutzte er, um im Hongkong Airport eine Nudelsuppe zu essen und noch ein Bier zu trinken. Er dachte dabei an die adrette Stewardess und überlegte, ob die übertriebene Freundlichkeit, mit der sie den Fluggästen begegnete, nur gespielt war oder ob die Asiatinnen wirklich dem gängigen Klischee entsprachen.

Dann schrieb er wieder eine SMS an Lena: „Hallo Liebesgöttin. Bin in Hongkong und denke an dich."

Fünfzehn Minuten später saß er in der Maschine nach Denpasar, der Hauptstadt Balis. Eine Inderin mit sehr zarten und eleganten Gesichtszügen stellte sich per Mikrofon den Passagieren als First Officer der Flugbegleiter vor und erteilte Instruktionen bezüglich der Sicherheit an Bord. Er war gebannt von der Schönheit dieser Frau.

Doch jäh wurde er aus seinen Gedanken gerissen. Sein Nachbar, ein etwa fünfzigjähriger Asiate, hatte Rauschers Becher umgestoßen, und das Bier lief an beiden Seiten seines Tisches herunter.

„Prost Mahlzeit", sagte Rauscher, zog seine Beine ein, damit sie nicht nass wurden und kümmerte sich nicht weiter darum. Der Nachbar entschuldigte sich unaufhörlich, aber Rauscher beachtete ihn nicht. Er wollte sich seine Urlaubsstimmung nicht verderben lassen. Dafür war seine Vorfreude zu groß.

Weil er schon wieder Hunger verspürte, achtete er darauf, nicht einzuschlafen. Nach gut einer Stunde kam das Essen, Reis mit Huhn in Currysauce. Das Pappbrötchen rührte er nicht an. Aber der Nachtisch schmeckte ihm. Eine luftige Creme mit Früchten. Diesmal verging der Flug im Nu und ohne weitere Zwischenfälle landeten sie in Denpasar.

Als Rauscher das Flugzeug verließ, schlug ihm die feuchte Hitze brachial entgegen. Kaum zwei Minuten im Terminal, um die Einreiseformalitäten zu erledigen, hatte er seinen ersten Schweißausbruch. Dicke Schweißperlen standen auf seiner Stirn, die er mit dem rechten Handrücken abwischte. Der balinesische Beamte lächelte ihn an, als er Rauscher den Reisepass zurück gab, und sagte: „Willkommen auf Bali."

Rauscher wunderte sich, dass der Beamte Deutsch sprach und antwortete freundlich: „Danke sehr."

Es war nicht viel los im Flughafengebäude. Kaum neue Gäste waren angekommen. Rauscher fragte sich, ob das noch die Nachwehen des islamistischen Bombenanschlags von Kuta im Sari Club waren. Der Anschlag hatte für weltweites Aufsehen gesorgt und ging durch alle Medien.

Am Gepäckband nahm er seinen Koffer und verließ das Flughafengebäude.

Draußen blickte er sich genüsslich um. Sonnenstrahlen blinkten vom blauen Himmel; große Palmen säumten die staubige Straße; überall wuchsen grüne Pflanzen und buntschillernde Blumen. Zum ersten Mal in Asien und gleich im Paradies, dachte er.

Die erlesene Höflichkeit der Balinesen machte sich schon am Flughafen bemerkbar. Sein Reiseleiter begrüßte ihn überschwänglich. Er trug einen rot-blauen Rock. Einen Sarong, wie er sich später sagen ließ. Sie verluden schnell das Gepäck, er stieg ein und schon fuhr der Fahrer mit einem alten japanischen Kleinbus los zum Hotel.

Es war inzwischen später Nachmittag. Das turbulente Bali schwappte ihm hier im Süden ungebremst entgegen. Viel Verkehr und Abgase umnebelten seine Sinne, und er wünschte sich nach dieser anstrengenden, langen Reise nichts sehnlicher, als schnellstens ins Hotel und endlich zur Ruhe zu kommen.

Im Bus schrieb er noch eine SMS: „Hallo Liebes. Bin angekommen und schwitze. Bali ist noch schöner, als ich es mir vorgestellt habe. Ganz liebe Leute, fast aufdringlich. Die lächeln ständig."

Im Vorbeifahren schaute sich Rauscher die Gegend an. Der Reiseleiter hatte ihm ein monumentales Denkmal unmittelbar am Flughafen gezeigt, „Die Statue des Ghatothkach". Sie stellte eine Szene aus dem Mahabharata, dem großen Epos des Hinduismus dar.

Rechts von der Straße standen einige Mangrovenbäume in sumpfiger Erde. Rauscher sah ein paar kleine Tempel, und der Reiseleiter machte ihm Vorschläge, was er die nächsten Tage unternehmen könnte:

„Wenn Sie haben Lust, Sie können morgen den ‚Barong'-Tanz sehen. Er ist sehr berühmter religiöser Tanz. Sehr traditionell. Sie sollten sich unbedingt anschauen. Jeden Morgen er wird aufgeführt ab neun Uhr dreißig in Dorf Batubulan für Touristen. Tanz zeigt Kampf Gut gegen Böse. Yin und Yang, Gut und Böse, immer zusammen gehören. Der ‚Barong' sieht aus wie Löwe. Er ist das Gute. ‚Rangda' sieht aus wie Hexe. Sie ist das Böse. Keiner besiegt den anderen. Wir Balinesen sagen: Mensch ist nie nur Gut oder nur Böse. Immer beides sein." Er lächelte Rauscher an und schien zufrieden mit seiner Erklärung. Wenn das unsere Verbrecher in Deutschland hören könnten, dachte Rauscher.

Er freute sich, hier zu sein, ohne einen Gedanken an Gut und Böse verschwenden zu müssen und verspürte eine tiefe Sehnsucht nach friedlichen Tagen. Keine Verbrechen, keine Tatorte, keine Killer, keine Täterprofile. Davon wollte er im Urlaub nichts wissen.

Rauschers Handy zeigte eine SMS an. Es war Lenas Antwort: „Du hast es gut. Wünsche dir viel Spaß. Kann nicht auf jede SMS von dir antworten, du verstehst. Alles Liebe."

„Sie sprechen gut deutsch", sagte Rauscher zu dem Reiseleiter. Der freute sich sehr über dieses Lob und antwortete voller Stolz: „Oh nein, nur ein bisschen gut. Ich muss noch viel lernen. Ich ein Jahr in Deutschland gewesen und jetzt machen Job hier."

Kurze Zeit später hielt der Bus an einer roten Ampel. Ein kleiner balinesischer Junge lief die wartenden Autos ab und bat um etwas Geld. Der Reiseleiter kramte in seiner Hosentasche, ließ das Fenster herunter und gab dem Jungen eine Silbermünze. Als der Reiseleiter Rauschers interessierten Blick sah, erklärte er:

„Junge sammelt Geld, damit er und seine Geschwister gehen können in Schule."

Schließlich fuhren sie am Grand Hotel Bali Beach in Sanur vor. Die Anlage lag vor ihm wie gemalt. Pool, Tennis- und Golfplatz, exotische Pflanzen und Ruhe.

Mehr brauchte er nicht.

Ein Balinese, auf dessen Nase eine Ray Ban-Sonnenbrille prangte, begrüßte ihn liebenswürdig und nahm ihm den Koffer ab. Rauscher hatte sofort das Gefühl, sehr warmherzig aufgenommen zu werden.

Er war glücklich mit der Wahl seiner Unterkunft für die nächsten zwei Wochen.

## 2.

Horst Maurer stolzierte am Meer entlang und schwitzte.

„Diese gnadenlose Hitze“, sprach er leise vor sich hin, „ich werde mich nie daran gewöhnen.“

Maurer war in seinem Leben viel herumgekommen in den Tropen, aber eine Hitze wie hier hatte er selten erlebt. Sie lag wie eine Glocke aus heißer Luft und Feuchtigkeit über der Insel. Niemand konnte ihr entrinnen. Das Atmen wurde unerträglich. Alle warteten auf den Regen, den erlösenden. Er spült den Staub von den Straßen, den Dreck aus der Luft und die bösen Gedanken aus den Köpfen der Menschen.

Maurer ging ein paar Schritte weiter in die brandenden Wellen und musste lächeln. Sein Blick glitt über das sanfte Meer. Draußen am Horizont erkannte er schemenhaft ein Schiff. Es sah aus wie ein großer Öltanker. Seine Gedanken schweiften ab. Letzte Nacht hatte er das Paradies erlebt. Die erste Nacht mit Madé.

Maurer war nie verheiratet, obwohl er dreimal die Möglichkeit dazu hatte. Jahrzehntelang dachte er, dass er einfach nicht zum Heiraten geboren sei. Überhaupt war er nicht gerade der sesshafte Typ, sondern ständig auf Achse. Geschäftlich im Ausland, vor allem in Asien für *Siemens*. Das Unternehmen kümmerte sich damals um die maschinelle Reisgewinnung auf Bali mittels einer neuen Reisdreschmaschine, die schneller und effizienter arbeitete als jeder Mensch. Mit der Automatisierung konnten die Balinesen von einem auf den anderen Tag viel mehr Reis produzieren. Nicht nur für den eigenen Gebrauch, sondern auch für den Export. Das eröffnete ungeahnte Möglichkeiten in wirtschaftlicher Hinsicht. Gleichzeitig machten sie sich damit von der Technik des Westens abhängig, denn fortan war die Reismaschine unverzichtbar für die Reisernte.

Als Maurer Madé zum ersten Mal im Health-Center sah, verspürte er ein Gefühl wie seit vierzig Jahren nicht mehr. Millionen kleiner Glücksperlen gluckstеn in seinem Bauch. Alles an ihr war perfekt. Das erhabene Lächeln, die kleinen Brüste, die unschuldigen Rundungen. Sie war zart und sanft und schön. Er wusste auf Anhieb: Sie ist es und musste sich eingestehen, dass er niemals vorher so geil auf eine Frau gewesen war. Er war wild entschlossen, sie näher kennenzulernen.

Muss man erst sechzig werden, um die Frau des Lebens zu finden? Vielleicht schon, sagte er sich. Vielleicht war das seine Vorsehung. Vielleicht ging sein Leben jetzt erst richtig los. Von diesem Tage an wollte er keinen mehr ohne Madé verbringen. Das schwor er sich. Und dass er sie für immer für sich gewinnen würde, daran zweifelte er nicht eine Sekunde.

Ein breites Grinsen zog sich über sein Gesicht. Er konnte es kaum erwarten, weitere traumhafte Nächte mit Madé zu verbringen. Der Abend nahte. Horst Maurer ging Richtung Poolbar. Er wollte noch ein, zwei kühle Bier trinken. Er wusste noch nicht, was ihn diese Nacht erwarten würde.

## 3.

Kokospalmen säumten den großzügigen Poolbereich und unter den Mangobäumen standen Sonnenliegen, auf denen Badetücher lagen. Im Osten brandete der Indische Ozean. Es war einer dieser Bali-Abende, an denen selbst nachts die Temperatur nicht unter 26 Grad fiel. Horst Maurer unterhielt sich an der Poolbar mit Rusli, dem Kellner.

Rauscher hatte sein Zimmer bezogen. T-Shirts und Hosen waren im Schrank verstaut, der Kulturbeutel ins Bad gelegt. Dann hatte er sich Wasser ins Gesicht gespritzt, ein neues Hemd angezogen und sich mit seinem geliebten Dolce & Gabbana-Parfum eingesprüht. Er betrachtete sich in einem Ganzkörper-Spiegel. Nicht mehr ganz schlank, aber immer noch fesch und knackig. Jeder Zentimeter sexy, wie Lena immer sagte.

Der *Spiegel*, den er sich für den Flug gekauft hatte und der Reiseführer verschwanden in der Nachttischschublade. Der Rest blieb im Koffer.

Er wollte an die Poolbar, fragte an der Rezeption nach dem Weg und ein überaus freundlicher Balinese wies ihm die Richtung.

Er setzte sich an die Bar und bestellte ein Bier. Horst Maurer saß zwei Barhocker weiter und unterhielt sich immer noch mit dem Kellner. Auf den ersten Blick hätte Rauscher ihn für einen gealterten Filmstar gehalten. Trotz etlicher grauer Haare war Maurer immer noch eine imposante Erscheinung. Irgendwie erinnerte er Rauscher an den späten Schimanski. Nur ein bisschen verkommener, verlebter. Als Rusli das Bier brachte, prostete ihm Horst Maurer zu. Rauscher erwiderte.

„Wenig Touristen hier, was?"

„Ja, schon."

„Ist ja auch klar. Der Anschlag der Terroristen hat Spuren hinterlassen."

Rauscher nickte kurz, sah sich um und nahm einen kräftigen Schluck.

„Gerade angekommen?"

„Ja, vor gut einer Stunde. Und Sie?"

„Ich bin schon die achte Woche hier." Horst Maurer kratzte sich am Kopf. „Glaube ich jedenfalls. Habe aufgehört zu zählen, bin schon so oft hier gewesen. Vor dreißig Jahren zum ersten Mal. Mit *Siemens*, meinem damaligen Arbeitgeber. Irgendwie hab ich mich an das nette Völkchen hier gewöhnt."

„Wo war denn dieser Terror-Anschlag genau?"

„Drüben in Kuta. Sechs, sieben Kilometer von hier. Über die Landzunge. Ist ein Surferparadies. Lauter Australier mit Wakeboards, ellenlanger Strand und riesige Wellen. Das macht richtig Spaß da drüben. Dagegen ist hier tote Hose. Wenn Sie Pech haben, ist die ganze nächste Woche tagsüber Ebbe. Dann geht Ihnen das Wasser bis zum Knie und ist brühwarm."

„Ist in Kuta auch so wenig los?"

„Viel weniger als früher. Die Islamisten haben mit einem Schlag kaputtgemacht, was die hier jahrelang aufgebaut haben." Maurer machte eine nachdenkliche Pause. „Das könnte noch richtig Ärger geben mit den Islamisten. Na ja, mir kann's ja egal sein. Auf jeden Fall kann man nachts in Kuta noch richtig gut feiern. Sind Sie das erste Mal auf Bali?"

„Ja. Bin schon ganz gespannt, was mich hier erwartet. Ist alles noch sehr ungewohnt für mich."

„Da gewöhnen Sie sich schnell dran. Hier gibt's echt viel zu entdecken. Und die Balinesen sind ein klasse Völkchen. Die haben sich noch nicht ganz kaputtmachen lassen durch die westliche Zivilisation. Die bewahren ihre Kultur und halten fest an ihrem Glauben, ihren Sitten und Riten. Der ganze Tourismus läuft einfach nebenher. Das gefällt mir." Horst Maurer gab dem Kellner ein Zeichen und bestellte zwei Bier.

„Ich bin Horst. Horst Maurer. Willkommen auf Bali."

„Andreas Rauscher aus Frankfurt."

„Rauscher? Bist du etwa verwandt mit der Frau Rauscher aus der Klappergass'?" Maurer lachte und klopfte sich auf den Schenkel. Er schien ein Kenner des Kneipenviertels in Alt-Sachsenhausen zu sein.

„Nein, nein." Rauscher wollte jetzt auf keinen Fall über Frankfurt reden. Aber seine Befürchtungen waren unnötig. Horst schlug vor, eine Kleinigkeit zu essen. Und da Rauscher auch schon wieder Hunger hatte, setzten sie sich an einen Tisch, schauten kurz in die Speisekarte und entschieden sich schnell für Hühnerfleisch mit Curry.

Die Poolbar füllte sich allmählich. Einige Hotelgäste schlenderten umher oder gönnten sich noch einen Cocktail zur Nacht. Rauscher beobachtete einen Mann mit gezwirbeltem Oberlippenbart. Wahrscheinlich Deutscher, dachte er. Der Zwirbelbart trat an die Bar, bestellte etwas und schaute Horst Maurer sehr auffällig an. Sah so aus, als ob ihm das gar nicht passte, dass Maurer zusammen mit jemandem am Tisch saß. Der Mann fummelte und zwirbelte ständig an seinem Bart herum. Rauscher konnte sein Gehabe nicht richtig einschätzen, merkte aber, dass mit ihm etwas nicht stimmte.

Das Essen kam rasch. Dazu genehmigten sich Rauscher und Maurer noch ein Bier und nach dem Essen einen kleinen Schnaps zur Verdauung. Während des Essens tauschten sie einige belanglose Worte übers feuchtheiße Wetter und das balinesische Essen. Rauscher genoss jeden Bissen. Er musste dabei ständig an einen tropischen Garten denken, ein Geschmack aus einer geheimnisvollen Welt: Es schmeckte nach Kräutern, wilden Tieren, Millionen von Früchten, grünen, großen Pflanzen, sanfter Luft, feuchter Erde und grenzenloser Liebe.

Zwei ziemlich herausgeputzte Gucci-Damen um die fünfzig nahmen zwei Tische weiter Platz. Gleich darauf steckten sie ihre Köpfe zusammen und waren vertieft in ein Gespräch. Beide trugen weiße, hauchdünne Gewänder, unter denen sich sowohl ihre Dessous' als auch ihre braungebrannte Haut abzeichneten. Beide trugen Perlenketten und Diamantringe. Ihren Gesichtern war die eine oder andere Schönheits-OP anzusehen und dass die nächste Botox-Party anstand. Arme Wesen, dachte Rauscher, diese Jagd nach einem Schönheitsideal aus den Hochglanzmagazinen musste auf die Dauer sehr anstrengend sein.

Eine der beiden unterbrach das Gespräch, blickte zu ihm herüber und brachte ein leicht gezwungenes Lächeln hervor. Rauscher nickte ihr zu und erkannte in ihrem Gesicht diese unnatürlich-braune Haut, die nach gegerbtem Leder aussah. Die Gucci-Lady erwiderte spontan.

„Du bist auch kein Kind von Traurigkeit, was?“ fragte Horst.

„In meinem Alter darf man sich keine Gelegenheit entgehen lassen“, erwiderte er scherzhaft, denn er hatte tatsächlich überhaupt keine Absichten.

„Na jetzt übertreibst du's aber. Wenn ich das sagen würde, dann käm' es hin. Ich lass' mir auch keine Gelegenheit entgehen. Erst gestern hab ich mich wieder mal verknallt. Und wie."

„Das hört sich doch gut an. Wer ist denn die Glückliche? Eine ..." Rauscher war sich unsicher, ob er mit seiner Vermutung richtig lag, sprach dann aber doch weiter: „... eine Balinesin?"

„Tja, in meinem Alter muss man eben jede Gelegenheit nutzen."

„Übertreib mal nicht. Du hast dich doch prächtig gehalten."

„Ich komme viel herum in der Welt. Das hält jung und frisch. Bevor ich hier nach Bali kam, war ich zehn Wochen in Thailand, davor auf Kuba – knapp acht Wochen."

„Was ein Leben. Das kann ich mir gar nicht vorstellen. Bei dem Stress, den ich habe. Bist du geschäftlich unterwegs?"

„Kann man so sagen. Ich pflege überall meine persönlichen Kontakte, wenn du verstehst. Ich sag' dir mal was im Vertrauen: Wenn du interessiert bist an Indonesinnen, kein Problem hier. Gibt genug Auswahl. In Sanur haben sie sich drauf spezialisiert. Für die Touristen. Auf der Straße spricht dich nachts jeder an. Ich hab' meine Traumfrau jedenfalls gefunden." Hoppla, dachte Rauscher, der kennt sich wirklich aus hier.

Andreas Rauscher war noch nicht allzu lange bei der Kripo, einige Erfahrung hatte er aber schon gesammelt. So einer wie Horst Maurer war ihm bisher noch nicht über den Weg gelaufen. Ein ganz undurchsichtiger Typ. Einerseits so eine Art Selfmademan. Ein Lebemann, der genau wusste, dass er es geschafft hat und der jetzt sein Leben in vollen Zügen genoss. Andererseits aber einer der üblichen Sorte Schwätzer und Aufschneider. Ein Möchtegern und Großkotz. Und doch nicht ganz unsympathisch, weil er eine gewisse Erfahrung und Faszination ausstrahlte. Rauscher hatte das Gefühl, noch viel Spaß mit ihm zu haben und einige nette Geschichten aus aller Welt zu hören.

„Das ist schön", antwortete Rauscher, weil ihm nichts Intelligenteres einfiel.

An seinem ersten Abend auf Bali hatte Rauscher nur Shorts, Sommerhemd und Badelatschen an und trotzdem war es ihm viel zu warm. Alles klebte am Körper, was er überhaupt nicht leiden konnte. Er nahm sich vor, noch zu duschen, bevor er ins Bett ging.

Ein Typ, so um die Vierzig, trat an ihren Tisch:

„Horst, wir müssen reden." Maurer verzog das Gesicht.

„Jetzt nicht. Später. Morgen reicht auch noch." Er wirkte genervt. Der Vierzigjährige schüttelte verdrossen den Kopf und ging wieder, ohne Rauscher auch nur eines Blickes zu würdigen.

Rusli brachte auf Anweisung Maurers bei jeder Runde einen Schnaps zum Bier. Rauscher hatte inzwischen Mühe, noch einen geraden Satz zu sprechen.

„Puuuh, bin ... bin etwas außer Übung. Wenn ich geahnt hätte, puuuh, was mich hier erwartet, wär' ich vorher, puuuh, drei Wochen ins Trainingslager gegangen." Maurer musste lachen. Rauscher prostete ihm wieder zu. Dann beugte er sich nach vorne, drehte den Kopf zur Seite und lugte zu den Gucci-Damen rüber. Die beiden quasselten immer noch.

„Sag mal", wandte er sich an Horst, „kennst du die?" Horst stöhnte leise auf. Auch er lallte schon:

„Ja, zwei frustrierte deutsche Schnepfen. Kohle bisss zum Abwinken, keinnn Mann, sssehr verklemmt und mehr als anspruchsssvoll ..." Er nutzte die Pause, um einen großen Schluck Bier zu trinken. „Die lassen nur Jüngere ran. Aber ich glaub .... die habens schwer nötig." Rauscher lächelte. So wie er Horst einschätzte, hatte er es bei den beiden versucht und einen Korb erhalten.

Ein älteres Ehepaar ging eng umschlungen an ihrem Tisch vorbei. Der Mann hob die Hand und rief erfreut „Hallo Horst". Maurer erwiderte auf eine freundliche, wenn auch etwas gelangweilte Art. Ist ja bekannt wie ein bunter Hund hier, dachte Rauscher. Dann atmete er die warme Seeluft und genoss, schwer angeheitert, seinen ersten Abend auf Bali. Die Tropen jenseits des Äquators haben etwas Paradiesisches, dachte Rauscher. Immer liegt ein Gemisch aus Gewürzen in der Luft. Nelken, Ingwer. Manchmal Koriander.

Ein bisschen riecht es nach Freiheit, Abenteuer, Geheimnis. Und genau das hatte er sich gewünscht.

Rusli kam mit den nächsten vier Getränken und einem strahlenden Lächeln, das für die Balinesen typisch und nicht nachzuahmen war.

Die geben mir jetzt den Rest, dachte Rauscher. Wie recht er damit hatte.

Schließlich erhoben sich Rauscher und Maurer schwerfällig und torkelten vorwärts. Seite an Seite schwankten sie ins Hotel und verschwanden Arm in Arm die Treppe hoch – Richtung Zimmer.

„Moin is ja auch noch'n Tach" waren die letzten Worte, die Horst Maurer in seinem Leben gesprochen hat.

## 4.

Madé wachte morgens früh auf und blieb noch im Bett liegen. Sie träumte von einem reichen Mann und einem schöneren Leben als Schauspielerin im Westen.

Es war heiß in ihrer kleinen Kammer. Eine Klimaanlage gab es nicht für Bedienstete des Bali Beach. Sie war schon lange unglücklich mit ihrem Job und ihrem Leben in Sanur und wollte weg. Weit weg, am besten in die USA oder nach Europa. Sie hatte schon so viel Gutes über den Westen gehört. Alle Menschen dort leben im Wohlstand, können sich kaufen, was sie wollen und sind frei.

„Freiheit" war ein Fremdwort für sie.

Sie war zwanzig und kam aus einem kleinen Dorf im Norden Balis. Ihre Schwester Puglug war nur vier Jahre älter und arbeitete ebenfalls im Health-Center, schon zwei Jahre länger als sie.

Ihrem Bett gegenüber hingen zwei Poster von Julia Roberts und den Backstreet Boys. Madé starrte manchmal stundenlang darauf. Sie verkörperten alles, was sie anziehend fand. Glanz, Ruhm, Blitzlichter. Und wie immer lief ein kleiner Fernseher. Schöne Frauen und Männer in einer Telenovela. Mit diesen Serien überschwemmte das kommerzielle Fernsehen ganz Indonesien. Sie liefen ununterbrochen. Und vieles, was Madé vom Westen wusste, erfuhr sie daraus.

Manchmal fragte sie sich, warum ausgerechnet sie so anders war als ihre Altersgenossinnen. Keine von denen hatte diese Sehnsucht, einfach wegzugehen und ein neues Leben anzufangen. Alle waren glücklich hier auf Bali. Mit der alten Kultur, der alles durchdringenden Religion und dem traditionellen Leben. Madé war oft verzweifelt deswegen.

Madés Familie im Norden war arm. Sie und ihre Schwester mussten schon als kleine Mädchen viel arbeiten, und all die religiösen Traditionen waren ihr ein Graus. Immer beten. Immer Opfer bringen. Immer tanzen. Das alles hing wie Fesseln an ihrem Leben. Sie wollte raus aus diesem Zwang. Sie wollte einfach weg.

Ihre Tante Rantung war vor zehn Jahren ins Ausland gegangen. In Australien hatte sie Arbeit gefunden und eine Familie gegründet. Briefe schrieb die Tante zwar selten, aber wenn einer kam, verschlang Madé die paar ärmlichen Zeilen. Immer hungrig und gierig nach neuen Informationen aus dem Westen.

Neben Madés Bett stand ein kleiner Nachttisch, darauf eine Zeitschrift, ein Lippenstift, eine kleine Opferschale und eine Gucci-Uhr, das Geschenk eines Kunden. Außer einem kleinen Kleiderschrank aus dunklem Holz, zwei Stühlen und einem Spiegel gab es nichts im Zimmer. Das Bad war im Flur und wurde von den Bediensteten gemeinsam genutzt.

Madé erinnerte sich noch genau an den letzten Sonntag im Oktober vor zwei Jahren. Ihre Schwester hatte aus Sanur geschrieben, dass eine Stelle im Health-Center frei geworden sei und Rusli sich für sie eingesetzt hatte. Sie überlegte nicht lange, und ihre Zukunft stand fest. Damals sagte sie ihren Eltern, dass sie nach Sanur gehe, um im gleichen Hotel wie ihre Schwester als Masseurin zu arbeiten. Dort wollte sie einen reichen Touristen kennenlernen, ihn heiraten und mit ihm in seine Heimat gehen. Das sagte sie zwar nicht ihren Eltern, aber sie nahm es sich fest vor.

Am Anfang war Madé sehr glücklich mit der Arbeit im Hotel und dem neuen Leben. Aber mittlerweile hatten sich die Verhältnisse geändert. Die ohnehin schlechten Besucherzahlen im Hotel gingen nach dem Bombenanschlag nochmals zurück. Da Madé aber auf zahlende Kunden angewiesen war, ließ ihr Verdienst in den vergangenen zwölf Monaten zu wünschen übrig. Sie musste jeden Tag von früh bis spät arbeiten, um überhaupt über die Runden zu kommen. Oft achtzig oder neunzig Stunden die Woche. Dabei kam es vor, dass sie zwölf Stunden an einem Tag wartete und nur einen Kunden hatte.

Die männlichen Touristen verlangten mehr und mehr zusätzliche Leistungen, die sie anekelten. „Handjob“ nannten sie das. Bei den Sympathischen machte sie das, denn sie brauchte das Geld.

Eines Tages kam Horst Maurer zu ihr.

Vom ersten Augenblick an spürte sie, dass er von ihr angetan war. Seine Augen sagten das. Wenn er zu ihr kam, war er wie ein kleiner Junge. Zahm, zurückhaltend, fast scheu. Während der ersten Massage traute er sich noch nicht einmal, sie anzusprechen. Dann kam er jeden Tag. Und langsam taute er auf. Sie hielt sich frei für ihn, machte sich besonders hübsch und bediente ihn sehr zuvorkommend. Trotz seines Alters hatte er noch eine sehr zarte und straffe Haut. Es war sehr angenehm, ihn zu massieren. Sie ließ das feine Lavendelöl sanft auf seinen Rücken tropfen. Eine filigrane Duftnote mit blumigem Hauch durchzog den ganzen Raum. Eine Massage kann ein wunderschönes Liebesspiel sein, wenn Hand und Haut verschmelzen und ein Zustand innerer Wärme und Glücks eintritt. Ihre geübten Hände kannten die Körperstellen, die sie berühren musste, um einen behutsamen Zauber auf der Haut ihres Kunden zu entfachen. Ihre feingesponnenen Bewegungen und Griffe waren wohldosiert, um Männer an den Rand des Wahnsinns zu treiben.

So auch Horst Maurer.

Er erzählte ihr im Laufe der Zeit seine gesamte Lebensgeschichte. Berichtete von seinen Frauen und dass er es nie fertig gebracht hatte zu heiraten. Einmal, als er mit einer Frau namens Ellen schon zehn Jahre zusammen war, traf ihn ein Schicksalsschlag. Sie wurde bei einem Verkehrsunfall getötet. Daraufhin reiste er jahrelang nur herum und stürzte sich in die Arbeit, um sein Leid zu überwinden. Aber von dieser Zeit des Dahinreisens und -lebens hatte er nun genug.

Madé erkannte ihre Chance und gedachte, sie auch zu nutzen.

Ihre Taktik war einfach: Sie wollte ihn abhängig machen von sich – und, wie sie nach kurzer Zeit feststellte, gelang ihr dies auch. Sie setzte ihre Verführungskünste ein und merkte schnell, dass Horst Maurer mehr von ihr wollte. Sie streichelte ihn an pikanten Stellen, liebkoste ihn, schmiegte sich an und erregte ihn, bis sein Herz in Flammen stand. Und wenn er nicht länger an sich halten konnte, wenn er innerlich kurz vorm Bersten war, ließ sie ihn zappeln und vertröstete ihn aufs nächste Mal.

Von Tag zu Tag steigerte sie sich. Sie trat noch erotischer auf, legte noch mehr Feinfühligkeit in ihre Berührungen, herzte, schmuste und umarmte ihn bis zur Extase. Und gestern Nacht konnte es Horst Maurer irgendwann nicht mehr aushalten. Er kam, obwohl sie ihn nicht mal am Geschlecht berührt hatte.

Madé hatte sich dabei wie im Himmel gefühlt, denn sie wusste genau: Sie würde schaffen, wovon sie als kleines Mädchen immer geträumt hatte.

Sie stieg aus dem Bett, denn sie musste bald ihren Dienst antreten und nahm eine Dusche. Reinlichkeit war eine Zierde für sie, wie für alle Balinesen. Baden und Waschen – oft sogar mehrmals am Tag – gehörten zur balinesischen Kultur. Als sie aus der Dusche kam, betrachtete sie sich im Spiegel. 1,62 m groß, schmale Hüften, flacher Bauch, kleine feste Brüste. Die samtene Haut glatt wie Elfenbein. Weiche Lippen, weiße Zähne, kleine Nase. Eines der süßesten Lächeln ganz Indonesiens. Und Augen, um darin zu versinken. Das war ihr Kapital. Damit konnte sie jeden Mann rumkriegen. Jeden.

# Zweiter Urlaubstag

1.

In Rauschers Kopf hämmerte es wild. Tack, Dong, Tack. Er beugte sich aus dem Bett, weil ihn ein Brechreiz schüttelte, aber es kam nichts. Alles drehte sich. Ihm ging es hundsmiserabel und die Schmerzen im Schädel waren unerträglich.

Er war bei Tagesanbruch aufgewacht und wollte sofort aufstehen, wollte dem neuen Tag „Guten Morgen" sagen, die Sonne begrüßen und den ersten Urlaubstag genießen. Aber nichts ging. Er war einfach nichts mehr gewohnt. Schon gar kein indonesisches Bier und balinesischen Schnaps.

Im Bett rollte er sich von einer Seite zur anderen. Das Sägen im Gehirn ließ einfach nicht nach. Es war heiß im Zimmer, eine schwüle, klebende Hitze. Leider lief die Klimaanlage nicht.

Immerhin war er – bis auf die Shorts – ausgezogen.

Mit einem Ruck schwang er sich aus dem Bett, bereute diese morgendliche Dynamik aber gleich, weil sein Kopf drohte auseinanderzuplatzen.

Eine SMS von Lena war angekommen: „Genieße die Zeit und erhol dich gut. Wäre sehr gern bei dir. In Gedanken reise ich mit."

Lenas Worte waren im Moment kein richtiger Trost.

Er bewegte sich sehr langsam vorwärts, setzte einen Fuß sachte vor den anderen. Keine ruckartigen Bewegungen. Superslowmotion. Er kam sich vor wie eine Schildkröte mit Panzer auf dem Kopf. Im Badezimmer warf er zwei Aspirin ein, wankte zur Balkontür, öffnete sie, sah auf den Pool, in dem zwei Frauen schwammen und ging zurück ins Zimmer.

Er nahm eine Flasche Wasser aus dem Kühlschrank und trank sie in einem Zug leer.

Der Urlaub fängt ja blendend an, schoss es ihm durch den Kopf, der ihm wie eine große Beule vorkam. Gleich am ersten Morgen geht's dir hundeelend, dachte er. In diesem Augenblick wusste er allerdings noch nicht, dass dieser Tag noch viel härter für ihn werden würde.

Eine halbe Stunde und eine Dusche später war er soweit wieder hergestellt und bereit für einen starken Kaffee und Frühstück. Er warf die Klamotten vom gestrigen Abend in eine Schublade, zog ein frisches T-Shirt an und rote Shorts. Die Wertsachen hatte er in den Safe gelegt, die Balkontür verschlossen. Nachdem er die Zimmertür hinter sich zugezogen hatte, hörte er laute, hektische Stimmen von unten. Ein regelrechtes Wirrwarr.

Als er oben an der Treppe stand, um hinunterzugehen, erkannte er den Kellner der Poolbar – umringt von einer Handvoll Balinesen in Polizeiuniform. Hotelgäste liefen aufgeregt durch die Empfangshalle, andere standen in Grüppchen herum und debattierten. Plötzlich schrie der Kellner laute balinesische Ausdrücke und deutete mit dem Zeigefinger in seine Richtung. Rauscher verstand nichts, aber da sonst niemand auf der Treppe stand, musste er gemeint sein. Schnell rannten die Polizisten die Treppe hoch und umstellten ihn. Einer – wohl ihr Chef – stellte sich breitbeinig vor ihn.

„Mister Rauscher?"

„Ja?"

„Ich Kommissar Padang. Ich Sie festnehmen. Sie heute Nacht Horst Maurer ermordet."

Rauscher schaute den Kommissar verdutzt an und traute seinen Ohren nicht. Dann blickte er in die Gesichter der anderen Polizisten. Alle sahen ihn misstrauisch an, einige sogar wütend. Rauschers glasige Augen, in denen sich der Alkohol des letzten Abends spiegelte, vermochten kein Mitleid zu erregen.

„Moment mal, ich hab mich wohl verhört. Ich kenne den Mann kaum."

„Sie gestern Abend mit Maurer an Poolbar getrunken. Es gibt Zeugen. Viele Zeugen. Danach Sie mit ihm in Hotel gegangen. Arm in Arm. Halb eins in Nacht. Sie waren Letzter, mit dem Maurer gesehen wurde. Was Sie dazu sagen?"

„Ja, das mag schon sein. Ich meine, verdammt, das stimmt. Aber ... wir haben einen getrunken, schön und gut, aber ... ich bin Polizist ... wie Sie ... sehen Sie hier.“ Rauscher zog sein Portemonnaie aus der Hosentasche, holte sein Polizeiabzeichen heraus und zeigte es dem Kommissar.

„Ich bin Kommissar und mache hier Urlaub. Und da bringe ich bestimmt niemanden um. Schon gar nicht jemanden, den ich erst ein paar Stunden vorher kennengelernt habe.“ Einer der Hilfspolizisten erdreistete sich zu lachen. Kommissar Padang zischte ihm etwas auf Balinesisch zu, blickte ihn zornig an und schickte ihn weg.

„Mister Rauscher, wir müssen Identität prüfen. Vorerst ich Sie mitnehmen muss auf Polizeistation. Wir Sie verhören. Sie mir alles sagen. Was Sie gesprochen mit Maurer? Was passiert gestern Abend an Bar? Was passiert in Nacht?“

Andreas Rauscher konnte es nicht fassen. Ein Mord. Ein Mord auf Bali. Ausgerechnet in seinem Hotel. Kaum dass er vierzehn oder fünfzehn Stunden hier war. Und er war der Hauptverdächtige. Sogar auf die andere Seite der Erde verfolgte ihn das Verbrechen. Nicht mal im Urlaub konnte er seine Ruhe haben.

Rauscher wurde abgeführt und sah anstrengende Tage auf sich zukommen. Na toll, dachte er, in einem fremden, unbekannten Land, 12.000 Kilometer von Zuhause entfernt, einen Mordfall aufklären. Das hatte ihm gerade noch gefehlt.

Die Polizeistation glich einer Baracke. Putz fiel von den Wänden, blanke Steine lugten hervor, mehrere Farbaufträge waren zu erkennen. Der Fußboden war seit Jahren weder geputzt noch gefegt worden.

Rauscher musste sofort grinsen, weil er daran dachte, wie heftig sich manche Kollegen in Deutschland über ihre Arbeitsverhältnisse beschwerten. Die Klimaanlage lief auf Hochtouren. Kommissar Padang kommandierte seinen Assistenten herum, ließ sich und Rauscher einen Tee bringen und wies ihm in einem kleinen Nebenraum einen Platz zu. Rauscher setzte sich und trank.

Sein Kopf pochte noch und er genoss jeden einzelnen Schluck.

Dann erzählte Rauscher dem balinesischen Kollegen alle Einzelheiten des gestrigen Abends. Nach zwanzig Minuten wusste Padang, wie Rauscher Maurer kennengelernt, was sie gesprochen und getrunken und wen sie getroffen hatten. Einen Hilfspolizisten, der ungebeten zur Tür hereinkam, schnauzte Padang an, sodass dieser sich untertänigst entschuldigte und wieder hinausging. Padangs Laune schien nicht die beste zu sein.

„Das ist alles, was ich Ihnen über Maurer erzählen kann. Nicht viel, gebe ich zu, aber Sie werden einsehen, dass ich nichts mit dem Mord zu tun haben kann. Welches Motiv sollte ich haben, einen Mann umzubringen, den ich gerade erst kennengelernt habe?“ Rauscher lehnte sich zurück und wartete auf eine Reaktion.

„Wird sich noch zeigen. Vielleicht. Ich muss nachgehen allen Hinweisen. Das Sie werden verstehen. Bis jetzt Sie sind unsere heiße Spur. Niemand hat gesehen Maurer, nachdem Sie sind mit ihm Treppe hoch.“

„Ja, aber das ist doch absurd, dass ich etwas damit zu tun haben soll. Aus welchem Grund denn? Wir haben getrunken und waren besoffen. Aber ich war froh, endlich in meinem Bett zu sein und zu schlafen, nach der langen Reise gestern. An Herrn Maurer oder einen Mord hab ich bestimmt nicht gedacht.“

Kommissar Padang schnippte mit dem Finger in Richtung seines Assistenten und deutete auf seine leere Tasse. Der Assistent sprang auf, schenkte Tee nach und verbeugte sich dann. Rauscher war erstaunt, was für ein strenges Regime hier herrschte. Padang führte die Polizeistation und seine Männer mit harter Hand.

Dann erzählte Padang in wenigen Worten, dass und wie Bayan, der Roomboy, Horst Maurer gefunden hatte und erklärte, Rauscher müsse verstehen, dass er unter Verdacht stehe. Kommissar Padang nahm seine Polizeimütze ab, kratzte sich am Kopf und beugte sich etwas nach vorne. In seiner Uniform sah er aus wie ein kleiner, untersetzter, südamerikanischer Diktator. Nur sein indonesisches Gesicht passte nicht dazu. Es verging eine Weile, in der keiner von beiden sprach. Der Deckenventilator surrte monoton. Padang horchte tief in sich hinein. Er suchte verzweifelt nach einem plausiblen Motiv, aber es wollte ihm kein vernünftiges einfallen.

Rauscher fragte zwischendurch:

„Sagen Sie mal, Kommissar Padang, wieso sprechen Sie eigentlich so gut deutsch?"

„Ach nein, Mister Rauscher, leider nicht sehr gut. Ich muss lernen Deutsch wegen Touristen. In Sanur fast nur Deutsche. Das gehört zu unsere Arbeit. Wir wollen Touristen bieten gute Service, jeden Wunsch wir wollen erfüllen, da ist sehr gut, wenn sprechen gut deutsch. Viele hier sprechen Deutsch und Englisch. Australier schon ganz lange Zeit auf Bali. Viele Jahre. Jetzt Australier mehr in Kuta." Die Aussprache Padangs klang in Rauschers Ohren putzig. Ganz im Gegenteil zu seinem Verhalten, das er seinen Untergebenen gegenüber an den Tag legte.

Rauscher fiel auf, dass es selbst hier in dieser kleinen, miesen Polizeistation nach bunten Blumen und exotischen Gewürzen duftete. Ein merkwürdiges Land, dachte er, es liegt am anderen Ende der Welt, aber fast alle sprechen deutsch, überall duftet es und man wird ruckzuck verhaftet.

„Gut", sagte Padang, „wir setzen Ermittlung fort und werden finden Motiv. Wenn es Motiv gibt. Sie hierbleiben, wir prüfen Ihr Adresse und Ihr Beruf."

Rauscher protestierte:

„Was? Sie können mich doch nicht hierbehalten."

„Doch, Mister Rauscher, mir sehr leid tut." Der Kommissar machte eine Geste durch ein Fenster in der rechten Wand, ein Polizist kam ins Zimmer und führte ihn ab.

Kurze Zeit später fand er sich in der schäbigsten Zelle wieder, die er jemals gesehen hatte. Es stank bestialisch und sein erster Zimmergenosse, eine riesige Kakerlake, hatte ihn gleich beim Eintritt begrüßt. Als er kurze Zeit später allein war und auf der Pritsche saß, die als Bett dienen sollte, stammelte er leise und kopfschüttelnd vor sich hin:

„Da lernt man an der Poolbar einen netten sympathischen Typen kennen, der lässt sich abstechen und man landet im miesesten Knast, den man sich vorstellen kann. Nicht mal Lena glaubt mir das."

Was konnte er jetzt tun? Es fiel ihm schwer, einen klaren Gedanken zu fassen. In seinem Kopf spukte es.

„Hallo, Hallo", er zwickte sich im Gesicht und klatschte mit beiden Händen gegen seine Wangen.

„Bist du schon wach?" Er war wach. Leider. Die Realität ist manchmal schonungslos, dachte er. So hatte er sich seinen Urlaub nicht vorgestellt. Plötzlich empfand er eine tiefe Sehnsucht nach Lena, nach Deutschland, nach kühlem Wind und Frankfurter Apfelwein. Diese Sehnsucht versetzte ihm einen Stich ins Herz. Einsam und verlassen kam er sich vor. Und doch wurde ihm nach und nach bewusst, dass er Mut brauchte. Mut, um den Mord aufzuklären. Ein paar Jahre Knast auf Bali mussten die Hölle sein.

## 2.

„Madé, Madé."

Bayan erwachte schweißgebadet und schlaftrunken aus einem schrecklichen Fiebertraum. Er fühlte sich schlecht, seit er den Toten entdeckt hatte. Irgendetwas beunruhigte ihn sehr. War es der längere Stromausfall in der Mordnacht? Ein balinesischer Aberglaube besagt, dass die sogenannten „wong samars" – die unsichtbaren Menschen, die überall auf Bali leben – für alle Arten von Betriebsstörungen verantwortlich sind. In der westlichen Zivilisation glaubt man nur an das, was man sieht und was man durch Vernunft erklären kann. Auf Bali werden alle unheimlichen Begebenheiten durch übersinnliche Mächte erklärt. Das ist völlig normal. Aber könnte ein „wong samar" auch einen Mord begehen? Das fragte sich Bayan. Er war verunsichert, denn er hatte schon oft davon gehört, dass “wong samars“ Menschen töten, die einen schlechten Lebenswandel haben. Hat sich in der besagten Nacht vielleicht ein Geist, ein Dämon, im Hotel herumgetrieben und Horst Maurer getötet? Diese Gedanken begleiteten ihn durch die ganze Nacht bis in seine Träume hinein. Er sah sich rennen, er lief um sein Leben, ständig verfolgt von einem Unsichtbaren. Wohin er auch rannte, der Unsichtbare war schon da und seine Fratze machte ihm Angst. Als er aufwachte, lag er in kaltem Schweiß. Hatte er sogar Fieber? Er schüttelte sich und nahm sich vor, am heutigen Tag seinen Göttern eine besonders reichhaltige Schale zu opfern und um Schutz zu bitten.

Bayan sah aus, wie fast alle Balinesen aussehen: schwarze, kurze Haare, ockerfarbene Haut, Lachfältchen im Gesicht. Ein kleiner Mann. Er war seit fünf Jahren im Grand Hotel Bali Beach angestellt. In dieser Zeit war er niemals so verunsichert gewesen wie jetzt. Die letzten zwei Tage hatten ihm zuviel abverlangt.

Seine Familie stammte aus Ubud, einem Dorf in der Mitte Balis. Mit etwas Geschick und Talent war sein Vater vor mehr als fünfzehn Jahren dem ärmlichen Leben als Reisbauer entflohen und verdingte sich seitdem als Kunstschnitzer in Ubud, dem künstlerischen Zentrum Balis. Touristen finden in diesem malerischen Städtchen zahlreiche Shops und Boutiquen, in denen balinesisches Kunsthandwerk angeboten wird. Hier fühlt sich fast jeder Balinese als Künstler. Viele stellen nur billigen Kram her, doch die meisten Touristen können sowieso Kunst von Schund nicht unterscheiden und bezahlen abenteuerliche Preise.

Bayan fühlte sich nie zum Holzschnitzer berufen. Handwerkliche Tätigkeiten hasste er. Seit der Massentourismus auf Bali Einzug gehalten hat, boten sich für junge Balinesen enorme Verdienstmöglichkeiten in diesem Geschäft. So entschied er sich dafür, im internationalen Grand Hotel Bali Beach anzuheuern, und er bereute diese Entscheidung nie. Bis jetzt. Bis zur Mordnacht.

Am Abend zuvor hatte er Horst Maurer in Begleitung gesehen, ausgerechnet mit Madé, seiner großen Liebe. Sie hatte eine rote Hibiskusblüte hinter ihrem rechten Ohr. Normalerweise tragen das die Mädchen, um ihre Liebe anzudeuten. Aber Madé? Für wen sollte das ein Zeichen der Liebe sein? Etwa für Horst Maurer?

Bayan hatte sich vorgenommen, sie zur Rede zu stellen und herauszufinden, was sie mit Horst Maurer zu schaffen hatte. Er zog sich an und ging in das Health-Center, um sie zu treffen. Gerade als er eintreten wollte, kam sie heraus.

## 3.

„Sie jetzt gehen können." Kommissar Padang stand in Rauschers Zelle.

„Wir Sie informieren, wenn wir Sie brauchen wieder. Mir sehr, sehr leid tut, wir so lange hier behalten. Aber aufpassen. Wir informiert Behörden an Flughafen, wenn Sie wollen fliehen." Er grinste.

Es war vier Uhr nachmittags. Mehr als sechs Stunden hatte Rauscher in seiner stinkenden Zelle verbracht. Seine Laune hatte sich in dieser Zeit dem Nullpunkt genähert. Nicht nur die Nachwirkungen der vergangenen Nacht machten ihm zu schaffen, er hatte auch Bammel vor den kommenden zwei Wochen. Immerhin: Ein Hilfspolizist hatte ihn mit Kaffee, Wasser, einigen Toasts und ein paar Bananen versorgt.

„Halten Sie sich bereit und zu unsrer Verfüg ... Verfügung", sagte Padang, „wenn Sie Ausflug machen oder Sanur verlassen, Sie uns informieren. Sonst ich werde böse und dann wir uns hier wiedersehen."

Für sein dämliches Grinsen hätte Rauscher dem Kommissar eins in die Fresse hauen können.

„Sicher. Davon geh ich aus", sagte Rauscher, um sich keinen Ärger einzuhandeln und fuhr fort: „Darf ich mir das Zimmer, in dem Herr Maurer umgebracht wurde, mal anschauen?"

Padang überlegte kurz, dann nickte er:

„Aber Sie nix fassen an. Wache ist da, passt auf."

„Okay. Geht klar. Eines noch: Sie haben heute Vormittag von einem balinesischen Dolch gesprochen, einem Kris. Was hat es mit diesem Ding auf sich?"

Jetzt wurde Padang richtig wütend.

„Das kein Ding. Das ist heilige Waffe von Balinesen. Jeder Kris wird von Priester gesegnet. So wird Kris zu Leben erweckt. Kris wird in Familie vererbt, von Generation zu Generation, und besitzt Kraft der Vorväter. Er kein einfaches Erbstück, er ist ein Gottheit für uns, Sie verstehen? Er wird mit Blumenopfer und Weihrauch geehrt. Das seien genug."

„Ja, ja danke, danke." Eine solch ausführliche Erklärung hatte Rauscher gar nicht erwartet. Er verabschiedete sich mit einem lockeren „Danke für den netten Service." Und als er hinausging, bemerkte Kommissar Padang:

„Wir verständigt haben deutsche Botschaft. Die sich mit Herrn Maurers Verwandten in Verbindung gesetzt. Da gibt es ein Schwester nur. Sie kommen nach Bali. Identifi ... fikation von der Leichnam. Morgen sie wird hier sein."

Als Rauscher aus der Polizeistation trat, traf er auf eine Wand heißer, tropischer Luft und Abgasen. Er winkte ein Bemo heran. Diese kleinen, abgetakelten Busse sind typisch für Indonesien. Sie halten überall und fahren überall hin. Für 1500 Rupien, ungefähr 15 Cents.

Als er eingestiegen war, fiel ihm zum ersten Mal auf, dass er überhaupt keine Ahnung hatte, wo er war und wo er hin musste.

Er sagte dem Fahrer den Namen "Grand Hotel Bali Beach", der nickte, fuhr los und ließ ihn zehn Minuten später am Hotel raus.

Friedlich lag es da, das Grand Hotel Bali Beach. Genau so, wie in dem Prospekt von Suntours beschrieben: Gehobene Kategorie. Exklusives Gebäude. Imposante Ankunftshalle. Großartiger, weißer Strand. Bezaubernde, tropische Gartenlandschaft und sehr gepflegte Poolanlage. Nichts deutete darauf hin, dass hier in der Nacht ein brutaler Mord verübt worden war. Rauscher suchte sich einen Platz an der Poolbar, zückte sein Handy und tippte: „Du wirst es nicht glauben. Der Typ, mit dem ich gestern Abend getrunken habe, ist ermordet worden und ich werde verdächtigt. Melde mich, wenn ich Näheres weiß."

Immer noch fassungslos, dachte Rauscher, alles hier könnte so schön sein. Gestern noch, als er hier ankam, sah er dieses Hotel mit ganz anderen Augen. Ein ganz normales Touristenhotel. Nette Menschen, freundlicher Service, schöner Pool, tolle Anlage. Heute dachte er anders. Spaziert hier ein skrupelloser Mörder durch die Hotelhalle, unerkannt? Verbirgt sich hinter dem Lächeln des Kellners vielleicht ein bösartiger Gedanke? War der zuvorkommende Service des Kofferträgers gestern nur Fassade? Wirkt das ausgelassene Urlaubstreiben der Hotelgäste nicht völlig aufgesetzt?

Die zwei Gucci-Tanten liefen am Pool entlang, auf der Suche nach einem schattigen Plätzchen. Zwei jüngere Australier, in Billabong-T-Shirts und Shorts, tollten über die Wiese und machten sich bereit, in den Pool zu springen. Die Guccis setzten sich so, dass sie die beiden gut im Blick hatten. Hinter ihren teuren Sonnenbrillen blieben ihre wahren Absichten verborgen.

Es gibt viel zu tun, pack's an, dachte Rauscher und schritt zur Tat. Zunächst würde er sich Horst Maurers Zimmer ansehen. Er wusste, wo der Pool war, die Bar und das Meer. Verstreute Wege führten durch die gesamte Anlage, alles sehr schön zurechtgemacht, mit exotischen Blumen und Pflanzen geschmückt. Rauscher nahm sich vor, die Hotelumgebung zu erkunden, sobald er ein bisschen Zeit hatte.

Er erkundigte sich nach der Zimmernummer von Horst Maurer bei den Polizisten, die immer noch unten im Foyer saßen, und fand es recht schnell. Ein Polizist stand davor und hielt Wache. Rauscher erkannte ihn sofort, denn er war morgens dabei gewesen, als er verhaftet wurde. Rauscher grüßte, und der Polizist erwiderte mit einem Lächeln. Immer dieses Lächeln, dachte Rauscher, ich kann es nicht mehr sehen.

Offenbar hatte Kommissar Padang der Wache Anweisung erteilt, jeden seiner Schritte im Zimmer genauestens zu beobachten.

Maurers Zimmer glich exakt seinem. Braune Steinplatten auf dem Fußboden. Holzgetäfelte Wände. Eine Klimaanlage rechts oben in der Ecke. In der Mitte ein großes Bett. Horst Maurer hatten sie schon weggebracht. Laken und Bettzeug waren durcheinander, aber kein Blutfleck war darauf zu sehen.

Rauscher betrachtete es genauer. Der Mörder hatte Maurer wohl im Schlaf mit einem Stich erwischt. Muss ein ziemlich skrupelloser Typ sein, der einen Wehrlosen absticht, dachte er. Na ja, Horst Maurer war sowieso zu besoffen, um etwas zu merken.

Ansonsten war das Zimmer auffällig aufgeräumt. Keine Spur von durchsuchten Schränken, Kommoden oder Koffern. Rauscher ging auf die Knie und lugte unters Bett. Auch hier nichts, nicht mal ein Staubkorn.

Der Polizist verfolgte jeden seiner Schritte mit großem Interesse. Auch als er sich vom Bett abwandte und einer kleinen Kommode näherte. Hier hatte Horst Maurer fein säuberlich zehn Uhren nebeneinander gelegt. Gucci, Rolex, Fendi, Cartier und so weiter. Lauter Imitate von Damenuhren. Wofür er die wohl brauchte, fragte sich Rauscher. Vielleicht wollte er die genaue Uhrzeit in Deutschland, Thailand oder Kuba wissen. Aber alle zeigten die gleiche Zeit an. Also sollte das Ganze wohl eher einem Vergleich dienen. Welche Uhren gehen exakt?

Dann inspizierte Rauscher die zwei oberen Schubladen. In der einen lagen Socken, in der anderen Shorts. Ansonsten war die Kommode leer.

Auf dem Nachttisch lagen drei dünne Krimi-Heftchen. Die Titel hatte er noch nie gehört. Daneben lag ein kitschiger Liebesroman mit dem Titel „Auf den Flügeln der Wonne“ und ein Buch mit dem Titel „Der Kitzler – ein Mysterium wird neu entdeckt“. Nanu, dachte Rauscher, das passt ja gar nicht zu Maurer. Wer so einen Schrott freiwillig liest, den muss es wirklich erwischt haben. Im Nachttisch lagen ein Pornoheftchen, eine Sonnenbrille, eine CD von Melanie Thornton, ein balinesischer Sarong und ein Zettel mit einer Internet-Adresse: www.worldsexforum.de. Als Rauscher sich unbeobachtet fühlte, steckte er ihn ein.

Sonst fand er nichts Interessantes. Im Schrank lagen Klamotten. Im Bad das übliche Zeug: Nassrasierer, Zahnbürste, Cool Water After Shave, französisches Parfüm. Ein Blick in den fast leeren Kühlschrank brachte auch keine neuen Erkenntnisse. Rauscher setzte sich auf einen Stuhl, sein Blick streifte quer durch den Raum, er überlegte, und ihm fiel nichts mehr ein.

Dann brach er die Untersuchung ab.

Als Rauscher aus Horst Maurers Zimmer kam, wurde ihm schlagartig bewusst, dass er auf Bali bei allen Ermittlungen ohne seinen gewohnten Polizeiapparat auskommen musste. Er konnte auf niemanden zählen, außer auf sich selbst. Niemand war da, der hinter ihm stand und Dinge erledigte, für die er keine Zeit hatte. Der Detektiv in ihm war gefragt. Ein feines Schnüffelnäschen. Wusste er eigentlich, wie das funktionierte? Er war unsicher. Wie hat Sherlock Holmes das gemacht? Kannte er noch andere Detektive? Und welche Methoden wandten sie an? Er hatte keine Lust, weiter darüber nachzudenken. Zu viel blieb unklar.

Aber eines war klar: Früher oder später musste er eine Antwort auf all die offenen Fragen finden. Koste es, was es wolle.

Er ging den Flur entlang, durch die Empfangshalle und bog an einer Ecke ab, an der ein Schild mit der Aufschrift „Health-Center" stand. Ein Pfeil darauf zeigte auf eine Eingangstür. Plötzlich sah er vor dieser Tür einen Balinesen und eine Balinesin stehen. Die beiden stritten sich, heftig und lautstark. Er – gekleidet in weiß-blauem Sarong, weißem Hemd und Umhang wie ein Roomboy des Hotels – gestikulierte wild mit Armen und Händen und schrie. Sie – eine ganz Zarte, gekleidet in traditionellen balinesischen Gewändern mit einem Aufdruck „Health-Center" – machte einen unglücklichen Gesichtsausdruck und wirkte eher zurückhaltend.

Na gibt's denn so was, dachte Rauscher, ein Streit auf der Insel des Lächelns. Und noch dazu in aller Öffentlichkeit. Er stellte sich hinter einen großen Hibiskusstrauch und beobachtete die beiden.

Je lauter der Roomboy wurde, desto verschlossener wurde sie. Sie sah merkwürdig abwesend aus, ja desillusioniert. Er machte ihr Vorwürfe, das sah man deutlich, und sie schmollte, weil sie es nicht hören wollte. Hatte der Streit etwas mit dem Mord zu tun?

Der Balinese steigerte sich immer mehr in seine Rede. Sie reagierte plötzlich und schrie zurück. Das Schreiduell klang, wie wenn zwei große Tiere einen spektakulären Balz- oder Liebestanz aufführten.

Sie erhob ihre rechte Hand und machte eine abwehrende Geste, dass er endlich aufhören sollte, sie zu beschimpfen. Als er nicht darauf einging, drehte sie sich herum und ließ ihn einfach stehen. Er schaute zuerst etwas verdutzt, nahm es aber hin und ging ebenfalls.

Rauscher nahm sich vor, der Sache nachzugehen. Vielleicht konnte er im Health-Center etwas herausbekommen und ihr auf den Zahn fühlen. Er ging auf sein Zimmer, zog sich eine Badeshorts an und ging zum Pool, um sich etwas abzukühlen. Als er kurz darauf hineinsprang, kam er sich vor wie in einer Badewanne. Das Wasser war mindestens 28 Grad warm. Langsam zog er ein paar Bahnen und rekapitulierte den vergangenen Abend, das Gespräch mit Horst Maurer und den heutigen Morgen.

Nichts.

Ihm fiel nichts Ungewöhnliches auf. Dann überlegte er weiter. Die beiden deutschen Gucci-Frauen? Der Mann mit dem Zwirbelbart, der Vierzigjährige oder das Ehepaar? Hatte einer von ihnen ein Motiv, von dem er noch nichts wusste? Alle nicht brennend verdächtig, resümierte er, aber trotzdem kamen sie in Frage. Ihm fielen weitere Personen ein. Bayan, der Roomboy, der Maurer fand? Sagte er die Wahrheit? Hatte er ein Motiv? Diese Balinesin, Maurers Geliebte? Für sie gab es erst recht keinen Grund, ihn umzubringen.

Es gab keine konkreten Hinweise. Außer der Leiche und jeder Menge offener Fragen gab es nichts. Warum wurde Horst Maurer ermordet? Zu wem hatte er Kontakt hier auf Bali? Hatte er Freunde hier? Oder Feinde? Hat die Waffe – der balinesische Dolch – eine tiefere Bedeutung für den Mord? War der Mord vielleicht als Ritual zu verstehen?

Da half nur eines: Ruhig Blut. Augen und Ohren auf. Verstärkte Konzentration. Schritt für Schritt jeden Hinweis verfolgen. Rauscher nahm sich vor, die Gucci-Ladys zu beschatten. Es musste einen Grund geben, warum Maurer so schlecht auf sie zu sprechen war.

Rauscher hielt inne, er war erschöpft. Das Schwimmen in dieser warmen Plörre war ihm zu anstrengend. Mit Mitte dreißig war er nicht mehr der Fitteste. Das wusste er. Er hatte viel von seiner früheren Kondition als Fußballer eingebüßt. Er nahm sich vor, joggen zu gehen. Er stieg aus dem Pool und fasste sich an den Kopf. So einen Urlaub braucht kein Mensch.

## 4.

Schon der frühe Morgen trieb den Schweiß aus jeder Pore. Rusli, der Kellner an der Poolbar, war gerade aufgestanden und bereitete sich in seiner kleinen Kammer eine Schale Tee zu. Es war eine lange Nacht an der Bar gewesen. Manchmal saßen nur noch zwei oder drei Touristen an der Bar, aber die tranken dann bis morgens um fünf, bis sie immer besoffener wurden und ihre Witze immer derber.

Rusli legte seinen blau-weißen Sarong um und verknotete ihn vor dem Bauch. Über die Hüfte band er einen Stoffgürtel in dunkelblau. Dazu trug er ein weißes Baumwollhemd und ein blau-weißes Kopftuch. Das war die übliche Bekleidung der einfachen Bediensteten im Grand Hotel Bali Beach.

Wieder ein Tag wie jeder andere auch. Die Touristen bedienen. Jeden Wunsch von den Lippen ablesen. Freundlich sein und lächeln. Immer lächeln. Das Lächeln hatten die Touristen im Reisebüro mitbezahlt. Das erwarteten sie einfach. Asiaten lächeln immer. Ob sie Sorgen haben oder Kummer, ob sie traurig sind oder wütend. Ob sie arm sind oder reich. Ob sie Schmerzen haben oder krank sind. Egal. Sie lächeln. Die perfekte Schauspielerei.

Heute musste Rusli vor seinem Dienst an der Poolbar noch zu einer Totenverbrennung. Auf Bali werden die Toten in einem feierlichen Akt verbrannt. Pompöse Feste mit großen Ansammlungen von Menschen. Je bedeutender der Tote, desto größer die Kremation.

Rusli begab sich zur Zeremonie am Strand von Sanur. Der hiesige Radja war gestorben. Tausende Menschen wohnten der Verbrennungsfeier bei. Balinesen in weißen Gewändern und Kopftüchern, Familienangehörige in Festtracht, Touristen mit der Kamera in der Hand.

Der Leichnam wurde in einer feierlichen Prozession zum Verbrennungsplatz getragen und in einem Pavillon aufgebahrt. Die Einheimischen waren heiter und fröhlich. Keine Spur von Trauer. Eine Kremation ist ein Fest der Freude. Der Körper des Toten hat seine Wichtigkeit verloren. Es geht jetzt um die Rettung seiner Seele. Sie wird in den Himmel geschickt, zu den Göttern, um Fürbitte zu leisten und als Beschützerin für die Familie.

Das Feuer wurde angezündet und schon bald brannte der ganze Pavillon in hohen Flammen. Rusli war immer wieder tief beeindruckt von diesem Schauspiel. Nachdem der Pavillon mit dem Toten niedergebrannt und die Rauchschwaden verzogen waren, wurde die Asche in eine Urne gefüllt. Am nächsten Tag würde sie in einer erneuten Prozession ins Meer geschüttet und den Göttern übergeben.

Als Rusli ins Hotel zurückging, war er einerseits glücklich über die Feier und spürte in seinem Herzen eine tiefe Zuneigung zu den Menschen hier, zu der Insel, der Religion, dem Glauben, den Göttern und dem friedfertigen Leben, andererseits erfüllten ihn die Gedanken an die Arbeit im Hotel und die Touristen mit Trauer und Wut.

Rusli war gar nicht zum Lächeln zumute.

Er träumte von einem freien Leben ohne Geldnot. Er träumte von Madé, von einer Hochzeit mit ihr, von vielen Kindern und einem kleinen Haus. Schon als kleiner Junge hatte er sich in Madé verliebt. Sie stammte aus dem gleichen Dorf im Norden Balis wie er. Als er später im Grand Hotel Bali Beach arbeitete und eine Stelle als Masseurin im Health-Center frei wurde, hatte er gleich an sie gedacht. Er holte sie nach Sanur und besorgte ihr die Stelle als Masseurin, auch ihre Schwester arbeitete dort.

Aber da gab es noch seinen Konkurrenten Bayan. Der hatte sich vom ersten Augenblick in Madé verguckt und ihr das auch gezeigt. Rusli selbst war schüchtern und zurückhaltend, er hatte ihr noch nie seine Liebe gestanden.

Und dann hatte sich auch noch Maurer an Madé herangemacht. Wahrscheinlich hatte er ihr vom schönen Leben im Westen erzählt. Von Freiheit und Sicherheit. Von Geld. Und Liebe. Aber was war das schon für eine Liebe verglichen mit seiner.

Alles hätte er für sie getan. Alles.

Und er würde es ihr beweisen. Er würde es zu etwas bringen. Sie mit Geld und Liebe überschütten, bis sie "ja" sagen würde. Das war sein Ziel. Und das wollte er erreichen, wie auch immer.

Rusli begab sich zur Poolbar. Er begrüßte freundlich die anderen Bediensteten, die heute arbeiten mussten. Ein paar Gäste saßen auf den Barhockern und erfrischten sich mit Wasser, Cola oder Limo auf Eis.

Zwei Australier tollten am Pool herum. Der eine warf den anderen hinein. Das Wasser spritzte hoch. Als er mit dem Kopf wieder an der Oberfläche erschien, sprang der andere hinterher.

Ein Gast, Deutscher, bestellte ein Bier. Rusli stellte es vor ihn auf die Theke und lächelte.

Wie immer.

War das nicht dieser deutsche Kommissar, dachte er. Padang hatte ihn gefragt, ob er an dem Abend vor dem Mord beobachtet hätte, wie er mit Maurer an einem Tisch saß.

Natürlich hatte Rusli die beiden gesehen.

Rusli kriegte hier alles mit. Das war sein Job. Beim Servieren horchte er auf die Gespräche, die geführt wurden, und beobachtete die Menschen. Maurer kannte er schon lange. Er machte hier mehrmals im Jahr Urlaub. Aber diesen Kommissar Rauscher hatte er gestern zum ersten Mal gesehen. Das hatte er auch Padang gesagt. Padang verdächtigte den Kommissar, das hatte er gehört.

„Hallo", sagte Rauscher.

„Hallo, Mister. Wie geht Ihnen?"

„Danke, ganz gut. Sagen Sie mal, Sie können mir doch bestimmt ein paar Tipps geben, was man hier auf Bali alles besichtigen kann?" Rauscher nahm einen Schluck Bier, setzte seine Sonnenbrille auf und erfreute sich an den Sonnenstrahlen.

„Ja natürlich, Mister. Hier es gibt viel zu sehen. Wenn Sie wollen sehen Tempel, Sie müssen schauen den Pura Besakih. Das ist größtes und ältestes Heiligtum für alle Balinesen. Oder ein Wassertempel. Da baden Gläubige in heiligem Wasser." Er dachte kurz nach und sprach dann begeistert weiter. „Was anderes ist Elefantenhöhle Goa Gadja. Sehr berühmt. Bei Bedulu in Nähe von Ubud, in der Mitte von Bali. Höhle hat Namen von Eingang. Sieht aus wie Kopf von Elefant. In Höhle steht eine Figur, ein Meter hoch, das ist der Elefantengott Ganesha. Ein Sohn von Shiva." Rauscher hörte aufmerksam zu und war beeindruckt. Rusli kam ins Reden: „Oder Sie mal besuchen Turtle Island, wo Sie viele Schildkröten sehen können. Oder den Affenwald. Und viele Touristen sind von Markt begeistert. Und von Tanah Lot. Das ist großer Tempel im Meer." Rusli freute sich, dem Kommissar ein paar neue Tipps geben zu können.

„Wenn Sie haben Glück, Sie können vielleicht sehen einen Hahnenkampf in einem von vielen kleinen Dörfern auf Insel."

„Danke, danke. Das ist viel zu viel. Ich werde es mir überlegen müssen. Alles kann ich nicht machen." Rauscher trank sein Bier, verabschiedete sich von Rusli und ging. Unterwegs dachte er wieder an Maurer. Mord in dieser Idylle. Das kriegte er in seinem Schädel nicht recht zusammen. Aber er musste die Realität hinnehmen, wie sie war. Und sie war hart.

## 5.

Die Lösung liegt hier im Hotel, dachte Rauscher, als er sich zum Abendessen begab. Er hatte sich fest vorgenommen, nicht mehr ständig an den Mord zu denken. Stattdessen wollte er relaxen, genießen, sich einfach gut fühlen. Aber es klappte nicht. Er hing zu tief drin, und die Aufklärung war zu wichtig für ihn selbst. Trotzdem wollte er den Kopf frei bekommen, und deshalb nahm er sich vor, außerhalb des Hotels zu essen.

Zwischendurch schrieb er noch eine SMS: „Hallo meine Venus. Habe nichts Neues herausgefunden. Alles sehr undurchsichtig. Würde jetzt gern mit dir knuddeln."

An der Strandpromenade in Sanur führte ein kleiner Weg entlang an herrlichen Hotelanlagen mit tropischen Gärten und kleineren, schmucken Bungalows. Dazwischen lagen jede Menge Shops und balinesische Restaurants. Rauscher überquerte einen kleinen Platz und sofort kamen einige Einheimische auf ihn zu: „Hello, my friend. Transport?"

Er antwortete mit einem freundlichen, aber entschiedenen „no". Ein merkwürdiger Ort mitten in Indonesien, dachte er. Alle Balinesen sprachen ein verständliches Englisch. Und viele sogar ein passables Deutsch.

Sanur war lange Zeit ein aufstrebender Touristenort, nicht weit entfernt von der Hauptstadt Denpasar. Noble Hotels wie das Hyatt Regency hatten sich vor Jahren hier angesiedelt. Vor allem Deutsche und andere Europäer bevorzugten Sanur als Urlaubsdomizil. Hier waren die Preise etwas höher, die Gärten etwas gepflegter, die Promenade etwas aufgemotzter als auf der übrigen Insel. Bis auf die Halbinsel Nusa Dua, wo es noch etwas schicker war. Dort gab es keine gewachsenen Dörfer, sondern nur Luxusherbergen und Golfplätze für westliche Touristen.

Sanur war ursprünglich ein Dreitausendseelenort gewesen. Die Menschen lebten vom Fischfang. Zwischenzeitlich hatten sich über zwanzigtausend Balinesen oder andere Indonesier hier angesiedelt. Der ganze Ort war vollkommen auf Tourismus ausgelegt. Von der alten Hippie-Romantik keine Spur mehr. Hier ging es nur noch ums Geldverdienen – und das spürte man deutlich. Seit der Rezession Ende der neunziger Jahre des vorigen Jahrhunderts ging es auch hier bergab. Leerstand in den Hotelanlagen, leere Restaurants und Bars. In der ersten Zeit nach dem Bombenanschlag verschärfte sich das Problem, und für die Menschen wurde es noch schwieriger, Geld zu verdienen. Gerade für diejenigen, die sich ganz und gar dem Tourismus verkauft hatten, ging es um die nackte Existenz. Rauscher überlegte, ob der Mord vielleicht etwas mit Geld zu tun hatte. Wer könnte ein finanzielles Interesse am Tod von Horst Maurer haben?

„Hello Mister, look into my shop. Nice T-shirts."

Rauscher lehnte dankend ab und ging weiter. Vorbei an der Bonsai-Bar, in deren Garten feinsäuberlich hunderte der kleinen Bäume aufgereiht waren. Ein Bild für die Götter, dachte Rauscher, schade, dass Lena das nicht sehen konnte. Am Straßenrand standen zwei Jungs, höchstens sechzehn Jahre alt. Der eine lehnte an einer Straßenlaterne. Sie unterhielten sich, lachten und rauchten. Als Rauscher an ihnen vorbeilief, roch er Marihuana oder ein anderes Gras. Damit hätte er nicht gerechnet.

Als er wenig später ein kleines Restaurant fand, in dem ein paar Menschen saßen, setzte er sich und bestellte Saté, Hühnchen-Spieße mit Erdnuss-Sauce, und eine Cola. Besonders die Erdnuss-Sauce hatte es ihm angetan. In Deutschland gab es inzwischen an jeder Straßenecke einen Asiaten, aber man musste verdammtes Glück haben, um einen wirklich guten zu erwischen.

Diedeldiedeldididid. Lenas SMS? Sie war es: „Bin im Totalstress. Klinik, Kochen, Putzen, Einkaufen, Tennisstunde von Julian, Body-Pump. Ich krieg das alles nicht mehr auf die Reihe. Alles Liebe."

Zum Glück bin ich auf Bali, dachte Rauscher, sonst hätte sie mich auch noch am Hals. Er war sauer. Lena zeigte gar kein Verständnis für seine Situation. Kein Wort darüber. Immerhin war er der Hauptverdächtige in einem Mordfall. Da konnte man doch wohl erwarten, dass sie ... Kopfschütteln. Nein, konnte man eben nicht.

Nach dem Essen wollte er noch etwas spazieren gehen und die Ruhe auskosten. Hier in den Tropen wird es abends von einem auf den anderen Moment dunkel. Ohne Sonne war die Luft jetzt erträglicher, obwohl die Luftfeuchtigkeit immer noch extrem hoch war. Wo blieb nur der Regen?

Rauscher ging landeinwärts auf einem kleinen Weg. Plötzlich vernahm er merkwürdige Töne und Rhythmen. Er folgte den unbekannten Klängen und gelangte in ein dunkles Gehöft. Auf einer kleinen Bühne stand eine große Leinwand, die von hinten angestrahlt wurde. Davor saßen in mehreren Reihen Einheimische. Ein kleines Orchester befand sich rechts neben der Bühne. Eine Stimme hinter der Leinwand sprach und sang in verschiedenen Tonhöhen. Auf der Leinwand erschienen grazile Schatten.

Rauscher durchschritt den Hof und blickte gebannt in die Runde. Die meisten Zuschauer starrten andächtig nach vorne und lauschten den beschwörenden Formeln. Rauscher gesellte sich dazu. Schade, dachte er, dass ich gar nichts verstehen kann.

Auf Bali glaubt man, dass die Schatten auf der Leinwand Erscheinungen der übersinnlichen Welt sind. Sie stellen hinduistische Götter oder Figuren aus den alten Heldenepen „Mahabharata“ und „Ramajana“ dar. In der westlichen Zivilisation würden wir dazu Puppenspiel oder Theater sagen. Nicht so die Balinesen. Für sie ist das Schattenspiel – „wayang kulit“ – eine Erscheinung der realen Welt. Es hat eine überragende Bedeutung und ist ein wichtiger Bestandteil ihrer Kultur. Es gibt eine sichtbare Welt und eine unsichtbare. Die unsichtbare Welt wird sichtbar gemacht in den Schatten. Sie stellen den Geist eines Menschen oder die Seele dar. Das wahre Leben von Göttern, Geistern und Dämonen erscheint auf der Leinwand. Es sind die Mythen, die so zum Leben erweckt werden. Jeder Balinese kennt sie, achtet sie und lebt ganz selbstverständlich mit ihnen.

Hinter der Leinwand flackerte immer wieder die Kokosölflamme hell auf. Die Töne wurden zunehmend metallischer, intensiver. Alles begann zu vibrieren. Zwei Schatten tanzten über die Leinwand, machten ausgefallene Gesten. Die Wörter des Schattenspielers durchdrangen die Zuschauer. Sie wurden hineingezogen in die Welt der Schatten. Das Spiel steigerte sich von Sekunde zu Sekunde. So etwas Magisches hatte Rauscher nie zuvor gesehen. Der Rhythmus wurde schneller und versetzte die Menge in Trance. Das

Orchester hämmerte zusehends. Weitere Figuren betraten die Leinwand. Sie hatten eine geheimnisvolle Ausstrahlung. Kämpfe fanden statt, einige Schatten wurden getötet. Die Sinne waren betäubt. Es war ein großes mythisches Fest. Die Balinesen feiern auf diese Weise die ganze Nacht hindurch.

Rauscher war tief beeindruckt. Ihm wurde klar, dass er nichts wusste über die Balinesen, ihre Kultur, ihr Leben, die Bedeutung der Schatten. Aber eines war ihm doch klar geworden: Das Schattenspiel spiegelte die Mentalität und den Glauben der Menschen wider. Nichts ist so, wie es auf den ersten Blick scheint. Vieles spielt sich im Unsichtbaren ab, ist unerklärlich oder bleibt den Augen verborgen. Diese zweite Welt existiert. Im Kopf. In den Gedanken. Im Leben der Balinesen. Sie dient zur Erklärung ihrer realen Welt. Das balinesische Volk wird überrollt von der westlichen Zivilisation und dem Massentourismus mit all seinen Schattenseiten, und es bewahrt seine eigene Schattenwelt, seine Traditionen, Sitten, Gebräuche und Rituale. Sein Respekt vor den Balinesen war in diesem Moment unendlich groß.

Die ungewohnten Klänge hallten in ihm lange nach.

Er freute sich auf sein Bett und auf friedliche Träume – hoffentlich.

# Dritter Urlaubstag

## 1.

Rauscher schlief lange und fühlte sich danach wie gerädert. Mitten in der Nacht war er aufgewacht, weil ihm so entsetzlich heiß war. Er hatte die Klimaanlage auf „low“ geschaltet. Durch die angenehme Kühle war er schnell wieder eingeschlafen. Jetzt tat ihm sein Rücken weh. Ein guter Grund, dachte er, um sich nach dem Frühstück durchkneten zu lassen.

Er stand auf und nahm eine ausgiebige Dusche. Seine “Mango & Milch“-Pflegedusche passte ganz ausgezeichnet zu den Düften Balis, die ihn hier täglich umgaben. Dann zog er seine neue, hellblaue Dreiviertelhose an, die er sich extra für Bali gekauft hatte. Trendy kam er sich darin vor. Ein rotes T-Shirt mit dem Aufdruck „ALOHA“, das ihm sein bester Kumpel Thomas zum letzten Geburtstag geschenkt hatte, rundete seine Garderobe ab.

Zehn Minuten lief er ziemlich verwirrt durch die Gänge des Hotels, bis er es leid war. Dann fragte er nach dem Frühstücksraum. Ein großes Buffet war dort aufgebaut. Er nahm Toast, Eier, Käse, Obst und ließ sich einen Kaffee bringen. Frische Ananas, Papaya und Mango gleich morgens, der Tag begann vielversprechend.

Nachdem er das Frühstück beendet hatte, schrieb er an Lena: „Hallo, mein Liebesstern. Langsam werden mir die Balinesen unheimlich. Ein Mord, Schattenspiele, Streitereien. Naja. Wenn ich jetzt einen Wunsch hätte: schwupps wärst du hier.“

Der Eingang des Health-Centers war im Untergeschoss des Hotels. Als er eintrat, sprang ihm ein beleuchtetes Schild ins Auge: Massage, Fitness, Wellness, Relaxing.

Genau das brauchte er jetzt.

Er sah sich um. Das Ambiente glich einer typischen Saunalandschaft mit kleinen Palmen und anderen tropischen Pflanzen. Kokosduft stieg ihm in die Nase. Etliche Balinesinnen liefen umher. Die Balinesin, die sich gestern so vehement gestritten hatte, war nicht darunter. Eine andere kam auf ihn zu und fragte nach seinen Wünschen. Ihr Gesicht erinnerte ihn stark an die Balinesin von gestern, sie war jedoch ein paar Jahre älter.

„Aloha", sagte sie zu Rauscher. Er musste lächeln.

„Aloha", erwiderte er, „eine Massage, bitte. Vor allem der Rücken macht mir zu schaffen."

„Sie komme mit mir, bitte schön." Sie führte ihn in einen Nebenraum, in dem es abgetrennte Kabinen gab. In eine traten sie ein, er zog sich aus bis auf seine Badehose, die er vorsichtshalber angezogen hatte, und legte sich bäuchlings auf die Liege.

„Kokosöl, Mandelöl, Lavendel-, Jasmin- oder Rosmarinöl, bitte schön?"

Er entschied sich für Mandelöl.

Rauscher musste an den toten Maurer denken. In gewisser Weise konnte er Maurers Euphorie verstehen, was die Balinesinnen anging. Schön im eigentlichen Sinne waren sie nicht, aber diese Exotik, die sie ausstrahlten, diese Andersartigkeit und dieses Lächeln hatten etwas. Diese Mädchen waren Geschöpfe, die man liebhaben musste. Sie wirkten so unschuldig und beschützenswert.

„Wie heißt du?"

„Mein Nam ist Puglug."

„Puglug?"

„Ja."

Sie nahm ein paar Tropfen Öl, verrieb es leicht in ihren Händen und begann mit der Massage. Tastend, vorsichtig, gekonnt.

„Hast du eine Schwester, Puglug, die auch hier arbeitet?" Sie stutzte und hielt einen Moment inne.

„Ja, sie heiß Madé, aber ist heute nicht hier. Sie krank."

„Was hat sie denn?"

„Sie nicht fühlt gut, sie heiß, Fieber? Muss in Bett bleiben."

„Kanntest du Horst Maurer, Puglug?" Wieder zögerte sie, massierte dann weiter und blickte Rauscher scharf an.

„Er Kunde hier. Mein Schwester ihn massiert. Er oft hier." Horst Maurer kannte hier wahrscheinlich jeder, überlegte Rauscher.

Puglug vollführte mit ihren Fingern und Händen wahre Kunststücke. Die kreisenden, tastenden, reibenden Bewegungen wurden von harten, schlagenden, quetschenden abgelöst. Das Ganze ergab eine wundervolle Harmonie.

„Hast du vielleicht beobachtet, ob er mal Ärger hatte hier im Hotel oder Streit mit jemandem. Hatte er Feinde?"

„Ich nix weiß, nein, ich auch nix gesehn." Sie tastete sich von den Schultern langsam herunter Richtung Gesäß. An einigen Stellen drückte sie so fest, dass Rauscher am liebsten aufgeschrien hätte. Aber er riss sich zusammen und unterdrückte den Schmerz.

„Sie sehr verspannt."

„Ja, ich weiß", stöhnte Rauscher, „ich müsste mich öfters mal massieren lassen. Aber meistens vergess ich es einfach oder hab keine Zeit. Kennst du einen Mann mit so einem Zwirbelbart ... Oberlippenbart, so an den Seiten nach oben stehend." Rauscher nahm seine Hände zu Hilfe und zwirbelte sich zur Schau einen Oberlippenbart im Gesicht zurecht. Puglug nickte zwar, antwortete aber:

„Nein, ich noch nix gesehn."

Rauscher hatte genug. Seine Fitness war wieder hergestellt. Als er angekleidet war, fühlte er sich so stark wie lange nicht mehr. Sein Rücken war geschmeidig; ein Gefühl zum Bäume ausreißen. Er zahlte, verabschiedete sich von Puglug und versprach, wieder vorbeizuschauen.

Als er das klimatisierte Health-Center verließ, brannte es leicht auf seiner Haut, so heiß war die Luft draußen. Er wollte kurz hoch in sein Zimmer, da bemerkte er die beiden Gucci-Ladys an der Rezeption. Er änderte abrupt seine Richtung, ging zu einem Prospektständer in der Nähe, aus dem er von oben nach unten sämtliche Prospekte nacheinander entnahm und anschaute. Unterdessen hörte er aufmerksam zu:

„Wir möchten diese Tour buchen. Da, sehen Sie hier. Tour Nummer eins. Zu diesem Tempel. Mit dem Fest." Eine der Gucci-Damen zeigte dem Rezeptionisten die Bilder der Tour in einer kleinen, bunten Broschüre.

„Ja, genau, die hier", sagte die andere Gucci-Frau.

Der Mann hinterm Tresen nahm die Namen der beiden Ladys auf, kassierte vierzig Euro und erklärte, dass der Fahrer sie übermorgen, um halb acht, am Hotel abholen würde. Die Ladys bedankten sich und verschwanden. Sie hatten Rauscher nicht beachtet. Er sprach den Rezeptionisten an:

„Hallo, ich möchte an der gleichen Tour teilnehmen wie die Damen." Der Rezeptionist sagte: „Aloha."

Rauscher fand das mittlerweile gar nicht mehr witzig und nahm sich vor, das T-Shirt nicht mehr anzuziehen. Dann erkundigte er sich nach der gebuchten Tour.

„Die Damen haben gebucht Tour Nummer eins", erläuterte der Rezeptionist, „Start übermorgen um halb acht ab Hotel. Dann Fahrt nach Batubulan, Besuch von Silberschmied, danach zum Barong-Tanz, das ist traditional balinese dance, um halb zehn, dann weiter zu Kehen-Tempel, dort Tempelfest. Bitte Sie nehme Ihre Sarong mit. Sie keinen Sarong, dann Sie sich können leihen. Dann weiter über Bangli in dem Norde von Bali nach Kintamani, was liegt am Fuß von Vulkan ‚Gunung Agung' mit sehr, sehr schöne Blick auf Batur-See. Mittagspause und weiter nach Absprache oder zu freie Verfügung. Es geben noch viele Möglichkeit. Der Besakih-Tempel, größte Heiligtum von Insel, Besuch von tropischen Garten oder Künstlerdorf Ubud. Wie Sie möchte."

„Ja super. Dann melde ich mich jetzt an."

„Okay. Oh, ich sehe gerade ..." Er blätterte in dem Heft, blickte hoch, „Tour Eins leider voll. Nächste Tour Eins erst in einer Woche. Das mir tut leid. Sie auch an anderen Tour teilnehmen wollen?"

„Nein, auf keinen Fall", sagte Rauscher, „es muss diese Tour sein. Absolut. Die oder keine. Sehen Sie bitte zu, dass ich noch einen Platz bekomme."

„Ja, mal sehen, da ausgebucht, wird schwer was machen." Rauscher zückte sein Portemonnaie, legte das abgezählte Geld für die Tour auf den Tresen, nahm einen weiteren 10-Euroschein und drückte ihn dem Rezeptionisten in die Hand.

„Das ist für ihre Mühe. Mein Name ist Rauscher, Andreas Rauscher. Danke vielmals." Er drehte sich um und ging. Der Rezeptionist stand da, ziemlich perplex. Erst wollte er Rauscher zurückrufen. Aber beim Anblick der 10-Euronote überlegte er es sich anders, strich einen Namen im Anmeldeheft und ersetzte ihn durch Andreas Rauscher.

## 2.

Rauscher saß auf einer Bank und genoss die Aussicht über den langen Sandstrand und den azurblauen Indischen Ozean. Hundert Meter im Wasser lag das Riff vor Sanur. An seine Felsen brandete in starken Wellen die See. Gleichmäßig, schäumend, beruhigend.

Die Luft roch leicht nach Algen und Tang. Kaum jemand war im Meer schwimmen, denn das Wasser war die ersten zwanzig Meter sehr niedrig. Ebbe. Eine Frau sammelte Muscheln. Ihr ging das Wasser gerade mal bis zu den Knien.

Rauscher überlegte, wie er vorgehen sollte. Als ein sanfter Wind seine Nase streichelte, schloss er die Augen und ließ seine Gedanken treiben. Streicheln und Kuscheln mit Lena am warmen Sandstrand. Die Füße umspült vom Meer. Die Wonne auf Erden, dachte Rauscher. Er bekam eine leichte Gänsehaut.

„Hallo." Eine Hand klopfte Rauscher von hinten auf die Schulter. Er drehte sich überrascht um und blickte in türkisgrüne Augen, umrundet von vielen Sommersprossen und flatternden, langen rotblonden Haaren.

„Ich bin Doris Maurer, die Schwester von Horst. Und Sie sind Herr Rauscher? Der Mann an der Rezeption zeigte mir, wo Sie sitzen."

„Ahh, Frau Maurer. Sie haben mich gerade aus einem wunderschönen Traum geholt ... Naja, auch egal. Ja, ja, ich bin Andreas Rauscher. Freut mich sehr, Sie kennenzulernen ... oh entschuldigen Sie, natürlich erstmal, mein Beileid." Rauscher wollte Frau Maurer die Hand drücken, doch sie wich aus.

„Schon gut, schon gut. Ehrlich gesagt, ich weine ihm keine Träne nach. Ich möchte Ihnen nichts vorspielen. Wir hatten kein gutes Verhältnis, auch wenn ich seine kleine Schwester bin. Mein Bruder war viel unterwegs, auf Reisen. Ich habe mich nie sonderlich dafür interessiert, und wir haben uns höchstens alle Schaltjahre gesehen. Deshalb war ich auch so überrascht, dass man mich benachrichtigt hat. Aber wen hätten Sie auch sonst benachrichtigen sollen?" Doris Maurer drehte sich um, blickte nach links, nach rechts, nach vorne und hinten. Sie nahm einen kräftigen Zug Meeresbrise und genoss offensichtlich ihr Ankommen auf Bali. Rauscher sah sofort, dass sie wesentlich jünger war als ihr Bruder.

„Es ist wunderschön hier", sagte Doris Maurer, „hätte ich mir denken können. Wo mein Bruder zu verkehren pflegt, muss es schön sein. Ich gehe erstmal eine Runde schwimmen, bin doch ziemlich schlapp nach dem langen Flug. Am besten im Pool, was? Das Meer ist ja gerade nicht da. Kommen Sie mit?" Rauscher nickte und folgte ihr.

„Kennen Sie schon die Details des Mordes?", fragte er.

„Lassen Sie mich bloß damit in Ruhe."

„Ich dachte ja nur ..."

Sie näherten sich dem Pool. Doris Maurer zog ihr T-Shirt mit dem Aufdruck „Seesaw" und ihren bunten Sommerrock aus und legte beide Teile auf eine Sonnenliege. Rauscher musste kurz schlucken. Sie trug einen der knappsten Bikinis, den er jemals gesehen hatte, und gab darin eine sagenhafte Figur ab.

Nachdem sie ins Wasser gesprungen war, schwamm sie langsam eine Bahn nach der anderen, und Rauscher folgte ihr am Beckenrand.

„Sind Sie immer so schweigsam? Ich dachte, Kommissare fragen einem Löcher in den Bauch." Irgendwie kam sich Rauscher vor wie Kleindoofi mit Plüschohren.

„Woher wissen Sie eigentlich, dass ich Kommissar bin?"

„Hat mir dieser balinesische Kommissar erzählt, dieser Padanck oder wie er heißt. Und er hat auch erzählt, dass er Sie verdächtigt, weil Sie der Letzte waren, mit dem Horst gesehen wurde."

„Und? Verdächtigen Sie mich auch?"

„Eigentlich nicht. Sie sind doch ein ganz Lieber, oder? Einen Mord trau ich Ihnen jedenfalls nicht zu." Rauscher grinste. Sah er wirklich so lieb aus? Er gab nichts auf das Äußere von Menschen, denn er hatte schon zu oft danebengelegen.

„Ich mir auch nicht. Aber vielleicht war ich's ja doch. Immerhin hatten wir ganz schön gebechert. Also ehrlich gesagt: Ich weiß nicht mehr so genau, wie ich in mein Bett gekommen bin." Doris Maurer schwamm gleichmäßig und kam dabei nicht außer Atem. Sie war in guter Form, das war offensichtlich. Rauscher griff sich kurz an seinen kleinen Bauchansatz. Lena sagte immer, dass sie ihn sehr sexy finde und jeden einzelnen seiner knapp hundertachtzig Zentimeter mochte.

„Na, Sie sind mir ja einer: ein Kommissar, der trinkt, bis er nichts mehr weiß; ein Kommissar, der sich selbst beschuldigt, einen Mord begangen zu haben; und ein Kommissar, der augenscheinlich noch immer im Dunkeln tappt. Was soll ich davon bloß halten?"

„Sie haben recht." Rauscher fuhr sich durch seine kurzen dunklen Haare und seine Miene war in diesem Moment nicht die glücklichste.

„Ich ärgere mich selbst, weil ich immer noch keine vernünftige Spur habe." Es war schon der zweite Tag ohne weiteren Hinweis, aber zaubern konnte er schließlich auch nicht. Immerhin war die Polizei kein Stück weiter als er. Doris Maurer kam klitschnass aus dem Pool, rubbelte sich mit dem Badetuch ab, warf die wild-verstruppelten Haare nach hinten und konterte lachend:

„Strengen Sie sich gefälligst an. Wo ein Mord ist, ist auch ein Mörder. Oder seh ich das falsch?" Dieser Weisheit konnte Rauscher nicht widersprechen.

Sie strich sich mit den Fingern durch die Haare, zog T-Shirt und Rock über und schickte sich an zu gehen.

„Sehen wir uns heute Abend zum Essen? So um acht ist doch eine gute Zeit, oder? Dann erzähl ich Ihnen noch ein paar nette Geschichten über meinen herzallerliebsten Bruder."

„Sehr gerne, bin um acht im Speisesaal. Bis dann." Rauscher winkte ihr nach, und schon war sie verschwunden. Er überlegte, sah auf die Uhr. Schon wieder kurz nach zwei. Kommissar Padang hatte ihm heute Morgen eine Nachricht an der Rezeption hinterlegt, dass er ihn um fünfzehn Uhr zu sprechen wünschte. Vielleicht gab es ja doch Neuigkeiten.

Rauscher trank einen Espresso an der Poolbar, der seine Lebensgeister von Trab auf Galopp brachte, und gestand sich ein, dass Doris Maurer bei ihm Eindruck hinterlassen hatte.

Konnte jemand so cool auf den Tod des eigenen Bruders reagieren? Selbstverständlich, wie er eben gerade erlebt hatte. Von der Nachricht des Todes bis zu ihrer Ankunft im Hotel waren gerade einmal anderthalb Tage vergangen. Sie zeigte keine Spur von Trauer. Hatte er ihr tatsächlich so wenig bedeutet? Oder war etwas anderes zwischen ihnen vorgefallen?

In Rauscher hatte sich eine Menge aufgestaut: Fragen, Frust, Befürchtungen. Plötzlich rannte er wie von der Tarantel gestochen los und hüpfte mit angezogenen Beinen in den Pool. Das Wasser klatschte und spritzte hoch. Rauscher fiel bis auf den Beckenboden und stieß sich schnell nach oben ab. Wieder an der Wasseroberfläche stieß er einen weithin hörbaren Schrei aus. „Ahhhhhh!" Das tat gut. So gut.

## 3.

„Ich habe mich hier ein bisschen umgesehen." Rauscher gab Kommissar Padang die Hand.

„Herr Rauscher, Sie nicht sollen unser Arbeit machen. Wir das schon selbst können."

„Nix für ungut, Kommissar, davon bin ich überzeugt. Aber ich dachte, ich halt mal die Augen offen. Kann ja nix schaden, oder?“ Kommissar Padang war mit zwei Hilfssheriffs ins Hotel gekommen, um Rauscher nochmals unter die Lupe zu nehmen.

„Wir habe vernommen alle Persone, die Sie uns gesagt. Nix verdächtig. Mann mit Oberlippenbart und diese ... diese andere Mann mit vierzig Jahr noch fehlen. Wir sie haben nicht gefunden hier.“ Padang machte eine Pause und sagte dann: „Sie noch etwas erinnern an Abend vor Mord?“

„Nein, das hätte ich ihnen doch schon längst mitgeteilt.“

„Bayan, der Roomboy, der Maurer gefunden, Sie wissen schon. Er sagt, er sehen ein Dämon schweben über Maurers Bett, als er ihn entdeckt.“ Urplötzlich verzog sich Rauschers Gesicht, und er verdrehte die Augen. Er wusste nicht, ob er lachen, staunen oder weinen sollte. Padang haute mit der Faust auf den Tresen der Poolbar: „Sie sich nicht lustig machen und nicht so gucken. Was Bayan hat gesagt, man sollte ernst nehmen. Sehr, sehr ernst.“ Rauscher wischte sich den Schweiß von Stirn, Kinn und Nase.

„Kommissar, verarschen kann ich mich selbst, oder was ist hier eigentlich los? Einen Dämon hat er gesehn, ja? Danke auch. Na dann haben wir ja den Mörder. Einen Dämon. Ich glaubs einfach nicht. Sagen Sie nicht, dass Sie auch an so einen Hokuspokus glauben.“

Kommissar Padang setzte wieder seine ernste Miene auf, als hätte er eine Maske aufsitzen.

„Bitte, Herr Rauscher, ein bisschen Respekt vor Glaube von ein ganze Volk.“

„Glauben? Ich würde das Aberglauben nennen. Mit diesem ganzen Dämonengeschwätz kann ich jedenfalls nix anfangen, wirklich nicht. Der Mörder ist aus Fleisch und Blut, da bin ich mir sicher.“ Padang schaute immer noch finster drein.

„Gut, gut. Wir so nicht kommen weiter, ich merke das. Wir uns jetzt darum kümmern, Mann mit Oberlippenbart zu fangen.“

„Gute Idee, ich habe übrigens mit Maurers Schwester gesprochen. Sie weiß vielleicht noch einiges über ihn. Vielleicht sollten Sie sich auch mal mit ihr unterhalten. Eine interessante Person."

„Danke, Herr Rauscher, das ich sowieso vor haben. Auf Wiedersehen." Padang verabschiedete sich und machte sich auf den Weg. Sein Gang strahlte Macht aus, wirkte Schritt für Schritt erhaben. Rauscher setzte sich an die Poolbar, bestellte einen Kaffee und tippte eine SMS: „Hallo Sternschnuppe, jetzt spinnen alle hier. Der Kommissar wollte mir gerade weismachen, dass Bayan, der Roomboy, einen Dämon in Maurers Zimmer gesehen hat, den er für den Mörder hält. Ist das nicht zum Tot ... pardon, zum Ablachen?"

Wolken überschatteten die Anlage. Rauschers Hemd klebte auf seiner Haut. Ein Rinnsal floss unter seinen Achseln. Diese nasse, schwüle, stickige, glitschige, drückende Luft war nicht mehr auszuhalten. Ein Himmelreich für einen Regenguss, dachte er, ein Gewitter, ein Tropensturm, ein Zyklon oder was es sonst noch so gab. Hauptsache eine Abkühlung.

Der Mann mit dem Zwirbelbart ging Rauscher nicht mehr aus dem Kopf. Er musste ihn unbedingt finden, ihn und den Vierzigjährigen. Und die Schwester von Maurer war auch nicht ohne. Da lag etwas in der Luft, das sagte ihm sein Gefühl. Plötzlich musste er an seinen früheren Ausbildungsleiter bei der Frankfurter Kripo denken, Herrn Schmidt. „Lassen Sie sich nie von Ihren Gefühlen leiten", sagte Herr Schmidt immer. „Vertrauen Sie auf Fakten, Zahlen, konkrete Hinweise. Unterwerfen Sie sich nicht Ihren Gefühlen, das führt in die Irre. Lassen Sie sich das gesagt sein von einem erfahrenen Polizisten. Gefühle sind was für Frauen und Liebesromane. In den Ermittlungen des Polizeidienstes haben sie nichts, aber auch gar nichts zu suchen." Er konnte diese Sätze von Herrn Schmidt nachts um vier im Tiefschlaf herunterbeten, so oft hatte er sie über sich ergehen lassen müssen.

Und jetzt blieb ihm gar nichts anderes übrig, als auf seine Gefühle zu vertrauen, denn es gab keine brauchbaren Fakten. Ein paar Hinweise schon, da musste er sich selbst korrigieren, aber eben nichts Handfestes. Morgen wollte er unbedingt in einem Internet-Café auf www.worldsexforum.de

recherchieren. Auch die beiden Gucci-Frauen musste er sich vorknöpfen, obwohl er da eher wenig Hoffnung hatte. Und dann war da noch Maurers Geliebte, die hatte er total vergessen. Die musste er finden. Vielleicht sind die beiden mal beobachtet worden. Wer weiß?

Diedeldiedeldididid. Eine SMS von Lena: „Du machst ja Sachen. Pass bloß auf dich auf. Wenn du mal telefonieren willst, sag mir Bescheid. Ich ruf dich an. Alles Liebe und viel Glück bei der Suche nach dem Mörder. Deine Liebste."

Wind kam auf. Es war inzwischen später Nachmittag. Die Insel, der Strand, die Hotelanlage lagen friedlich da. Zum ersten Mal im Leben empfand Rauscher so etwas wie Unsicherheit. Normalerweise war er ein geradliniger Typ, der in jeder Situation instinktiv wusste, was zu tun war und dabei fast nie danebenlag. Aber hier und jetzt? Zehrten die vergangenen zwei Tage an seinen Nerven? Sicher, er war überarbeitet. Schließlich war er zur Erholung hierher gekommen und suchte Ruhe. Vielleicht machte ihn die Ungewissheit mürbe? Wie belastbar war er? Oder war es einfach eine innere Unruhe vor dem Sturm, der noch kommen sollte?

## 4.

„Verdammt, Otto, das ist ja gründlich in die Hose gegangen. Wir haben uns jahrelang bucklig gemacht und was haben wir davon? Nichts. Horst hat abkassiert, das Schwein, und alles behalten. Wir hätten ihm niemals trauen dürfen. Aber dass er seine eigenen Kollegen bescheißt ... das hätte ihm niemand zugetraut. Das konnte doch keiner ahnen." Er machte eine Pause, nahm einen Schluck Bier und stöhnte laut vor sich hin.

„Was machen wir denn jetzt?" Der Mann mit dem gezwirbelten Oberlippenbart drehte sich um.

„Ich darf gar nicht daran denken. Wir hatten die Sache so schön eingefädelt. Job für Job. Projekt für Projekt. Land für Land. Kontinent für Kontinent. Immer schön das Schmiergeld kassiert, und die Firma dachte, wir reißen uns den Arsch auf, damit die Geschäfte laufen. Das war einfach genial. Da wäre niemals jemand dahinter gekommen, niemals, nicht wahr Roland?" Er grinste, schüttelte den Kopf und nahm einen ausgiebigen Schluck Bier.

„Hatte nur einen Haken: Horst hat die Kohle aufbewahrt. Bis Gras über die Sache wächst, hat er gesagt. Toll. Dass ich nicht lache. Sind wir eigentlich total bescheuert gewesen, dass wir ihm das abgenommen haben? Spätestens nach einem Jahr hätten wir doch merken müssen, wie der Hase läuft. Diese Sau, diese elende. Der hat mindestens eine Million auf die Seite geschafft. Ich würde ihn grad nochmal umbringen, wenn er nicht schon tot wäre."

Roland faltete die Arme vor der Brust und setzte ein verächtliches Grinsen auf:

„Er hat für alles gebüßt. Für jeden Cent, den er von unsrer Kohle mit Weibern, mit Schampus oder sonstwie verprasst hat. Er hat dafür mit seinem Leben gezahlt." Otto strich sich auf beiden Seiten seinen Oberlippenbart glatt.

„Aber wie kommen wir jetzt an unser Geld? Das wird nicht einfach. Ich habe seine Schwester hier herumlaufen sehen. Die kenne ich von früher. Ich weiß gar nicht, ob die mich noch erkennen würde. Ist immerhin schon vierzehn oder fünfzehn Jahre her, dass wir uns begegnet sind."

„Horst hat das Schmiergeld bestimmt nicht auf der Bank, so blöd war er nicht. Also muss es irgendwo anders sein. Nur wo? Vielleicht sollten wir der kleinen Schwester mal auf den Zahn fühlen. Die muss irgendwas wissen. Die muss sich doch auch wundern, welchen Lebensstil ihr Bruder pflegte und wovon er das alles bezahlte." Der Zwirbelbart nickte:

„Außerdem gehe ich davon aus, dass sie alles erbt. Ist ja sonst niemand mehr da in der Familie Maurer. Und allein das Haus der Familie ist einiges wert, da war ich früher öfters. Ist eine kleine Villa. Altbau, hohe Decken, schönes Gemäuer, war die ganzen Jahre gut in Schuss." Otto trank die Bierflasche leer, stand auf, ging ins Appartement und holte eine neue aus dem Kühlschrank.

„Willst du auch noch eine?", fragte er Roland.

„Ja, her damit. Ich könnte mir heute Abend mal richtig einen verbraten."

Der Zwirbelbart trat wieder auf die Terrasse vor dem Appartement und reichte die Bierflasche dem Vierzigjährigen.

„Vielleicht sollten wir ihr einfach mal einen kleinen Besuch abstatten."

„Nein. Wir sollten raffinierter vorgehen, und ich weiß auch schon wie."

## 5.

Was sich abends im Hotel abspielte, war ein einziges Tohuwabohu.

Rauscher war gerade auf dem Weg zum Abendessen mit Doris Maurer, als eine kleine Balinesin wild schreiend durch die Empfangshalle rannte. Sämtliche Menschen in der Halle schauten sich ungläubig an, schüttelten die Köpfe und zuckten mit den Schultern.

Die Schreie des Mädchens wurden immer spitzer und qualvoller. Sie wollte einfach nicht aufhören, rannte weiter, in sich gekrümmt.

Ihre Stimme schmerzte in den Ohren. Ihre schnellen Schritte. Ihre Tränen. Die glotzenden Menschen. Ein absurdes Schauspiel.

Ein Bediensteter des Hotels rannte hinter ihr her und fing sie ein. Jammernde Klagelaute entströmten weiter ihren Lippen. Der Bedienstete schüttelte sie, versuchte sie zu beruhigen, und sie deutete nach hinten, Richtung Health-Center.

Rauscher reagierte blitzschnell und lief dorthin. Als er eintrat, saßen zwei Masseurinnen links in der Ecke, umarmten sich und weinten. Eine weitere saß daneben, hatte die Beine angezogen, versteckte ihren Kopf zwischen den Knien und schluchzte. Sonst war niemand da.

Rauscher ging schnell, aber vorsichtig und aufmerksam zu den Kabinen und sah hinter dem zweiten Vorhang einen Schatten. Er riss den Vorhang zur Seite und erstarrte. Sofort erkannte er ihn. Der Roomboy, der sich mit der kleinen Balinesin gestritten hatte, lag mit dem Bauch auf der Liege. In seinem Rücken steckte Kris, der Dolch.

Tief und fest.

Blut rann an beiden Seiten aus der Stichwunde. Rauscher drehte sich abrupt weg, denn er konnte kein Blut sehen. Ihm war sofort klar, dass es sich um die gleiche Mordart handelte wie bei Maurer. Diesmal hieß das Verwöhnprogramm Tod.

Inzwischen kamen noch mehr Leute ins Health-Center gerannt. Eine ältere Frau, die den Toten erblickte, schrie „Bayan? Oh Gott." Rauscher wurde augenblicklich klar, dass der tote Roomboy offenbar der gleiche war, der Maurer gefunden hatte. Da musste es einen Zusammenhang geben.

Hektik brach aus.

Mehrere Gäste drängten ins Health-Center. Hotelmitarbeiter versuchten sie davon abzuhalten. Die sensationsgeilen unter den Touristen ließen sich nicht daran hindern, brüllten das Personal an und verschafften sich gewaltsam Zutritt.

Die ersten rannten aufgebracht wieder heraus. Panisch grölte eine Frau durch den Raum „Ich will nach Hause". Sie rannte schnurstracks zur Rezeption und schrie den ahnungslosen Empfangschef an, der gerade die Polizei verständigt hatte:

„Sie klemmen sich jetzt ans Telefon und besorgen mir einen Rückflug. Sofort. Ich bleibe keine Stunde länger in diesem ... diesem Mörderhotel."

Panik auch bei anderen Touristen, die aus dem Health-Center kamen.

Angst lag in der Luft.

Einige Männer hielten ihre schluchzenden Frauen im Arm und versuchten sie zu beruhigen. Wieder andere diskutierten schon darüber, ob sie gleich abreisen oder lieber noch eine Nacht darüber schlafen sollten. Allen wurde nach und nach bewusst, dass sich ein Mörder, ein leibhaftiger Mörder, im Hotel befand. Ein skrupelloser Killer, der nicht einmal davor zurückschreckte, einen so freundlichen Menschen wie Bayan, der bei allen beliebt war, hinterrücks zu ermorden.

Die Frau an der Rezeption schlug wieder und wieder mit den Fäusten auf den Tresen, während immer mehr Touristen hinter ihr drängelten und willkürlich durcheinander schrien. Der Empfangschef zuckte mit den Schultern und entschuldigte sich.

Langsam wuchs ihm die Sache über den Kopf.

Nachdem Rauscher sich die anderen Räume im Health-Center angeschaut und außer weinenden Balinesinnen nichts entdeckt hatte, ging er wieder hoch in die Empfangshalle. Hier konnte er nichts unternehmen, also schrieb er wieder eine SMS: „Hallo Liebesperle. SOS. Alarmstufe rot. Noch ein Toter. Hier herrscht Chaos. Jetzt wird's kritisch. Ich fürchte, das könnte nicht der Letzte gewesen sein. Es wird Zeit, dass mir was Gescheites einfällt. Tausend Bussis."

In diesem Augenblick kam auch Doris Maurer die Treppe herunter, von den Schreien angelockt.

„Was läuft denn hier? Sind die denn alle wahnsinnig geworden?"

„Bayan liegt im Massage-Center. Tot. Erdolcht, genau wie Ihr Bruder."

„Ach du liebe Zeit. Scheint ja gefährlicher zu sein, als man denkt, dieses Hotel. Mir ist das Abendessen gerade vergangen. Lassen Sie uns morgen beim Frühstück reden. Dann erzähle ich Ihnen alles, was Sie wissen wollen." Rauscher hätte sie gerne aufgehalten, denn er brauchte dringend ein paar Informationen über Maurer. Details aus seiner Vergangenheit. Aber er konnte Doris Maurer zu nichts zwingen.

„Na gut, also bis morgen früh." Sie verabschiedete sich von ihm und ging hoch in ihr Zimmer.

Rauscher ging in den Speisesaal, aß schnell und ohne großen Appetit. Während des Essens versuchte er, nicht dauernd an den zweiten Mord zu denken. Es misslang. Den Nachtisch ließ er stehen und ging früh schlafen. Morgen wollte er fit sein. Er brauchte einen Erfolg, wenigstens einen kleinen. Irgendetwas, woran er sich festhalten konnte. Ohne eine Spur kann man keinen Mörder finden, dachte er. Wer immer es gewesen war, er musste ihm auf die Schliche kommen.

Draußen herrschte dunkle Nacht. Und irgendwo da draußen war er, der Mörder. Was trieb ihn an? Rache? Geld? Macht? Liebe? Und vor allem: Würde er weiter töten?

# Vierter Urlaubstag

## 1.

„Was hat eigentlich dieses ‚Seesaw' auf Ihrem T-Shirt zu bedeuten?" Doris Maurer grinste und blickte an sich herunter.

„Das ist der Name einer Band aus Hanau-Steinheim, die ich gern höre. Ein paar durchgeknallte Jungs, die zwei Top-Ten Hits hatten. In Belgien, glaube ich, oder Holland." Rauscher rief den Kellner und bestellte noch Kaffee nach. Er köpfte sein Frühstücksei, salzte und aß es. Dazu Toast mit Käse. Doris Maurer nahm vorlieb mit einem ordentlich belegten Obstteller. Sie stand auf, lief zwei Tische weiter und klaute sich eine Serviette. Auf der Rückseite ihres T-Shirts war eine große Anaconda abgebildet, die sich vor dem Betrachter aufstellte und böse zischte. Passt zu ihr, fand Rauscher.

„Ich muss Ihnen was erzählen, Herr Kommissar."

„Sagen Sie doch Andreas zu mir."

„Also gut, Andreas. Ich heiße übrigens Doris. Gestern Nachmittag, als ich ins Zimmer gegangen bin, habe ich jemanden gesehen, den ich kenne – von früher."

„Wen denn?"

„Ich weiß leider nicht, wie er heißt, aber er ist ganz leicht zu erkennen. Er hat einen sehr markanten Oberlippenbart, so an der Seite nach oben gerollt."

„Der Zwirbelbart. Woher kennst du ihn?"

„Früher hatte er öfters mit meinem Bruder zu tun gehabt. Wieso weiß ich nicht. Entweder ist er ein alter Jugendfreund von Horst oder ein Ex-Kollege von *Siemens*. Ich kann mich nicht mehr genau erinnern. Ist schon so lange her. Bestimmt über zehn Jahre. Aber mir kam es komisch vor, dass der hier plötzlich auftaucht."

„Den kenne ich auch", sagte Rauscher, „am Abend vor dem Mord trafen wir ihn an der Poolbar. Es schien ihm gar nicht recht zu sein, dass ich mich mit deinem Bruder unterhielt. Und dein Bruder ignorierte ihn einfach. Das kam mir gleich verdächtig vor." Doris Maurer schmierte sich einen Toast mit etwas Butter und Marmelade. Der Kellner kam an den Tisch und goss Tee nach. Im Frühstücksraum waren mittlerweile fast alle Tische besetzt. Die meisten Urlauber wirkten sehr entspannt, und so wie es aussah, hatten sie den gestrigen Mord einigermaßen gut weggesteckt. Vielleicht hatten manche den späteren Abend aus lauter Verzweiflung genutzt, um ordentlich einen drauf zu machen. Wie auch immer: Hier im Hotel galt jedenfalls die Parole "the show must go on".

„Hast du eine Erklärung für den Mord an deinem Bruder? Ich meine, vielleicht hatte er Feinde hier? Oder er war in irgendwelche Sachen verstrickt?"

„Irgendwelche Sachen? Was meinst du?"

„Naja, ich habe eine Internet-Adresse in seinem Zimmer gefunden: www.worldsexforum.de. Schon mal gehört?"

„Nein. Und was glaubst du, was das mit meinem Bruder zu tun hat?"

„Keine Ahnung. Aber heute Mittag werde ich mir die Sache mal anschauen, vielleicht bringt es ja was. Ich dachte nur, Horst schwärmte in den höchsten Tönen von einer Einheimischen. Ich glaube, da bahnte sich mehr an. Könnte ja was mit Sextourismus zu tun haben oder mit organisierter Prostitution. Ausschließen würde ich erstmal nichts."

„Würde ich auch nicht. Den Lebensstil meines Bruders konnte ich noch nie nachvollziehen. Ich bin mir ziemlich sicher, dass er überall, wo er hinfuhr, ein Mädchen sitzen hatte. Was weiß ich, wie er immer an die rankam. Aber es scheint ja gar nicht so schwer zu sein, wenn das heutzutage schon übers Internet funktioniert. Vielleicht kann man sie ja direkt aus Deutschland buchen." Diedeldiedeldidid. Eine SMS kam an. Rauscher konzentrierte sich aber weiter auf das Gespräch, die SMS wollte er später abrufen.

„Eine deutsche Frau hatte dein Bruder nicht?"

„Nein, er hat es zwar mehrere Male versucht, aber lange hat es keine mit ihm ausgehalten. Da war mal eine, die hatte einen Autounfall. Tödlich. Mit der war er jahrelang zusammen. Ella oder Ellen hieß sie, glaube ich, da sah es sogar danach aus, als ob die beiden heiraten würden. Wurde dann ja leider nichts. Und seitdem ging es beziehungsmäßig nur noch bergab. Wenn er nicht für *Siemens* unterwegs war, war er unglücklich. Beruf ging vor. Schon als junger Mann betreute er Projekte überall in der Welt. Immer woanders. Immer rumfahren. Immer was Neues. Der Rest war ihm zu langweilig. Da ging er sich selbst auf den Keks. Sesshaft war glaube ich ein Hasswort für ihn."

„Was war er sonst für ein Typ, dein Bruder? Ich meine menschlich gesehen? Verstehst du, ich versuche einfach, mir ein Bild von ihm zu machen, mir fehlt noch ein klares Motiv. Alles, was ich bisher habe, sind allgemeine Hinweise."

„Was willst du hören, Kommissar? Dass er ein Arschloch war? Bitte schön, ja, er war ein Arschloch, in meinen Augen war er sogar ein Riesenarschloch! Mit Moral hatte er es nicht so, andere Leute waren ihm egal, ich sowieso. Er hat immer nur an sich gedacht, drum herum hat er nichts wahrgenommen. Darin war er wirklich gut."

„Entschuldigung, wenn ich dir zu nahe trete, aber was ist eigentlich zwischen euch beiden vorgefallen? So wie sich das anhört, nichts allzu Positives." Doris Maurer nahm einen Schluck Tee, setzte die Tasse wieder ab und seufzte leicht. Eine kleine Träne perlte über ihre linke Wange.

„Tut mir leid, Andreas. Aber das ist eine ganz persönliche Familiensache. Da möchte ich nicht drüber sprechen." Rauscher war enttäuscht und sauer, dass sie ihm wieder nicht Konkretes sagte.

„Ach noch was, entschuldige dass ich dich so direkt frage: Gibt es eigentlich etwas zu erben? Und wenn ja, wer erbt es?" Doris Maurer lächelte ihn an und erwiderte dann:

„Soweit ich weiß, bin ich die Alleinerbin. Es gibt sonst niemanden in der Familie. Aber wie ich meinen Bruder kenne, taucht von irgendwoher ein kleiner Balg auf oder so was und macht mir mein Erbe streitig. Und was ich erbe, darfst du mich nicht fragen. Auf jeden Fall die Hälfte unseres Elternhauses. Was es da sonst noch gibt, ob es überhaupt noch etwas zu erben gibt oder ob er alles durchgebracht hat, weiß ich wirklich nicht. Tut mir leid." Rauscher schwieg. Nach kurzer Pause fragte Doris Maurer:

„Bin ich jetzt die Hauptverdächtige?"

Rauscher guckte etwas verlegen und drückte sich vor einer klaren Antwort. Er schaute erstmal die SMS an. Lena hatte geschrieben: „Hallo tapferer Detective Rauscher. Wie ist der Stand der Ermittlungen? Alle Bösewichte dingfest gemacht? Hoffe ich. Dann könnte der Urlaub ja losgehen ..."

„Könnte" murmelte Rauscher langsam, „könnte, ist genau das richtige Wort, könnte, hätte, wenn und aber."

Rauscher schlug noch einen kleinen Spaziergang durch Sanur vor, um den Ort etwas besser kennenzulernen. Doris Maurer willigte ein, denn sie war selbst gespannt, wie es hier aussah. Sie gingen los und kamen nach wenigen hundert Metern an einer uralten Baracke vorbei, in der ein Wahrsager seine Dienste anbot. Ein kleiner Tempel stand links vor dem Eingang, geschmückt mit allerlei bunten Opfergaben: Blumenblüten, Bananen, Mangostücken und Reis. Ein Duftstäbchen glühte und verströmte den Geruch von Weihrauch.

„Na, Andreas? Hast du Lust zu erfahren, was dir die Zukunft bringt?"

„Nein, lass mal. Ist nicht so mein Fall. Diese Spiritisten oder wie die heißen und dieser ganze Hokuspokus, da glaube ich nicht dran. Die wollen doch nur an unser Geld."

„Ach komm, gib dir mal einen Ruck. Sei nicht so skeptisch. Was ist schon dabei? Ganz Asien ist voller Wahrsager, Hellseher, Wunderheiler, Magier und Schamanen. Die gehören einfach dazu. Du musst ja nicht dran glauben."

Rauscher hatte schon Interesse zu erfahren, wie es mit ihm und Lena weitergehen und wie sich seine berufliche Situation entwickeln würde. Aber er wollte sich auch nicht zum Gespött machen. Kurze Zeit rang er mit sich, weil er diesem Wahrsage-Firlefanz von jeher distanziert gegenüberstand, aber dann siegte seine Neugier.

„Du hast recht. Was ist schon dabei“, sagte er und trat ein. Doris Maurer lächelte über die plötzliche Sinneswandlung, blieb draußen und wartete auf ihn.

Drinnen saß ein alter, geschorener Balinese. Ziemlich ausgezehrt sah er aus: knochiges Gesicht, abgearbeitete Hände, sonnengegerbte Lederhaut, umhüllt von einem braunen, abgetragenen Gewand. Er blickte Rauscher mit einer Freundlichkeit an, die tief von innen kam und wies ihm mit einer kleinen Geste an, sich gegenüber auf den Boden zu setzen. Zwischen beiden stand nur ein kleiner Schemel, den der Wahrsager als Tisch benutzte. Rauscher setzte sich im Schneidersitz hin und war gespannt, was ihn in den nächsten Minuten erwarten würde. Er sah sich um. Es war düster. Er erkannte ein Bild des Wahrsagers an der Wand. Darunter stand das Wort „Pak“. Vielleicht sein Name, dachte Rauscher.

Daneben zierte ein Wandteppich mit einer großen Schildkröte den Raum. Die Schildkröte symbolisiert in der asiatischen Mystik den Kosmos, erinnerte sich Rauscher im Reiseführer gelesen zu haben. Sie galt seit alters her als das Tier der Wahrsagekunst.

Auch hier drinnen gab es einen kleinen Tempel, vor dem verschiedene Opfergaben lagen. Im Hintergrund lief leise, beruhigende Musik. Sie klang so ähnlich wie diese in Deutschland modernen, mystischen Ethno-Klänge, die bei Esoterikern so beliebt waren. Nicht gerade vertrauenerweckend, dachte Rauscher.

„Ich habe auf dich gewartet“, sprach der Wahrsager in perfektem Englisch. Nicht gerade originell, sagte sich Rauscher, nickte freundlich und dachte, was sollte er auch anderes sagen.

Dann sah er dem Wahrsager in die Augen. Er wirkte sehr ruhig, ausgeglichen, konzentriert. Der Wahrsager nahm Rauschers rechte Hand und schaute sich die Innenseite an. Er fuhr mit dem Zeigefinger einige Linien entlang und nickte hin und wieder mit dem Kopf. Dann schob er mit dem rechten Zeigefinger Rauschers Augenlid leicht nach unten, so dass er den ganzen Augapfel sehen konnte. Nach einer Minute nickte er wieder leicht mit dem Kopf.

Danach berührte er die Wangenknochen und tastete Rauschers Schläfen ab. Wieder nickte er. Dann reichte er ihm einen Zettel und forderte ihn auf, seinen Geburtstag und seine Geburtsstunde aufzuschreiben. Nachdem Rauscher die Zahlen notiert hatte, nahm der Wahrsager den Zettel wieder, schrieb selbst einige Zahlen darauf und es sah so aus, als ob er rechnete. Dann nickte er wieder mit dem Kopf. Die Stille wurde Rauscher langsam unheimlich, und er ärgerte sich schon, diesem Quacksalber auf den Leim gegangen zu sein. Er hasste Inszenierungen, diese bedeutungsschweren Rituale, Schauspielerei, die eigens für die Touristen hier aufgeführt wurde. Rauscher hätte auf seine Skepsis hören und nicht auf dieses Touristentheater eingehen sollen.

Doch was dann kam, nahm ihm den Atem. Der Wahrsager hob beide Hände Richtung Himmel, machte eine verbeugende Geste und fing an zu reden. Seinem Englisch merkte man an, dass unter seinen Kunden viele Australier und Amerikaner waren. Er sprach langsam und leise und Rauscher traute seinen Ohren nicht:

„Du bist knapp dem Tode entkommen. Vor drei Jahren." Rauscher rutschte unruhig auf seinem Hintern hin und her, denn das stimmte genau. Aber woher wusste der Wahrsager das?

Lenz und er waren damals zu Fuß hinter einem bewaffneten Bankräuber her. Während der Verfolgung trieben sie ihn in eine Sackgasse. In einem Anfall von Übermut verließ Rauscher die Deckung und schoss auf ihn. Die Kugel verfehlte ihr Ziel, aber der Bankräuber schoss zurück und erwischte Rauscher mit drei Kugeln direkt auf der Brust. Durch die Wucht der Geschosse wurde er nach hinten geschleudert und blieb reglos auf dem Rücken mitten auf der Straße liegen. In diesem Moment fuhren vier Polizeiwagen vor und kreisten den Bankräuber ein, so dass er nicht mehr entkommen konnte. Rauschers Glück war die kugelsichere Weste. Damals, als er noch frisch bei der Kripo war, trug er sie vorschriftsmäßig bei jedem gefährlichen Einsatz. Sie hatte ihm das Leben gerettet, aber einige Narben auf seiner Psyche hinterlassen.

Jetzt fuhr der Wahrsager fort:

„Du verstehst es, das Gute vom Bösen zu unterscheiden. Beruflich vertrittst du das Recht." Rauscher schluckte. Auch das stimmte. Hatte er irgendetwas an sich, das ihn als Polizist verriet?

„Dein Stein ist der violette Amethyst und deine Glückszahl die Sieben. Du wohnst in einem Dorf ..." Falsch, dachte Rauscher sofort.

„... viele Menschen in diesem Dorf bezeichnen es gerne als Stadt." Jetzt wurde seine Kehle trocken und kleine Schweißperlen traten auf seine Stirn. Er wünschte sich einen Schluck klaren Wassers. Das gibt es doch gar nicht, überlegte Rauscher, genau das trifft auf Frankfurt zu. Da machen sich sogar viele lustig über dieses Metropolen-Geschwätz. Ihm wurde langsam mulmig.

„Du hattest vor mehr als zehn Jahren die Möglichkeit, eine Frau zu heiraten und hast sie leichtfertig vergeben. Dir wird es nicht vergönnt sein, jemals zu heiraten oder Kinder zu kriegen." Ihm wurde heiß und kalt auf einmal. Er musste sich eingestehen, dass er mit allem gerechnet hatte, aber bestimmt nicht damit. Und es ging noch weiter.

„Deine Kindheit war glücklich. Von schweren Krankheiten wurdest du bisher verschont und wirst es dein ganzes Leben bleiben. Du wirst nie in Armut leben und auch keine Reichtümer besitzen." Der letzte Teil klang für Rauscher beruhigend, denn inzwischen hatte er fast schon Angst davor, dass der Wahrsager ihm irgendetwas richtig Schlimmes prophezeien würde.

„Wenn du in deinem fünften Lebensjahrzehnt nicht über die Stränge schlägst, so wirst du ein langes Leben vor dir haben. Du wirst mindestens dreiundachtzig und wenn du ein bisschen auf dich achtest, kannst du sogar die neunzig erreichen." Kein schlechtes Alter, dachte Rauscher, aber erstmal so lange aushalten bei dem Stress.

„Im Jahre 2010 ist Vorsicht geboten. Du solltest dann das Wasser meiden und die Luft." Und nach kurzer Pause sprach er weiter: „Dein Glaube ist nicht sehr stark. Du solltest deinen Göttern mehr Ehrfurcht entgegenbringen, denn sie beschützen dich." Rauscher fühlte sich zunehmend unbehaglich.

„Hast du Fragen?" Erst war Rauscher irritiert, doch dann besann er sich.

Fasziniert von der Genauigkeit, interessierte ihn jetzt doch eine Prognose, ob er den Fall Maurer aufklären würde.

„Ja, eine. Ich arbeite gerade an einem Fall. Wird meine Arbeit von Erfolg gekrönt sein?“ Eine kleine Pause trat ein. Pak, der Wahrsager, lächelte und beschaute sich noch einmal intensiv sein Gegenüber.

„Du wirst Freunde finden, aber auch Feinde. Der Tod begleitet dich ein Stück, jedoch nicht dein eigener. Du bist kein gläubiger Mensch, deshalb wird es dir nichts nützen, die Gunst der Götter zu erbeten. Du wirst dich auf deinen Verstand verlassen müssen. Der bringt dich weit und weist dir den Weg.“ Rauscher hatte genug und sah zu, dass er so schnell wie möglich hinauskam. Natürlich nicht, ohne vorher zu bezahlen und sich freundlich zu verabschieden. Kaum war er draußen, holte er tief Luft und wischte sich wieder einige Schweißperlen von der Stirn. Schon wollte Doris Maurer wissen, wie es denn war.

„Ich muss das erst mal verarbeiten. Der hat mir so viel erzählt. Wahnsinn, was der alles wusste. Ich kann es mir nicht erklären. Da stimmten ganz viele Sachen, die er eigentlich gar nicht wissen kann. Mir ist das Ganze irgendwie unheimlich.“ Sie gingen ein Stück weiter.

„Du bist auch ganz schön blass im Gesicht“, sagte Doris Maurer, „war es denn so schlimm?“

„Naja, wie man’s nimmt, aber eines steht fest: Der Mann hat mich schwer beeindruckt. Das muss ich mir eingestehen.“

Plötzlich erblickte Rauscher auf der anderen Straßenseite niemand anderen als den Zwirbelbart und den Vierzigjährigen, die sich angeregt unterhielten. Er machte Doris Maurer auf die beiden aufmerksam, sie überquerten die Straße und näherten sich den beiden.

„Das ist doch wieder der Mann mit dem Oberlippenbart“, sagte sie „ja, den kenne ich ganz sicher. Von früher. Das ist ein Bekannter meines Bruders. Definitiv.“

„Sehr interessant, dass der ausgerechnet jetzt hier auftaucht, wo dein Bruder tot ist. Findest du nicht auch?“

„Vielleicht Zufall? Vielleicht haben sie sich hier getroffen?“

„Auf keinen Fall Zufall. An dem Abend vor dem Mord an der Poolbar wollten die beiden was von deinem Bruder. Aber was? Die muss ich jedenfalls im Auge behalten und Kommissar Padang Bescheid geben, dass die sich hier rumtreiben.“ Sie gingen an den beiden vorüber und grüßten mit einem freundlichen Lächeln, erhobener Hand und Kopfnicken. Dann gingen sie zurück ins Hotel.

## 2.

„Pool oder Strand?“

Doris Maurer entschied sich für Sand, Meer und Wellen, denn heute war das Wasser nicht ganz so flach. Sie verabschiedete sich von Rauscher und wünschte ihm viel Erfolg. Er machte sich auf den Weg ins nächstgelegene Internet-Café. Auf der Strandpromenade traf er das Ehepaar, das Horst Maurer am ersten Abend an der Poolbar zuwinkte, und stellte sich ihnen in den Weg.

„Guten Tag. Mein Name ist Andreas Rauscher. Ich bin Kommissar bei der Frankfurter Kripo und arbeite am Fall Horst Maurer.“ Beide schauten Rauscher perplex an, sie erkannten ihn nicht, aber dann sagte der Mann:

„Herr Rauscher, jetzt erinnere ich mich, saßen Sie nicht mit Horst an einem Tisch an jenem Abend?“ Die Frau an seiner Seite nickte.

„Sie sagen es. An diesem Abend habe ich Horst Maurer an der Poolbar kennengelernt. Darf ich fragen, woher Sie ihn kennen?“

„Sie dürfen, er ist ... pardon, er war ein alter Freund von mir. Wir fahren jedes Jahr hierher, nicht wahr, und da haben wir ihn hin und wieder getroffen. Er war ja auch nicht selten hier. Hat ihm gut gefallen hier, nicht wahr.“ Wieder nickte die Frau.

„Sagen Sie, hat er je mit Ihnen darüber gesprochen, ob er hier Probleme hatte oder Feinde?“

„Feinde? Gesprochen hat er nie darüber. Kann aber gut sein. Bei Horst kann ich mir das vorstellen. Er war sehr ... wie soll ich sagen: Man mochte ihn oder man hasste ihn. Dazwischen gab's nichts. Es gab viele, die nicht mit ihm klarkamen.“ Wieder nickte die Frau. Holte sie vielleicht auch das Stöckchen, wenn man es wegwarf, fragte sich Rauscher.

„Ist Ihnen hier ein Mann mit einem gezwirbelten Oberlippenbart aufgefallen?“

„Nee, also mir nicht. Dir vielleicht?“ Der Mann sprach jetzt seine Frau direkt an. Sie schüttelte den Kopf und sagte dann erregt und mit piepsiger Stimme:

„Nein, mir auch nicht. Aber erzähl doch mal dem Kommissar von dieser Balinesin, du weißt schon, an dem Abend davor.“

„Na, erzähl es ihm doch selbst.“

„Na gut, also, wir gingen nach dem Abendessen noch spazieren, so am Strand und an der Promenade. Und plötzlich sag ich zu meinem Mann: Du, Heinz, sag ich, das ist doch der Horst da vorne? Wen hat denn der da im Arm? Mein Mann sah ihn dann auch. Und die Frau, die er im Arm hatte, war meine Masseurin, die hier im Health-Center arbeitet. Madé heißt sie. Kennen Sie die? So 'ne kleine Süße ist das. Von der lass' ich mich immer massieren. Nee aber auch, der Horst und die Madé, sag ich noch zu meinem Mann. Die Männer heutzutage, die nehmen alles mit, gell Heinz, gell?“

„Ja, ist ja schon gut, Marianne. Der Horst war doch schon immer so, das weißt du doch. Über mich brauchst du dich ja nicht zu beschweren. Oder?“ Sie guckte zickig.

„Weiß ich, was ihr so treibt, wenn ihr geschäftlich unterwegs seid? Ich will's auch gar nicht wissen. So eine wie mich findest du im ganzen Leben nicht mehr. Das weiß ich.“

„Ach, Marianne, jetzt hör aber auf.“ Aber Marianne taute langsam auf:

„Nee, nee, wenn Sie mich fragen, war der Horst nicht ganz normal. Der war nicht so wie andere.“ Rauscher stutzte:

„Wie meinen Sie das?“

„Na, der hatte doch die Angewohnheit, immer alles zu übertreiben, nicht wahr. Also wenn andere drei Bier tranken, dann trank der fünf. Wenn andere in fröhlicher Runde sangen, dann grölte er am lautesten. Wenn andere eine Frau hatten, dann hatte der zwei oder drei. Oder irgendwelche Mädchen. So war der, der Horst, nicht normal eben."

„Nu hör aber mal auf, Marianne", schaltete sich Heinz wieder ein, „in meinen Augen war der Horst ein feiner Kerl." Worauf Marianne noch eins draufsetzte:

„Ja das glaub ich dir gerne. Mit dem konnteste immer gut saufen und die Weiber, nicht wahr, die Weiber, das konntet ihr gut, ihr zwei." Rauscher amüsierte sich köstlich über das nette Ehepaar. „Jed` Dippche find sei Deckelche", fiel ihm dazu ein – ein altes Frankfurter Sprichwort. Bevor sich die beiden versahen, floh Rauscher vor dieser vermaledeiten Herzensangelegenheit. Es wurde ihm einfach zu viel, und außerdem, fand er, waren die Neuigkeiten nicht ohne: Madé, die Masseurin, war Maurers Herzdame. Interessante Konstellation. Maurer und Madé: Maurer stirbt. Bayan streitet mit Madé: Bayan stirbt. Sah ganz danach aus, als ob das kleine süße Mädchen eine tödliche Aura hatte. Hielt da jemand beschützend die Hand über sie, fragte er sich.

Rauscher frohlockte. Die ersten Spuren waren erschnüffelt. Jetzt hieß es: dranbleiben, einkreisen, zuschlagen. Aber zuerst ins Internet-Café. Auf dem Weg dorthin erfüllte ihn ein Tagtraum. Er sah sich ganz dicht auf der Spur eines internationalen Menschenhändlerringes: Zwangsprostitution, Sextourismus, Drogenhandel und Waffenschmuggel im ganz großen Stil. Und er, er allein, Andreas Sherlock Rauscher, würde sie alle überwältigen.

## 3.

Eiskalte Luft strömte aus der Klimaanlage. Rauscher fror vor dem Computer Marke Trabi 1989. Lauter junge Leute saßen im Café. Zwei Australierinnen mit RUSTY-Shirts, neben Billabong die hippste Surfboard-Mode. Zwei Deutsche, die ihre Mails abriefen, und eine Balinesin, die im Café jobbte. Rauscher hatte den letzten freien Platz ergattert und versuchte, den Turbo zu zünden. Vergebens. Die alte Kiste gab einfach nicht mehr her, und so musste er ewig warten, bis sich eine neue Seite aufgebaut hatte. Was soll's, dachte Rauscher, ich habe ja Urlaub. Und Zeit.

Zum Glück für ihn stand der Computer in einer Ecke, denn es war ihm ein wenig peinlich, auf einer Sexseite zu surfen. www.worldsexforum.de gab er ein und starrte gebannt auf den Bildschirm. Das Forum war in unterschiedliche Regionen der Welt eingeteilt. Begrüßt wurde er mit den Worten „Freunde der Lust. Wir sind eine eingeschworene Gemeinschaft auf der Suche nach gutem Sex – weltweit. Wer sich uns anschließen will, ist herzlich willkommen. Wir erwarten lediglich, dass er seine Sexerlebnisse oder Sextipps hier postet. Einfach anmelden und loslegen."

Rauscher klickte interessehalber auf einen Link mit dem Stichwort „Frankfurt Bahnhofsviertel". Ein User namens Sexpapst berichtete unter dem Stichwort „Geiles Gebläse" über seine Erlebnisse mit einer Prostituierten in der Elbestraße.

Ist ja witzig, dachte Rauscher, was es alles gibt.

Er suchte nun den Bereich Asien, durchstöberte ein paar Links und traf dann auf den Unterbereich Bali. Hier gab es zunächst einige Anfragen, die alle wissen wollten, ob die Verhältnisse auf Bali ähnlich seien wie in Thailand, ob es Striplokale, GoGo-Bars oder andere Lokalitäten gab. Die Antworten fielen recht knapp aus und lauteten ungefähr so:

Ja, die gibt's, aber bei weitem nicht die Auswahl. In jeder Disco, jedem Club arbeiten semiprofessionelle Girls, fast alle von der Nachbarinsel Java und die Preise sind paradiesisch niedrig, zwischen 50.000 – 1.000.000 Rupien, das entspricht ca. 5 – 100 Euro.

Das alles hörte sich für Rauscher sehr organisiert an. Dann stieß er auf ein Posting mit dem Titel „Was geht in Sanur?".

Genau danach hatte er gesucht.

Seine Aufmerksamkeit wuchs. Ein User mit dem metaphorischen Titel "OnkelDick" erklärte, dass es in Sanur jede Menge Bordelle gibt, die alle aussehen wie normale Häuser. An der Hausnummer hänge jedoch ein großes X dran, so dass sie leicht zu erkennen seien. Man brauche nur hineingehen und seine Wünsche äußern. Ist mir noch keins aufgefallen, dachte Rauscher, muss ich mal drauf achten.

Ein anderer mit dem User-Namen „Schwanzgesteuert" fügte hinzu, dass es für die Pfennigfuchser immer noch die Möglichkeit gebe, eine "Pantai Pijat Tradisional" zu bekommen. Also eine traditionelle Massage mit Handjob. Und alles Weitere ließ sich mit dem jeweiligen Mädchen regeln. Ah, jetzt wird's spannend, dachte Rauscher, vielleicht ist das im Health-Center des Hotels genauso, und Maurer ist durch diese Site darauf aufmerksam geworden. Jedenfalls wusste er jetzt, dass hier hinter den Kulissen mehr lief, als es den Anschein hatte.

Er überflog noch weitere Postings, entdeckte aber nichts Neues. Nachdem er noch einige Minuten weiter gesurft und seine Mails abgerufen hatte, beendete er die Sitzung und zahlte. Die neuen Erkenntnisse waren zwar wichtig, brachten ihn aber nicht entscheidend weiter. De facto fehlte ihm immer noch der richtige Zugang zum Verständnis Horst Maurers. Was hat er hier alles getrieben? War es Lust, die ihn antrieb oder spielte er tatsächlich mit dem Gedanken, sich hier zur Ruhe zu setzen und die richtige Frau zu finden? War das alles nur Spaß, und er dachte überhaupt nicht daran, diese Madé mit nach Deutschland zu nehmen? Zuzutrauen war ihm alles. Er war auf eine gewisse Art und Weise unberechenbar.

Diedeldiedeldidid. Schon wieder Lena? Ja: „Hey Detective: War bei den beiden Toten eine Frau im Spiel? Dann tippe ich auf Eifersuchtsdrama oder Geldgier. Was meint großer Sherlock? Es grüßt Dr. Lena Watson."

Rauscher freute sich. Das zeigte, dass sie an ihn dachte und bei ihm war – zumindest manchmal. Er antwortete sogleich: „Hallo Dr. W. Danke für die bahnbrechenden Hinweise. Leider sind mehrere Frauen im Spiel: Schwester,

Geliebte, Masseurin und vielleicht noch ein paar Barmädchen. Liebe kann tödlich enden, denke bitte daran."

Inzwischen war es zwei Uhr nachmittags. Die Sonne hatte Hochsaison und steuerte langsam ihrem Höhepunkt entgegen. Zurück im Hotel entdeckte Rauscher, dass sich am Pool neben Doris Maurers Liege der Zwirbelbart und der Vierzigjährige breit gemacht hatten. Die drei unterhielten sich. Würde mich schon interessieren, dachte Rauscher, was die von Doris Maurer wollen. Aber er konnte sich jetzt nicht drum kümmern, denn Padang wartete bereits vor dem Hotel auf ihn, um von den Fortschritten zu berichten. Als Rauscher zu Padang kam, empfing ihn dieser mit einer kleinen Begrüßungsgeste und legte sofort los:

„Wir gefunden keine Fingerabdrucke auf Kris. Weder bei Maurer noch Bayan. Keine Spur von Mörder."

„Sehr schade", sagte Rauscher, „aber bevor ich es vergesse, der Zwirbelbart und der Vierzigjährige treiben sich hier herum. Ich habe sie gesehen. Die sollten Ihre Männer mal in Augenschein nehmen."

„Ja, das ich werde anordnen."

„Noch was interessiert mich. Wer sollte denn eigentlich Bayan massieren?"

Kommissar Padang räusperte sich:

„Das Mädchen heißt Sri, wie Reisgöttin. Sie Bayan tot gefunden und gerannt in Empfangshalle und laut schreien. Sie gesagt, Sie wollte holen neues Öl für Massage und kommen zurück und da liegen Bayan mit Kris im Rücken. Sie auch gesagt, sie niemand gesehen."

„Wieder keine Spur vom Mörder. Langsam glaube ich selbst an einen Geist oder einen Dämon, der unsichtbar ist." Padangs Blick wanderte über Rauschers Gesicht. Es war wieder diese strenge, ernste Miene. Immer wenn Rauscher eine ironische Anspielung auf übersinnliche Machenschaften von sich gab, verfinsterte sich die Laune des Kommissars. Dann donnerte er los:

„Sie nicht spielen mit Andenken von Götter oder Dämonen. Gibt böse Geister überall auf Bali. Wir jeden Tag beten für Gunst von Götter und Dämonen für Schutz vor böse Geister. Sonst Leben kann sehr kurz sein. Auch Ihr Leben." Er sprach das mit Würde und Stolz. Selbst jemand wie Rauscher, der allem Übersinnlichen und Esoterischen sehr skeptisch gegenüberstand, konnte ihn mit seinen ironischen Bemerkungen nicht verunsichern. Langsam wurde ihm der Kommissar richtig sympathisch:

„Hey, hey, Kommissar. Ich merke, Ihr Glaube ist sehr stark. Ich bewundere Sie dafür. Nicht falsch verstehen. Ich meine das ganz im Ernst. Legen Sie bitte beim nächsten Gebet bei Ihren Göttern ein gutes Wort für mich ein oder noch besser: Opfern Sie etwas für mich. Vielleicht sind ja die Götter auch mir gewogen." Rauscher war durch die Begegnung mit dem Wahrsager immer noch verunsichert, und sie ließ ihn nicht mehr los, deshalb verlieh er seinen Worten eine Ernsthaftigkeit, die ihm sonst abging. Es war ihm wichtig, in Padang einen Verbündeten zu behalten. Er ahnte, dass er ihn noch brauchen würde.

„Eine Frage habe ich noch, Kommissar. Kennen Sie zufällig einen Wahrsager hier in Sanur? Könnte sein, dass er Pak heißt." Padang schaute Rauscher ruhig an.

„Wieso Sie wollen das wissen? Waren Sie bei ihm? Ich denke, Sie sich machen nichts aus Magie und Wahrsagerei?"

„Mache ich auch nicht, aber mich interessiert es trotzdem, ob Sie den Mann kennen."

„Sicher, ich kenne Pak. Er ist nicht gewöhnlicher Wahrsager, er ist spiritueller Meister, ein großer Magier. Der größte von Sanur und Denpasar, der Hauptstadt. Seine Kraft und Macht seien sehr groß, seine Vorhersagen sehr stark. Er helfen Menschen hier, vielen, vielen Menschen. Sie alle glauben an ihn und sein Weisheit. Sie verstehen?"

Wer das nicht versteht, versteht Bali nicht, dachte Rauscher.

Kommissar Padang erklärte Rauscher in wenigen Sätzen, dass die Menschen, immer wenn es um wichtige Entscheidungen für die Zukunft geht, einen Wahrsager aufsuchen. Sei es, um ein neues Haus zu bauen, die richtige

Frau zu finden, Geschäfte zu machen oder an der Börse zu spekulieren. Immer wird vorher ein Wahrsager aufgesucht. Die Prophezeiungen sind der Leitfaden fürs Leben und bestimmen wie selbstverständlich die Handlungen der Menschen. Mehr als alles andere. Das erklärt die Bedeutung der Wahrsager für das gesellschaftliche Leben auf Bali, ihr hohes Ansehen, das sie genießen und ihre Macht, die sie dadurch besitzen.

Als Padang geendet hatte, machte er sich auf den Weg zurück ins Polizeirevier. Ein Haufen Arbeit lag vor ihm, wie er betonte. Rauscher grinste und dachte sich seinen Teil.

## 4.

Die Aussicht von der Poolbar aufs Meer war für Rauscher immer wieder bewegend: Strand, Schiffe, Wellen und dazu diese unergründlichen Farben. Die Stille ergriff ihn, ebenso der leichte Salzwind und der Algengeruch, der bei Flut besonders stark war.

Trotz dieser Idylle war er unruhig. Die beiden Leichen hatten ihm ganz schön zugesetzt. Er war nicht der coole Typ, an dem so etwas spurlos abprallte. Das hatte er im Dienst schon öfters festgestellt, wenn es um eiskalten Mord ging. Zudem waren die Eindrücke der fremden hinduistischen Kultur überwältigend, und auch die Vorhersagen des Wahrsagers gingen ihm nicht mehr aus dem Kopf.

Rusli, der freundliche Kellner vom ersten Abend an der Poolbar, brachte Rauscher mit erlesener Höflichkeit einen Kaffee. Er verneigte den Kopf leicht, wenn er ein Getränk vor einen Gast stellte. Rauscher brütete gerade darüber, was ihn eigentlich dazu trieb, diesen Fall unbedingt lösen zu wollen. War es die persönliche Beziehung zum toten Maurer, der ihm von Anfang an sympathisch war? War er es Maurer schuldig, seinen Mörder zu finden? Oder war er es sich selbst schuldig? War es seine deutsche Mentalität? Steckte tief in ihm eine Art Pflichtbewusstsein, ein Gerechtigkeitssinn oder die urdeutsche

Tugend, immer korrekt zu sein und korrekt zu handeln? Solange er darüber auch sinnierte, er kam zu keinem befriedigenden Ergebnis. Von allem etwas, sagte er sich, aber er wollte ihn kriegen – unbedingt.

„Mister Rauscher?“ Rusli sprach ihn an. Rauscher blickte hoch.

„Ja, was gibt's?“

„Ich wollen mit Ihnen reden.“

„So? Na dann mal los. Worum geht es denn?“ Der Kellner blickte sich nervös um.

„Nicht hier. Wir gehen zu Strand. Da keiner hört. Ich sage zu Kollege wir gehen.“ Nanu, dachte Rauscher, was hatte ihm der Kellner Geheimnisvolles mitzuteilen, das sonst keiner hören sollte? Rauscher war etwas überrascht. Ging es um die Morde? Eine Minute später liefen sie den Strand hinunter. Die See war heute spiegelglatt. Erst weit draußen vor dem Riff schäumten die Wellen. Am Strand herrschte Totenstille.

„Wie heißt du?“, eröffnete Rauscher das Gespräch.

„Rusli.“

„Rusli? Aha, ich heiße Andreas. Na, dann mal los, Rusli.“

„Mister Andreas, ich wollen Ihnen sagen ... ich meine ... ich hören reden Mann mit Bart.“

„Den Zwirbelbart?“ Rauscher machte die Drehbewegung oberhalb der Lippen.

„Ja, den ich meine. Ich reden hören mit Maurer. An Poolbar. Er sagen, er töten Maurer, wenn nicht beschaffen Geld. Viel Geld. Ich glauben eine Million.“ Also wusste Maurer vor seinem Tod, was der Zwirbelbart von ihm wollte und reagierte deshalb so abweisend, kombinierte Rauscher.

„Eine Million? Gut. Danke, dass du mir das erzählt hast. Das hilft uns sicher weiter. Hast du noch mehr gehört, Rusli?“

„Nein, beide sehr leise sprechen und sehr geheimnisvoll.“

„Aber wieso hast du das nicht gleich erzählt?“ Der Kellner blickte sich misstrauisch um. Er wirkte schüchtern. War das seine Art oder hatte er etwas zu verbergen, fragte sich Rauscher. Jedenfalls war er einer dieser Balinesen, die sich nach jedem Satz, den sie sprachen, verbeugten.

„Ich Angst haben. Bayan war Freund von mir. Guter Freund. Ich nix sterben will wie Bayan."

„Weißt du, ob Bayan und Maurer Kontakt hatten? Ich meine, kannten sie sich, hast du sie mal zusammen sprechen sehen oder so?"

„Nein, nix gesehen. Ich glaube Bayan Zimmer sauber machen von Mister Maurer. Sonst nix."

„Kennst du Madé?"

„Oh Madé, ja ich kennen gut. Wir kommen aus selben Dorf in Norden von Bali. Ich sie fragen, ob hier arbeiten in Hotel."

„War sie in Bayan verliebt?"

„Oh, ich nix wissen. Bayan in Madé verliebt. Das ich weiß." Sie waren knapp zweihundert Meter gelaufen und machten jetzt kehrt. Die Bali-Sonne meinte es heute besonders gut. Inzwischen hatte die Hitze Saunaniveau erreicht. Rauschers Gesicht brannte und auf den Unterarmen verfärbte sich die Haut langsam rot.

„Vielen Dank jedenfalls. Wenn dir noch mehr einfällt, sag es mir." Er ging wieder zur Poolbar, bestellte ein kaltes Wasser und trank. Ein Hochgenuss. Dann cremte er sich Gesicht und Arme ein. Rauscher war ein dunkler Typ, seine Haut eigentlich unempfindlich, doch hier brachte selbst Sonnenschutzfaktor 30 nichts. Sobald er in der Sonne war, brannte es wieder.

Immer noch lagen der Zwirbelbart, der Vierzigjährige und Doris Maurer zusammen am Pool. Sie hatten sich ein schattiges Plätzchen unter zwei Palmen gesucht. Rauscher konnte sie gut beobachten. Es kam ihm verdächtig vor, dass die beiden sich an Doris Maurer ranmachten. Was bezweckten sie damit? Er musste mit ihr darüber sprechen.

Außerdem wollte Rauscher Madé im Health-Center besuchen. Ein bisschen aushorchen würde vielleicht neue Erkenntnisse bringen. Er wollte konkret werden und sie auf Maurer ansprechen. Ihr Gesicht dabei beobachten und sie fragen, ob sie eine Vermutung hatte. Irgendetwas wusste sie. Nur was?

# 5.

Rauscher betrat mit vollem Magen und einigen Gläsern Rotwein intus seinen Balkon. Er stellte eine Flasche Bier auf den Tisch, setzte sich in einen kleinen Sessel und verdaute das Abendessen. Sein Blick schweifte über das weite, dunkle Meer. Hinten am Horizont schienen winzige Lichter. Die Sicht musste gut sein, denn da lag Lombok, eine der Kleinen Sunda-Inseln. Schläfrig öffnete er das indonesische Bier mit dem Namen Bali-Hai und trank. Wundervoller Name, dachte Rauscher. Es schmeckte ihm sogar. Vielleicht lag es daran, dass es in holländischer Lizenz gebraut und aus Djakarta angeliefert wurde. Wahrscheinlich eine der übrig gebliebenen Einnahmequellen der alten Kolonialmacht, dachte Rauscher.

Seine Stimmung schwankte zwischen schlecht und superschlecht. Er hatte immer noch keinen konkreten Verdacht, und Madé hatte er im Health-Center nicht angetroffen. Gab es etwas Wichtiges, das er übersehen hatte? Diese Frage stellte er sich immer wieder. Außerdem überdachte er seine Grundeinstellung zu allem Überirdischen. Ob er es sich eingestehen wollte oder nicht: Er hatte die Wahrsage-Kunst unterschätzt und war völlig unvorbereitet damit konfrontiert worden. Jetzt stand er vor einem Rätsel und kam sich etwas hilflos vor.

Ein Geräusch ließ ihn hochschrecken: „Gek-oo, gek-oo, gek-oo, gek-oo." Ziemlich laut und vor allem direkt über oder neben seinem Ohr. Was war das?

Wieder: „Gek-oo, gek-oo, gek-oo."

Er stand auf und sah sich die Balkonmauer an. Oben in der Ecke saß ein Gecko, bestimmt achtzehn oder zwanzig Zentimeter lang. Brachte er diese absonderlichen Laute hervor?

Und wieder: „Gek-oo, gek-oo, gek-oo."

Tatsächlich, das konnte nur dieses Tier sein. Rauscher setzte sich wieder und nahm einen weiteren Schluck.

Sollte er Doris Maurer noch einen kleinen, nächtlichen Besuch abstatten? Beim Abendessen hatte er sie nicht gesehen. Dafür genoss er die Vorstellung der Guccis im Speisesaal umso mehr. Sie schäkerten mit zwei nicht mehr ganz taufrischen, deutschen Männern um die fünfundvierzig. Die nächsten Opfer. Dummerweise schienen die Herren geschmeichelt von so viel Zuneigung, denn sie flirteten auf Teufel komm raus. Wahrscheinlich hatten all die Klunker ihre Sinne völlig vernebelt. Oder die Herren waren echte Aufreiß-Profis und hatten einfach ihren Spaß.

Schade, dass er das Ende dieses göttlichen Schauspiels nicht mitbekommen hatte, amüsierte sich Rauscher und ging hinein, um ein weiteres Bier aus dem Kühlschrank zu holen.

Da fielen ihm auf einmal wieder die Worte dieses Vierzigjährigen ein, der an der Poolbar Horst Maurer angesprochen hatte. „Wir müssen reden" hatte er zu ihm gesagt. Warum ging er so wichtigen Details nicht vehementer nach? Immerhin war er ein potenzieller Mörder. Er und der Zwirbelbart steckten unter einer Decke, das wurde immer offensichtlicher. Vielleicht schuldete Maurer den beiden eine Million. Eine solche Summe war zwar kaum vorstellbar, aber wieso eigentlich nicht? Wer weiß, woher das Geld stammte. Er würde sich persönlich um die beiden kümmern, das war sein Vorsatz.

„Gek-oo, gek-oo." Sein Freund wieder.

„Prost Alter", sagte Rauscher und erhob die Flasche in Richtung des Geckos, „ich hab heut glaub ich ein bisschen viel ... du weißt schon ... ins Glas geguckt, ... oh Mann. Du bist der Letzte, den ich habe und der mir zuhört. Also red ich halt mit dir." Rauscher nahm einen weiteren Schluck.

„Wie heißt du eigentlich? Ich bin Andreas. Und du? ... Bist du eigentlich `ne Frau oder ein Mann? ... Weißt du auch nicht. Na dann sag ich's dir: du bist `ne Frau und heißt Shiva. So wie diese Göttin. Und ab jetzt bist du meine Göttin. Ich bring dir jeden Tag Opfer und erbete deine Gnade. Hihi." Rauscher musste über sich selbst lachen.

„Hier hat jeder seinen Gott, also warum nicht auch ich? Prost, Shiva, schön dich kennenzulernen." Rauscher hob wieder sein Bier und trank aus der Flasche.

„Kennst du eigentlich Lllena? Meine Llliebste. Drinnen hab ich ein Bild von ihr. Ich würd sie gern heiraten. Geht aber nicht. Ist noch verheiratet. Ja, ja, ich weiß. Gibt doch genug andere, ja, willst du mir das sssagen? Für mich nich. Nur die eine. Die oder keine." Rauscher leerte die Flasche und schüttelte sie.

„In diesen Scheißdingern ist auch nix mehr drin. Oh Mann, Shiva, kannst du mir vielleicht nen Tipp geben, wer der Mörder ist? Ich tret auf der Stelle."

„Gek-oo, gek-oo, gek-oo", ertönte es. Rauschers Blick streifte die obere Ecke, in der der Gecko saß.

„Hey, wow, du sprichst ja tatsächlich mit mir. Danke, Shiva, danke für den Hinweis. Ich weiß es echt zu schätzen, Shiva. Du, ich glaub wir verstehn uns. Ich hau mich jetzt hin. Morgen mach ich den Ausflug mit den beiden Guccis. Mal schaun, was aus denen rauszuholen ist. Angenehme Nachtruhe wünsch ich dir, oh meine Shiva." Rauscher schleppte sich ins Bett. Ausziehen brauchte er nichts mehr, er hatte sowieso nur in der Shorts auf dem Balkon gesessen. Alles andere wäre nicht zum Aushalten gewesen. Der Regen ließ immer noch auf sich warten. Die Menschen auf Bali legten sich diese Nacht wieder in ein halbfeuchtes Bett, oder sie stellten die Klimaanlage auf Full-Power. Rauscher lag noch keine Minute, da war er schon weg.

Kratz, Krrrkkk, Kratz, Krrrkkk. Augenblicklich saß Rauscher hellwach und kerzengerade im Bett. Jemand machte sich an seinem Schlüsselloch zu schaffen. Scheiße, dachte er, scheiße, der Mörder. Was tun? Millionen Gedanken schossen blitzartig durch seinen Schädel.

Bin ich etwa der Nächste?

Er rutschte leise aus seinem Bett. Auf Zehenspitzen schlich er zur Tür. Warum ich, dachte er.

Krrrkkk, Kratz, Krrrkkk.

Er pirschte sich weiter ran. Eine leise Stimme von draußen sagte zweimal „Mist". War das etwa eine Frau? Rauscher hatte keine Waffe, die ihm hätte Hilfe leisten können. Auch sonst fiel ihm nichts ein, was in der jetzigen Lage von Wert gewesen wäre. Einen Schlagstock oder etwas anderes Großes gab es hier nicht. Da keine Küchenecke im Zimmer war, konnte er nicht einmal auf ein stumpfes Messer zurückgreifen. Also musste er versuchen, den Mörder mit der Kraft seiner beiden Hände zu überwältigen.

Krrrkkk, Kratz, Krrrkkkk. Und wieder dieses leise „Mist".

Rauscher stand jetzt dicht hinter der Tür, sozusagen von Angesicht zu Angesicht mit dem Mörder. Er fing an, ganz leise zu zählen. Auf drei wollte er die Tür aufreißen und sich auf den Mörder schmeißen:

„Eins. Zwei. Moment noch."

Ein Geistesblitz. Er dachte an die Duschvorhangstange. Mit der konnte er dem Mörder eins überbraten. Er verwarf den Gedanken aber gleich wieder. Bis er die abmontiert hatte, war der Mörder über alle Berge. Also doch: Tür auf. Augen zu. Und durch. Das war die Gelegenheit. Und los.

„Eins. Zwei. Drei." Rauscher drehte den Türknopf, riss die Tür auf und warf sich auf sein Gegenüber.

Rummmss!

Beide flogen durch den heftigen Schwung mit einem lauten Krachen an die nahe liegende Flurwand. Er begrub den fremden Körper unter sich. Kleine Sterne kreisten über ihm. Rauscher fasste sich schnell, schaute nach unten und bekam einen noch größeren Schrecken. Eine der Gucci-Frauen lag unter ihm. Sie starrte ihn vollständig entsetzt an und stammelte:

„Was ... was ... was hat das ... was ... hat ... hat ... das ... zu bedeuten?" Rauscher war ebenfalls fassungslos.

„Das fragen Sie mich? Was haben Sie an meiner Tür zu schaffen?"

„Ich ... ich ... habe ... habe gar nichts an Ihrer Tür ... ich ... ich ... wollte ... das gibt's doch nicht ... ist das ... der zweite Stock?"

„Das ist der dritte."

Sie lösten sich langsam aus ihrer Verhakung und erhoben sich. Beiden stand die Peinlichkeit der Situation ins Gesicht geschrieben.

„Das ... das ... ist der dritte? Das gibt's doch nicht."

„Doch, das gibt's. Zimmer 323. Dritter Stock."

„Dann habe ich mich wohl im Stockwerk geirrt. Entschuldigen Sie ... vielmals." Rauscher schüttelte den Kopf.

„Na, das nenn ich doch mal ne nette Abendüberraschung. Und ich dachte schon, der Mörder will mir ans Leder."

„Oh, Entschuldigung. Das ist mir wirklich sehr, sehr peinlich. Wie kann ich das je wieder gut machen?"

„Ach, da machen Sie sich mal keine Sorgen. Da gibt's vielleicht schneller eine Gelegenheit, als man denkt."

Die Gucci-Lady zupfte ihr Kostüm zurecht, strich sich durch die frisierten Haare und sammelte ein paar Döschen, einen Lippenstift und ein Fläschchen Parfum wieder auf, die aus ihrem Täschchen gefallen waren.

„Das ist mir wirklich sehr unangenehm, Herr ... Herr ...?"

„Rauscher, mein Name ist Andreas Rauscher."

„Von Talheim, Helene von Talheim. Es wäre mir lieber gewesen, Herr Rauscher, Sie in einer nicht ganz so verfänglichen Situation kennenzulernen. Nun denn. Kann man wohl nichts machen."

„Schon gut, Frau Talheim."

„Von Talheim, wenn ich bitten darf: Frau von Talheim."

„Oh ja, entschuldigen Sie, Frau von Talheim." Er betonte diesmal das „von", und sie wendete sich leicht zum Gehen.

„Gute Nacht und auf Wiedersehen, Herr Rauscher."

„Gute Nacht, Frau von Talheim." Rauscher ging hinein, holte ein Bier aus dem Kühlschrank und setzte sich wieder auf den Balkon. Auf diesen Schrecken zu nächtlicher Stunde musste er noch etwas trinken. Er prostete dem Gecko zu.

„Ja gibt's denn so was, Shiva? Frau von Talheim will in mein Appartement eindringen und behauptet, sie hätte sich im Stockwerk vertan." Er trank und schüttelte wieder und wieder den Kopf. Eine kleine Beule machte sich über seinem rechten Ohr breit. An dieser Stelle war er gegen die Wand gekracht.

„Muss ich ihr wohl abnehmen, der Frau von Talheim. Kann mir kaum vorstellen, dass sie der Mörder ist. Was meinst du, Shiva?“ Stille. Kein Laut war zu hören und Bajù, der Gott des Windes, schlief auch schon.

„Nee, nee, die hat sich tatsächlich im Stockwerk geirrt. Alles andere wäre geradezu lächerlich. Hey, Shiva, bist du noch da? Schläfst wohl auch schon? Na gut, dann leg ich mich auch wieder hin. Nacht Shiva.“

Rauscher frohlockte. Er musste an das dumme Gesicht von der Talheim denken, wenn sie morgen früh sieht, dass er auch an dem Ausflug teilnehmen würde. Das könnte ja ein richtig unterhaltsamer Tag werden, dachte er. Mit dieser Hoffnung schlummerte er schnell ein.

# Fünfter Urlaubstag

## 1.

Huuups, dachte Rauscher, mein sexueller Notstand muss ja weit fortgeschritten sein. Er hatte morgens nach dem Aufwachen noch zehn Minuten lang eine Erektion und erinnerte sich an die letzte Liebesnacht mit Lena. Es gab nichts was er lieber tat als den ganzen Tag, oder die ganze Nacht, mit ihr im Bett zu verbringen.

Er sprang aus dem Bett und unter die Dusche. Wach werden, Energie tanken, dachte er, man weiß nie, was der Tag bringen wird. Das Wasser prasselte hart auf seinen Kopf und er war immer noch tief in Gedanken. Er wechselte die Temperatur – heiß, kalt, heiß, kalt. Das Wasser war nicht so kalt wie in Deutschland, aber Rauscher genügte es, um wieder Leben in seinen Schädel zu bekommen. Er trocknete sich ab, ging hinaus auf den Balkon und sah nach Shiva. Der Gecko war nicht an seinem Platz.

Es war indes sieben Uhr geworden, und er wollte noch eine Kleinigkeit frühstücken, bevor er den langen Ausflug antrat. Der Telefonservice hatte ihn pünktlich um Viertel nach sechs geweckt. Morgens brauchte er einige Zeit, um zu sich zu kommen. Hektik hasste er.

Im Frühstücksraum waren nur ein paar Tische besetzt. Er nahm sich Omelette mit Käse und Schinken, dazu Toast und danach einen kleinen Obstteller. Er entwickelte allmählich eine Schwäche für frische Ananas, Papayas, Mangos und die kleinen, grünen Bali-Bananen. Die Guccis waren nicht zu sehen, auch ansonsten kannte er niemanden an den umliegenden Tischen. Das Urlaubsleben hier verlief erstaunlich ruhig, angesichts zweier Morde unmittelbar hintereinander. Soweit er mitbekommen hatte, waren nur eine Handvoll Hotelgäste vorzeitig abgereist. Die anderen versuchten trotz allem, den Urlaub einigermaßen zu genießen.

Rauscher freute sich auf den Inselausflug. Endlich würde er mal etwas anderes sehen als Sanur, das Hotel und den meist gähnend leeren Strandabschnitt. Das Grand Hotel Bali Beach beherbergte als eines der wenigen Hotels überhaupt noch Touristen. Viele andere Hotels oder Appartementanlagen waren nahezu leer. Die Nachwirkungen der Bombe von Kuta waren unverkennbar. Besonders die Australier ließen sich davon abschrecken. Früher war Bali für die Australier, was Mallorca für die Deutschen gewesen ist: Ballermann, Party, Feiern, Ramba-Zamba Tag und Nacht. Das war weitgehend vorbei. Jetzt gab es nur noch in Kuta, in der Straße Jalan Legian, ein ausschweifendes Nachtleben. Und im Moment sah es auch nicht danach aus, als ob die früheren Party-Zeiten jemals wiederkämen.

## 2.

Der Kleinbus stand bereit, und die Guccis warteten auch schon. Als Frau von Talheim Rauscher erblickte, stieg ihr eine leichte Röte ins Gesicht. Rauscher begrüßte die beiden Damen ausgesprochen höflich:

„Wunderschönen guten Morgen, die Damen." Er zwinkerte Frau von Talheim zu.

„Wir haben ja heute Nacht schon das Vergnügen gehabt und unerwartet Bekanntschaft geschlossen."

„Guten Morgen, Herr Rauscher", erwiderte sie charmant, „fahren Sie etwa auch mit? Darf ich vorstellen: Herr Rauscher. Frau Herbst." Sie begrüßten sich mit einem Kopfnicken. Zwei weitere Personen waren ebenfalls anwesend. Ein Pärchen, Deutsche, noch jung, um die fünfundzwanzig. Der Fahrer deutete mit einem Fingerzeig an, dass sie einsteigen sollten. Der junge Deutsche fotografierte noch schnell seine Freundin vor dem Bus. Der Reiseleiter setzte sich neben den Fahrer und stellte sich als Wayan vor. Die ersten zehn Minuten erzählte er ein wenig darüber, was der Tag bringen würde. Zum Beispiel einen Besuch bei einem Silberschmied, den Barong-Tanz, das

Tempelfest in Kehen, Besichtigung des Vulkans, des Sees, dann Mittagessen und die Rückfahrt mit einigen Stopps.

In der ersten Reihe, hinter dem Fahrer, saß das junge Pärchen, dann kamen die Guccis, und in der letzten Reihe hatte Rauscher Platz genommen. Von dort aus konnte er perfekt die Ladys beobachten und hören, was gesprochen wurde. Die Klimaanlage, die auf die hinteren Sitzbänke kalte Luft verströmte, lief auf Hochtouren.

Die erste Station hieß Batubulan. Ein Dorf, das der Bus nach ungefähr einer halben Stunde erreichte. Um acht Uhr waren es bereits dreißig Grad. Die Schwüle war kaum auszuhalten. Die Gruppe betrat eine Werkstatt, in der ein Silberschmied seine Kunst vorführte. Er warnte sie davor, am Strand bei den fliegenden Händlern Schmuck zu kaufen, denn die meisten verkauften nur billige Imitate und kein echtes Silber. Wieder machte der junge Deutsche ein Foto von seiner Freundin, während sie neben dem Silberschmied stand. Anschließend besuchte die Gruppe noch den Verkaufsraum. Die Gucci-Ladys waren hellauf begeistert und zeigten fröhlich ihre neu erworbenen Stücke: mehrere Ringe, ein Amulett, eine Brosche, eine Kette und ein undefinierbares Etwas aus Silber, das man wohl an die Wand hängen konnte.

Shoppen, dachte Rauscher, ist die Ersatzbefriedigung der Frau von heute.

Unterdessen hatten es sich der Fahrer und der Reiseleiter im Bus gemütlich gemacht und eine oder zwei Maisblatt-Zigaretten geraucht. Man roch den süßen Duft nach Nelken und anderen Gewürzen. Als sie wieder im Bus saßen, war Rauscher innerhalb von dreißig Sekunden schockgefrostet. Er plädierte dafür, die Klimaanlage auszuschalten. Einspruch kam von Frau Herbst, so dass die Mehrheit entschied, die Temperatur um ein paar lächerliche Grad zu erhöhen. Diesmal schoss der junge Mann ein Foto von seiner Freundin, als sie im Bus saß. Nach fünf Minuten Fahrt stieg die Gruppe wieder aus, um sich den Barong-Tanz anzuschauen.

In einem überdachten Freilufttheater, das nach allen Seiten offen war, lag eine kleine Bühne und rechts daneben standen die Instrumente des Gamelan-

Orchesters. Für westliche Augen und Ohren ungewohnte Instrumente, die aussahen wie eine Mischung aus Trommeln, Pauken, Becken, Gong und Xylophon. Die Gruppe nahm auf einer Tribüne mit Holzbänken Platz. Dort lagen Begleittexte, die den Touristen in verschiedenen Sprachen den religiösen Hintergrund und Inhalt des Tanzes schilderten.

Was Rauscher faszinierte, waren die beiden Legong-Tänzerinnen, die den Tanz einläuteten. Ganz in goldene Gewänder gehüllt und mit goldener Blumenkrone im Haar zeigten die Tänzerinnen ruckartige, aber dennoch geschmeidige Bewegungen und ließen ihre Augen dazu rollen. Unerklärlich für Rauscher. Beide bewegten sich nacheinander sehr ruhig und sehr lebhaft, aber stets synchron. Manchmal vibrierte der ganze Körper, Arme und Hände wirbelten dabei durch die Luft – bis das Orchester die Musik abklingen ließ.

Was die Gruppe danach zu sehen bekam, war der Kampf zwischen dem guten Barong mit seiner unheimlichen Fratzenmaske und der bösen Hexe Rangda mit ihren furchterregenden Haaren und Augen. Der Tanz endete immer unentschieden und kannte keinen Sieger. Dann, als zum Ende des Tanzes die Anhänger des Barongs, die sogenannten Kris-Tänzer erschienen, trieb das Schauspiel seinem Höhepunkt entgegen. Durch Musik und Tanz wurden sie in Trance versetzt und attackierten heftig die Hexe Rangda. Sie wehrte sich, indem sie die Kris-Tänzer mit einem Zauberfluch belegte. Sie verloren ihr Gedächtnis, richteten ihre Angriffslust gegen sich selbst, setzten sich den Kris auf die eigene Brust, und es schien fast so, als ob sie ihn sich in wilder Ekstase in den Bauch stießen. Am Ende erschien schließlich der Barong, brach den Bann, beendete den Zauberfluch, und ein Priester besprengte die Kris-Tänzer mit geweihtem Wasser, damit sie aus der Trance erwachten.

Die Touristen stürmten nach dem Tanz die Bühne, um sich mit dem Barong fotografieren zu lassen. Auch der junge Mann war dabei und fotografierte seine Freundin.

Rauscher verfolgte den Tanz atemlos. Sobald er vorbei war, wandte er sich seiner eigentlichen Mission zu: den beiden Guccis. Bis jetzt kam er bei ihnen noch nicht richtig zum Zug. Er nahm sich vor, Frau von Talheim direkt auf Horst Maurer anzusprechen. Gewissermaßen war sie ihm eine Antwort schuldig, nach der nächtlichen Aktion vor seinem Appartement.

Während der folgenden Fahrt durch Balis grünwuchernde Hügellandschaften taten die Guccis überaus interessiert. Immer wieder zeigten sie mit den Fingern aus dem Fenster auf etwas Sehenswertes. Und sie hatten Recht, das Land war mehr als beeindruckend. Ein Meer von Pflanzen erstreckte sich bis zum Horizont. Überall waren sattgrüne Reisterrassen kunstvoll angelegt. Dazwischen sprossen Palmen, dschungelartig. Dicht an dicht. Und wo man auch hinschaute, Blumen wie Farbkleckse. Rot, Gelb, Blau zwischen all diesem satten Grün. Das ganze Land schien ein perfekt angelegter tropischer Garten zu sein.

Die Gruppe legte eine Pause ein. Frau Herbst war austreten, und Frau von Talheim stand allein. Die perfekte Gelegenheit für Rauscher. Er näherte sich ihr:

„Sagen Sie mal, Sie kannten doch Horst Maurer, oder?"

Frau von Talheim blickte ihn erbost an und sagte:

„Ich wüsste wirklich nicht, was Sie das angehen sollte. Das ist meine Privatangelegenheit."

„Da haben Sie Recht. Ich dachte nur, weil er mir am Abend vor seinem Tod so einiges erzählt hat." Sie brauste auf:

„Was hat er denn erzählt, der Gute? Wahrscheinlich die alten Geschichten, als wir noch zusammen waren. Das war der größte Fehler meines Lebens. Aber konnte ich damals wissen, dass dieser Mann völlig beziehungsunfähig war? Fast ein Jahr habe ich gebraucht, bis ich kapiert hatte, dass er mich nur benutzte, dass er eine Frau nur zum Kochen, Wäschewaschen, Putzen und Abwaschen brauchte. Seine Liebhaberinnen hielt er sich ja nebenbei, der Schlappschwanz."

„Spricht man so über einen Toten?"

„Oh, verzeihen Sie. Aber immer wenn ich an Maurer zurückdenke, rege ich mich auf. Entschuldigung, soll nicht wieder vorkommen." In der Zwischenzeit kam Frau Herbst hinzu. Sie hörte gerade noch die letzten Sätze und fragte sogleich:

„Worüber regst du dich denn so auf?"

„Ach, Herr Rauscher hat sich nach Horst erkundigt."

„So so, Herr Rauscher, warum interessieren Sie sich denn für Horst Maurer?"

„Entschuldigung, ich habe mich den Damen noch gar nicht vorgestellt. Andreas Rauscher, Kripo Frankfurt. Zurzeit ermittle ich im Mordfall Horst Maurer und Bayan, dem Roomboy." Die zwei Gucci-Frauen schauten ihn irritiert an. Frau von Talheim fing sich zuerst:

„Die Frankfurter Polizei ermittelt hier? Das verstehe ich nicht. Die hiesige Polizei, genauer gesagt ein Kommissar Padang, hat uns auch schon nach Horst gefragt. Warum ermitteln Sie denn hier?"

„Sozusagen reines Privatvergnügen." Die Gruppe verstummte, und der Reiseleiter rief. Als sie wieder am Bus ankamen, schoss der junge Mann ein Foto von seiner Freundin, die am Bus lehnte. Und schon ging es weiter. Der Fahrer drängte, denn sie mussten pünktlich am Kehen-Tempel, nahe Bangli gelegen, erscheinen, bevor das Mittagessen auf sie wartete.

Der Kehen-Tempel ist eines der bedeutendsten Heiligtümer Balis. Er ist auf sieben Terrassen angelegt. In seinem Inneren werden kostbare Bronzetafeln aufbewahrt. Allesamt Heiligtümer aus dem Gründungsjahr des Dorfes Bangli 1204.

Der Tempel war mit Schirmen und bunten Tüchern geschmückt, Zeichen für das laufende Tempelfest. Ein paar Balinesinnen waren auf dem Weg ins Tempelinnere und erklommen die Stufen zum Haupttor. Alle in traditionellen Gewänder gekleidet; edle Stoffe in orange, rot, grün, gelb und blau verziert mit goldenen Säumen oder Spitzen. Ein Stoffgürtel umschlang ihre schmalen Hüften. Sie trugen große Opferschalen auf ihren Köpfen, gefüllt mit Früchten, Blumen oder verschiedenen Speisen. Weihrauch lag in der Luft.

Die Gruppe bekleidete sich mit geliehenen Sarongs, um ins Tempelheiligtum, den inneren Bezirk, zu gelangen. Rauscher erwischte einen lilanen Sarong. Man merkte ihm an, dass er nicht gern einen Rock trug. Die Freundin des jungen Mannes trug einen grün-weißen Sarong und wirbelte ihn leicht durch die Luft, als er ein Foto von ihr knipste. Der muss eine Sammlung von über einer Million Fotos von ihr haben, dachte Rauscher. Er hat noch nicht ein Foto gemacht, auf dem sie nicht zu sehen war.

Eine Schar von Touristen stürmte zur gleichen Zeit den Tempel, alle schwer bewaffnet mit Fotoapparat, Video-Kamera oder Digi-Cam. Im Haupthof angekommen, sahen sie auf Knien betende Balinesinnen. Sie klemmten Lotosblüten zwischen ihre Fingerspitzen, hoben sie dreimal über die Stirn und ließen sie schließlich fallen. Ein heiliges Ritual zur Verehrung der Götter und Dämonen.

Nach einem Rundgang durch den heiligsten Bezirk, einigen Fotoeinlagen neben den kunstvoll aufgeschichteten Opfergaben und dem Betrachten der verschiedenen Götterpavillons begaben sie sich Richtung Ausgang.

Rauscher sah hier im Tempel eine andere, völlig fremde Welt, zu der er keinen Zugang fand: so bunt, so religiös, so fröhlich und vielschichtig. Überall gläubige, ehrfürchtige Balinesen, die alten Tempelwächter, denen man an den Furchen des Gesichts ihr hohes Alter ablesen konnte. Diese Welt voller Götter und Dämonen blieb ihm verschlossen, denn er glaubte nicht an deren Existenz. Trotzdem war er dankbar für diese Erfahrung und den Kontakt mit diesen Menschen. Er bewunderte ihre Hingabe, ihre Aufopferung. Als er gerade dabei war, den Tempel zu verlassen, bemerkte er einen der Tempelwächter. Er stand am Ausgang, trank genüsslich eine Coca-Cola und grüßte ihn. Rauscher grüßte zurück und verabschiedete sich.

Der gekühlte Bus stand bereit und brachte sie nach Kintamani, am Fuße des Vulkans gelegen. Dort erwartete sie in einem Restaurant ihr Mittagessen. Die Terrasse des Restaurants lag auf einer Anhöhe, genau gegenüber des Vulkans. Von dort aus konnte man in den oberen Kraterrand blicken. Rauscher machte es sich am Tisch der Guccis gemütlich und ergötzte sich an dem reichhaltigen, saftigen Buffet, das mit Blumen prachtvoll geschmückt war und nur Speisen anbot, deren Namen er nicht kannte und die er sich auch nicht merken konnte.

## 3.

In der Polizeistation knallte es. Padang schrie herum, trat den Papierkorb durchs Zimmer und warf ein Tongefäß gegen die Wand. Immer wieder blickte er hoch Richtung Himmel und faltete die Hände vor seiner Brust. Es sah aus, als wolle er sich bei Göttern, Geistern und Dämonen beschweren.

Ein Hilfspolizist hatte per Zufall den Zwirbelbart beim Einkaufen entdeckt und ihn beschattet. Er verfolgte ihn vom Supermarkt ins Internet-Café, von dort ins Fotogeschäft, in einen Zeitungsladen und dann in eine größere Geschäftspassage, vor der er wartete. Als der Zwirbelbart längere Zeit nicht herausgekommen war, ging der Hilfspolizist hinein, um ihn zu suchen. Er durchstöberte sämtliche Geschäfte, aber er fand ihn nicht. Auf der Polizeistation erzählte er sein Missgeschick. Kommissar Padang war daraufhin ausgerastet. Er fluchte, was das Zeug hielt, und beschimpfte alle als Dilettanten und Nichtsnutze, drohte dem Hilfspolizisten mit Kündigung, degradierte ihn dazu, den ganzen Tag am Strand in praller Sonne bei den fliegenden Händlern die Ausweise und Genehmigungen zu kontrollieren.

Normalerweise sind die Balinesen sehr ruhige, besonnene Menschen, aber heute waren die Pferde mit Padang durchgegangen. Das lag an seinem empfindlichen Gemüt, wenn er in einem Fall keine Erfolge hatte. Und genauso war es im Fall Maurer-Bayan. Nichts, gar nichts Verwertbares lag auf dem Tisch. Keine Spur. Kein Hinweis. Kein Beweis. Außer der klitzekleinen Vermutung, dass der Zwirbelbart und der Vierzigjährige auf irgendeine Art und Weise in die Sache verstrickt sein könnten. Dieser Fall würde ihm noch Kummer bereiten, das sagte ihm seine langjährige Erfahrung. Und Kummer hasste er. Gegen Kummer war er allergisch wie andere Leute gegen Obst,

Stress oder Sonne. Padang wollte nicht tatenlos zusehen, bis ein weiterer Mord passierte, und ließ die gesamte Mannschaft in seinem Büro antreten.

Die Jungs standen stramm in Reih und Glied, sahen aber aus wie ein Häufchen Elend. Sie kannten die schlechten Launen ihres Chefs zu genüge. Das hieß jedesmal nichts Gutes. Ansonsten war er ein guter Chef, eher der gemütliche Typ. Kam morgens hin und wieder eine Stunde später und machte gern ein Nickerchen nach der Mittagspause. Auch seinen Untergebenen kreidete er solcherart Vorfälle nicht an. Wenn nichts Dringendes anlag, konnte hier jeder eine ruhige Kugel schieben. Aber seit dem Anschlag in Kuta war er reizbarer geworden. Seine Laune änderte sich oft zwei- oder dreimal am Tag, denn er bekam Druck von oben. Die Bombe hatte eine Staatskrise ersten Ranges ausgelöst. Es war die schlimmste Katastrophe auf Bali seit Menschengedenken. Die hohen Herren waren spürbar nervös. Verwertbare Hinweise und Erfolge mussten her. Die Sicherheitsmaßnahmen in Sanur waren verstärkt worden, die Fahrzeugkontrollen verdoppelt, die Kontrollgänge verzehnfacht. Jede Schicht war doppelt, manche dreifach besetzt. Kein Polizist durfte fortan alleine unterwegs sein – auch ein Grund, warum sich Padang über das heutige Missgeschick ärgerte. Nicht nur, dass seine Polizisten dumm und unfähig waren, nein, sie hielten sich nicht einmal an die simpelsten Vorschriften und Regeln. Er hatte seine Autorität zu lange schleifen lassen, das war ihm nun klar geworden. Doch damit würde nun endgültig Schluss sein.

Padang schrie seine Jungs an. Die spitzten unterwürfig die Ohren. Er verordnete dem Mordfall Maurer-Bayan Priorität Nummer eins. Das hieß im Einzelnen: Rund um die Uhr Suche nach dem Zwirbelbart und seinem Kumpan. Jeweils eine Wache im Foyer des Grand Hotel Bali Beach, in der Außenanlage mit regelmäßigen Kontrollgängen und im Zimmerbereich besonders die Stockwerke drei und vier, wo die Zimmer von Rauscher und Doris Maurer lagen. Außerdem Kontrollgänge rund um die Uhr von je zwei Kollegen in ganz Sanur speziell im Bereich des Grand Hotels, des Nachbarhotels und der Strandpromenade. Ausführliche Berichte waren per Telefon zu jeder vollen Stunde zu liefern und zwar an den jeweiligen Diensthabenden in der Polizeistation. Außergewöhnliche Ereignisse oder andere Auffälligkeiten waren sofort ihm persönlich zu melden. Desweiteren forderte er strengste Disziplin bei den angeordneten Befehlen, keinerlei Nachlässigkeiten und, sollte ihm zu Ohren kommen, dass auch nur die geringste Kleinigkeit nicht seinen Anordnungen entsprach, werde er ohne mit der Wimper zu zucken zu drastischen Maßnahmen greifen.

Seine Leute zweifelten keine Sekunde daran. Keiner von ihnen gab auch nur einen Mucks von sich. Sie hatten ihre Lektion gelernt.

Padang war sehr zufrieden mit sich. Er setzte seinen Polizeihut auf, ließ seinen Wagen vorfahren, steckte sich eine Zigarette an und machte sich auf den Weg ins Hotel, um die Lage vor Ort zu inspizieren und etwaige Sicherheitsvorkehrungen selbst in die Wege zu leiten.

## 4.

„Lassen Sie es sich schmecken, Herr Kommissar", sagte Frau von Talheim überfreundlich.

„Danke gleichfalls", erwiderte Rauscher „und guten Appetit." Für einige Minuten trat Stille ein, denn alle waren mit Essen beschäftigt. Außer dem samtenen Wind, der ihre Nasen berührte, war kein Geräusch zu vernehmen. Es war eine majestätische Sicht auf diesen großen Berg, diesen feuerspeienden Vulkan, dessen Lava in früheren Zeiten den Landstrich unterhalb des Kraters komplett verbrannt hatte. Die letzte schwere Eruption datiert aus dem Jahr 1963. Die Spuren der Verwüstung waren noch deutlich zu erkennen. Nach einiger Zeit meldete sich Frau von Talheim wieder zu Wort:

„Haben Sie schon einen Verdacht?"

„Sie meinen, wer der Mörder von Maurer und Bayan ist? Leider nein."

„Sie werden doch nicht uns verdächtigen? Sind Sie deshalb mitgefahren? Um uns auszuhorchen?"

„Nein, keine Sorge. Niemand verdächtigt Sie. Aber ich dachte, da kann ich das Angenehme mit dem Nützlichen verbinden und ein paar Worte mit Ihnen wechseln. Immerhin habe ich schon erfahren, dass Sie mit ihm liiert waren."

„Na, Sie sind mir ja ein ganz Gerissener. Horcht einen aus, ohne dass man es mitkriegt. Was wollen Sie denn sonst noch wissen?"

„Haben Sie hier auf Bali jemanden mit einem markanten Oberlippenbart gesehen? So ein gezwirbelter. Der fällt sofort auf."

„Ja, ja. Natürlich. Der ist mir schon öfter aufgefallen. Am Strand und am Pool. Ist ja nicht zu übersehen mit diesem Ding da im Gesicht. Und ich bin mir sicher, dass ich ihn von früher kenne. Nur weiß ich nicht, in welche Schublade ich ihn stecken soll." Frau Herbst sprach dazwischen:

„Der ist mir auch aufgefallen. Er schlich die ganze Zeit am Strand vor dem Hotel herum oder am Pool. Zusammen mit einem anderen. So ein Unscheinbarer. Mitte vierzig, braunes, kurzes Haar. Die zwei verhielten sich irgendwie seltsam, als ob sie irgendwas beobachteten." Sofort dachte Rauscher an den Typen von der Poolbar, der Maurer in seiner Anwesenheit angesprochen hatte.

„Wissen Sie zufällig, ob die beiden auch im Hotel wohnen?"

„Keine Ahnung, weißt du das Helene?"

„Also, den einen habe ich mal gesehen, wie er in der Anlage des Nachbarhotels herumlief. Wissen Sie, diese kleine Bungalowanlage links neben dem Grand Hotel."

„Danke für die Auskunft, vielleicht bringt uns das weiter."

„Wer ist denn uns, wenn ich fragen darf?"

„Ich meine mich und Kommissar Padang, den Chef der hiesigen Polizei. Noch eine Frage, Frau von Talheim: Sind Sie Maurer hier zufällig begegnet? Ich meine, ist schon merkwürdig, wo Sie ihn doch nicht ausstehen können."

„Verehrtester, wir sind so oft unterwegs, da lässt es sich gar nicht vermeiden, mal einen Bekannten zu treffen. Ich habe ihn gar nicht beachtet. Mir ist es inzwischen schnuppe, was er treibt. Er hatte ja schon immer einen

Hang, sich mit diesen Kindern abzugeben." Sie machte eine schnippische, wegwerfende Bewegung. Maurer hatte früher ihren Stolz verletzt, das stand für Rauscher zweifelsfrei fest.

Der Aufbruch nahte. Die Gruppe sammelte sich vor dem Bus. Das junge Pärchen wartete bereits. Jetzt fotografierte er sie auf dem Vordersitz. Der Reiseleiter rauchte gemütlich zu Ende, und dann ging es weiter. Auf dem Rückweg gab es mehrere Sehenswürdigkeiten, die der Reiseleiter aufzählte. Angesichts der fortgeschrittenen Zeit entschieden sich die Teilnehmer für einen kleinen Abstecher zu einem Wasserheiligtum, einem kleinen Stopp an Reisterrassen und als Abrundung zur Besichtigung eines tropischen Gartens.

Rauscher bekam von diesem Teil der Fahrt nicht mehr allzu viel mit. Er grübelte. Inzwischen musste er feststellen, dass viele im Hotel Maurer von früher kannten oder schon mal etwas mit ihm zu tun hatten. Aber Bayan? Musste er nur deshalb dran glauben, weil er den Toten gefunden hatte? Hat er vielleicht den Mörder noch gesehen und versucht, ihn zu erpressen? Jetzt fiel Rauscher Madé wieder ein und ihr Streit mit Bayan. Hatte sie etwas mit dem Mord zu tun? Schwer vorstellbar, dachte Rauscher.

Während die anderen sich das Wasserheiligtum ansahen, blieb Rauscher im Bus sitzen, öffnete lediglich die Tür, damit heiße Luft hereinströmen konnte. Das Heiligtum lag in einem wunderschönen, grünen Tal, umgeben von Dschungel. In einigen Becken badeten Einheimische, ein Akt der religiösen Waschung und Reinigung.

Nach zehn Minuten stiegen alle wieder in den Bus ein. Sie fuhren ein Stück und schon mussten alle wieder raus. Reisterrassen, wohin das Auge blickte. Hier, nahe Ubud, waren sie besonders schön angelegt. Echte Kunstwerke. Dieses nasse, tiefe Grün der Reispflanzen. Wenn Rauscher nicht geahnt hätte, wie mühsam die Arbeit im Reisfeld ist, hätte er ins Schwärmen geraten können.

Die nächste Station war ein eigens von der balinesischen Regierung angelegter tropischer Garten. Hier studierte man Wachstum, Widerstandsfähigkeit und Artenvielfalt der Pflanzen. Der Reiseleiter stellte einige dieser Pflanzen vor, deren Namen Rauscher noch nie gehört hatte: den heiligen Banyan, ein für Südostasien typischer Feigenbaum; eine Pflanze mit Betelnüssen, bei deren Genuss eine aphrodisierende, rauschhafte Wirkung eintritt. Dann gelangten sie an einen Baum mit sonderbar stachligen Igel-Früchten und der Reiseleiter erläuterte:

„Das ist Durian. Man sagt Königin von Früchte. Manche sagen Stinkfrucht". An dieser Frucht scheiden sich die Geister. Die einen verehren sie als Delikatesse wegen des zarten Mandel-Vanille-Aromas ihres Fruchtfleisches. Die anderen verabscheuen sie wegen des penetranten, fauligen Geruchs ihrer Schale. Und Wayan, der Reiseleiter, fuhr fort:

„Altes Sprichwort in Bali sagt: Durian runter, Sarong rauf." Dazu machte er eine Geste, als wolle er etwas essen. Danach fasste er sich zwischen die Beine und hob seinen Sarong vorne an. Sein feistes Grinsen zog sich in diesem Augenblick über beide Backen. Diesem Stinkzeug wird wohl eine potenzsteigernde Wirkung nachgesagt, dachte sich Rauscher. Die junge Frau nahm eine Frucht in die Hand, und ihr Freund machte ein Bild von ihr.

Wieder im Bus, schrieb Rauscher an Lena:

„Hallo Liebes. Habe mittags einen leckeren Hähnchenschenkel gegessen, würde aber lieber an dir rumknabbern! Ich küsse dich."

Je näher sie der Hauptstadt Denpasar kamen, desto spröder und grauer wurde die Landschaft. Direkt an der Straße standen Händler, die ihre Ware feilboten. Wassermelonen, zu einem riesigen Turm aufgehäuft. Ein Stück weiter schlängelte sich ein schmales Bächlein an der Schnellstraße entlang, mehr stinkige Kloake als fließendes Gewässer. Darüber standen einige erbärmliche Hütten mit Wellblechdächern, verkrüppelte Bäumchen säumten das Ufer. Eine traurig blickende, kleine Balinesin schöpfte aus dem Bächlein Wasser in einen Kanister. Rauscher stieg an seiner Naseninnenwand plötzlich ein modriger Geruch empor. Hier sah und roch man die dritte Welt.

Als sie am Hotel ankamen, war es abends kurz nach acht. Er verabschiedete sich von den beiden Ladys und den anderen, nicht ohne dass der junge Mann ein Bild der ganzen Gruppe vor dem Bus aufnahm. Fix und fertig von so vielen Eindrücken schlenderte Rauscher durch den Hotelflur. Ein einziger Wunsch erfüllte ihn: endlich hinlegen.

## 5.

Als Rauscher auf dem Weg zu seinem Zimmer im dritten Stock um die erste Ecke bog, fiel ihm Doris Maurer in die Arme. An ihrem Atem erkannte er, dass sie getrunken hatte.

„Andreas? Du hier ... hicks. Oh, ... schuldigung." Rauscher fand es witzig, wie sie sprach.

„Ja, bin wieder zurück. War ein klasse Ausflug. Solltest du auch mal machen."

„Aaach nee. Wir hatten viiieeel Spaß ... hicks ... hier."

„Das sieht man. Aber wer ist wir?"

„Wir waren an der Poolbar ... hicks ... ich ... der Gezwirbelte und sein Kumpel. Die sind so lustig die beiden." Rauscher schwante nichts Gutes. Er hielt Doris Maurer immer noch in seinen Armen, sonst wäre sie umgefallen.

„Was wollten die denn von dir?"

„Von mir? Nix. Wir ham ... hicks ... von den alten Zeiten erzählt ... mit Horst ... hicks ... von früher ... hicks ... die sind alte Kollegen von Siemens."

„So, und sonst? Ich meine, haben die dich sonst noch was gefragt?"

„Nee ... hicks ... was meinst du?"

„Na ja, vielleicht nach Geld oder so?"

„Nö ... die haben immer so komische Anspielungen gemacht, dass Horst ja in letzter Zeit reich war und so ... hicks ... und wollten wissen, woher er das Geld hat. Das hat schon ein bisschen ... hicks ... genervt."

„Und? Hast du ihnen was erzählt?"

„Nein, ... hicks ... hab ja selber keine Ahnung ... hicks ... und als sie mir dann zu aufdringlich wurden ... hicks ... die beiden ... hicks ... bin ich auf Toilette und abgehaun ... hihi. Und jetzt lieg ich hier ... hicks ... in deinen Armen ... deinen starken. Bringst du mich bitte ins Bett?“

„Ja natürlich. Welche Nummer ist es denn?“

„Die 4 ... hicks ... 4 ... 3.“

„Oh gut, da müssen wir noch einen Stock höher.“ Rauscher fragte sich, was die beiden im Schilde führten. Jedenfalls hatten sie Doris Maurer besoffen gemacht und wollten sie aushorchen. Hoffentlich hatte sie nichts ausgeplaudert. In Zukunft wollte er besser auf Doris Maurer aufpassen. Das nahm er sich fest vor.

„So, da wären wir.“ Doris Maurer nahm ihren Zimmerschlüssel und versuchte mehrmals vergeblich, das Schlüsselloch zu finden. Dann übernahm Rauscher und schloss auf. Er setzte sie aufs Bett, kippte die Balkontür und stellte die Klimaanlage von „full“ auf „low power“, denn es war kalt hier drinnen. Als er zurück zum Bett kam, war Doris Maurer auf die rechte Seite gefallen und schlief. Er hob ihre Beine aufs Bett, legte ihren Kopf gerade aufs Kissen und deckte sie mit dem Laken zu. Den Zimmerschlüssel legte er auf den Nachttisch und ging, einen kleinen Blick zurück werfend, aus der Tür hinaus und zog sie hinter sich zu.

In seinem Zimmer legte er sich sofort aufs Bett, streckte die Beine aus und atmete lange und gleichmäßig durch.

Er spürte in sich ein Vakuum, ein unausgefülltes Bedürfnis. Er hatte Verlangen nach etwas und konnte nicht recht sagen, wonach. Er horchte in sich hinein und dann wurde es ihm schlagartig klar: Für einen gut gekühlten, selbstgemachten Ebbelwoi hätte er jetzt sein letztes Hemd gegeben. Er stand wieder auf und ging hinunter zur Poolbar. Vielleicht gab es dort einen trinkbaren Cidre oder etwas in der Art, mit dem er seine Lust befriedigen konnte.

# 6.

Rauscher trat aus der Hoteltür, die Poolbar vor Augen. Da sah er Rusli, der sich mehrmals umblickte, als ob er sich vergewissern wollte, dass keiner hinter ihm ist. Wollte er sich heimlich davonschleichen, schoss es Rauscher durch den Kopf. Er stellte sich hinter einen Hibiskusstrauch und beobachtete Rusli, der, als er sicher war, dass ihm keiner folgte, sich zur Hauptstraße aufmachte, die kurz hinter der Landseite des Hotels vorbeiführte.

Rusli auf nächtlichem Streifzug, dachte Rauscher, könnte spannend werden. Er machte sich auf die Verfolgung, peinlich darauf bedacht, dass Rusli ihn nicht entdeckte. Dabei nutzte er jede noch so kleine Gelegenheit zur Deckung aus. Es war ihm wichtig, Ruslis Ziel zu erfahren, denn er spürte, dass da mehr dahintersteckte.

Die Straßen von Sanur waren zu dieser vorgerückten Stunde menschenleer. Rusli verließ das Hotelgelände, und je weiter er ging, desto sicherer schien er sich zu fühlen. Weder beeilte er sich, noch achtete er darauf, was hinter seinem Rücken geschah. Nach etwa fünfhundert Metern auf der Hauptstraße bog er rechts ab in eine kleine Nebenstraße. Nach weiteren zweihundert Metern betrat er einen umzäunten Innenhof. An der Lehmmauer prangte ein großes X hinter der Hausnummer. Rauscher wunderte sich nicht wenig über den braven Kellner. Was wollte der in einem Bordell? Sex? Das konnte er sich nicht vorstellen. Rauscher ging durch den Eingang, neben dem sich die typischen Nischen für die Blumenopfer befanden, und sah vor sich im Innenhof erneut eine kleine Mauer. Die Balinesen glauben, dass diese kleine Mauer – Aling-aling – die bösen Geister und Dämonen abhält, weil böse Geister angeblich nicht um die Ecke gehen können.

Rauscher trat an der kleinen Mauer vorbei in den Hof und schlich sich links an einem großen Gebäude entlang. Zwischen Mauer und Haus gab es einen Spalt von etwas mehr als einem Meter. Er trampelte eine Pflanze platt, die er in der Dunkelheit übersehen hatte. Als er unterhalb eines Fensters angekommen war, hielt er an und schaute sich um. Hier war es stockdunkel.

Aus dem Fenster kam ein dämmeriger, roter Lichtschein. Rauscher schob langsam seinen Kopf an das Fenster und lugte hinein. Er war sicher, dass er von innen nicht bemerkt werden konnte, weil es draußen dunkler war.

Rusli erkannte er gleich. Er stand in einem großen Raum und unterhielt sich mit einem Balinesen, der ungefähr fünfunddreißig war, einen Maßanzug und edle Lederschuhe trug, am Kinn ein Spitzbärtchen hatte und um den Hals eine schwere Goldkette. Vier junge Mädchen saßen aufgereiht wie Hühner auf einer Stange, langweilten sich und warteten offensichtlich auf Kunden. Sie waren höchstens zwanzig. Sonst war niemand zu sehen. Drei Türen gingen von dem Raum ab: die Eingangstür, durch die Rusli hineingekommen war, sowie die beiden anderen, die in den hinteren Teil des Gebäudes führten.

Rusli sprach immer noch mit dem Balinesen, aber Rauscher konnte nichts verstehen. Beide hatten eine Zigarette in der einen und einen Drink in der anderen Hand. Eine weitere Balinesin kam aus der linken hinteren Tür mit einem Touristen an der Hand. Der Mann verabschiedete sich von ihr. Küsschen rechts, Küsschen links. Dann verließ er den Raum durch die Eingangstür. Sie setzte sich wortlos zu den anderen Mädchen.

Rauscher überlegte kurz, ob er hineingehen und Rusli zur Rede stellen sollte, entschied sich aber, noch abzuwarten. In diesem Moment betraten zwei Kinder den Raum. Ein Junge und ein Mädchen. Beide höchstens zehn. Rauscher war völlig verwirrt, fragte sich, was die hier verloren hatten. Die Kinder stellten sich zu den anderen Mädchen und sprachen mit ihnen.

Rusli lachte, und der andere Balinese klopfte ihm auf die Schulter. Das ganze wirkte so, als hätten sie gerade ein Geschäft abgeschlossen. Rauscher hätte zu gerne gewusst, worüber sie gesprochen hatten.

Kurze Zeit später verabschiedete sich Rusli, schüttelte dem Balinesen kräftig die Hände und winkte in die Runde der Mädchen. Dann trat er aus der Tür. Rauscher wartete ab und schlich dann in einigem Abstand nach. Rusli hatte den Weg zum Hotel eingeschlagen und verließ ihn auch nicht mehr. Keine fünf Minuten später kamen sie am Grand Hotel Bali Beach an.

Die Poolbar hatte inzwischen dicht gemacht. Rusli ging in seine Kammer und Rauscher zurück ins Appartement. Er grübelte noch ein wenig über seine Beobachtungen. Was wollte Rusli dort? Machte er nebenbei krumme Geschäfte im Rotlichtmilieu? Wieso gab es Kinder in dem Bordell? Das alles kam ihm suspekt vor. Er musste dringend mit Padang darüber reden.

Bevor er sich hinlegte, schrieb er noch eine kurze SMS: „Hallo Goldstern. Langsam bröckelt hier die Fassade, aber was steckt dahinter? Mädchenhandel? Kinderprostitution? Profikiller? Eifersuchtsdrama? Ausschließen würde ich erstmal nix.“

# Sechster Urlaubstag

## 1.

Puglug kümmerte sich um ihre Schwester. Kurz nach Maurers Tod war Madé zusammengebrochen. Die Nachricht vom Tode Bayans hatte ihren Zustand nochmals verschlimmert, und sie war seitdem kaum mehr aus dem Bett gekommen. Zwei Verehrer innerhalb von zwei Tagen zu verlieren, war einfach zu viel für sie. Sie lag da wie in Trance, starrte an die Decke und sprach kein Wort.

Puglug kochte ihr Tee und brachte ihr morgens und abends etwas zu essen. Die beiden wohnten nebeneinander. Alle Bediensteten im Bali Beach hatten ihr eigenes Reich, ein Zehn-Quadratmeter-Zimmer.

Schon als Kinder hatten sie ein gemeinsames Zimmer. Obwohl Puglug vier Jahre älter war, taten sie vieles gemeinsam. Damals brachten sie dem Vater zur Mittagszeit im Körbchen Essen aufs Feld. Er war Reisbauer und liebte seine Arbeit. Puglug mochte es, mit ihren zarten Füßen die nasse Erde zu durchpflügen. Wenn die Erde trocknete, entstand eine harte Kruste auf der Haut. Madé war sich zu fein dazu. Sie hasste Erde – und nasse sowieso.

Puglug dachte oft an diese Zeiten zurück.

Ein bisschen Wehmut packte sie dann. Heimweh ist ein Schmerz, den man nicht vollends unterdrücken kann.

Als Rauscher frühmorgens mit leerem Magen ins Health-Center trat, wollte er endlich mit Madé sprechen. Sie war eine der Hauptpersonen in diesem Mordfall, und er hatte sie noch nicht zu Gesicht bekommen. Puglug erkannte ihn und lächelte: „Massage?"

„Nein, nein. Ich wollte mit Ihrer Schwester Madé sprechen. Wo ist sie?"

„Oh, Madé liegen noch in Bett. Brauchen viel Ruhe. Morgen ich Sie bringen zu ihr.“ Rauscher überlegte kurz. Morgen. Das war ihm viel zu spät, aber er wollte auch nicht unhöflich sein, ließ es dabei bewenden und sagte:

„Ich komme morgen hier vorbei, und dann bringen Sie mich zu ihr. Okay?“

„Ja, Mister. Morgen wir zusammen gehen zu Madé.“ Rauscher verließ das Health-Center und ärgerte sich. Wieder einen Tag verloren, dachte er. Sein Magen knurrte.

## 2.

Direkt nach dem Frühstück nahm Rauscher sein Badetuch und seine Sonnencreme und machte sich auf den Weg zum Pool des Nachbarhotels, nach Doris Maurer wollte er erst später sehen. Er brauchte noch ein paar neue Badelatschen. Zahlreiche Shops lagen am Wegrand. Er betrat den erstbesten, denn sie boten alle das gleiche feil, nahm ein paar nachgemachte Nikes, probierte sie an und lief ein paar Meter damit.

„Making good price for you, my friend“. Das unvermeidliche Gerede des Verkäufers schmerzte seine Ohren.

„How much?”

„Good price, 120.000. Very good price.“ Rauscher rechnete im Kopf nach, das waren circa 12 Euro. Er setzte ein provozierendes Lächeln auf und versuchte sich in der Kunst des Handelns.

„Oh no, come on. I will give you 70.000.“

„Oh, oh. Make me a real price, my friend. Okay. Only for you 100.000. But only for you.“ Rauscher hatte Spaß an diesem Spiel.

„80.000. I will give you 80.000.“

„Oh, my friend. 80.000 is not a real price. Come on, my friend. No, no.“ Rauscher betrachtete noch einmal die Schuhe, stellte sie zurück und tat so, als ob er gehen würde.

„Okay, my friend, 90.000. Only for you. 90.000.“

Rauscher schlug zu, erstand die Badelatschen und war stolz auf sich. Zum ersten Mal im Leben hatte er jemanden richtig runtergehandelt. Handeln ist auf Bali Ehrensache. Die Balinesen sagen, wer nicht handelt, verliert sein Gesicht. Er zog die Nikes gleich an und verließ den Shop.

Am Pool schaute er sich um, warf Handtuch, Sonnencreme und T-Shirt auf eine Liege, zog die neuerworbenen Badelatschen aus und sprang hinein. Nichts zu sehen vom Zwirbelbart oder dem Vierzigjährigen. Gleich morgens hatte er telefonisch Kommissar Padang verständigt, dass der Zwirbelbart und der Vierzigjährige aller Wahrscheinlichkeit nach im Nachbarhotel wohnten. Er würde sich mittags wieder mit Padang treffen.

Die Nachbaranlage war kleiner und übersichtlicher als das Bali Beach. Ein paar Bungalows im landestypischen Stil, so wie sich der westliche Tourist das vorstellt und wünscht: verspielt, verschnörkelt, mit Sandelholz getäfelt. Vor jedem eine kleine Terrasse. Alles sehr nett anzusehen und liebevoll gestaltet. Da hatte sich der Architekt sichtlich Mühe gegeben.

Rauscher hatte eine Unterwasserdüse entdeckt und ließ sich seinen Rücken massieren. Dabei beobachtete er die paar Touristen. Hier war noch weniger los als im Bali Beach. Zwei Männer hatten die gleichen Nikes wie er. Ihm dämmerte, dass er trotz aller Handelsanstrengungen vielleicht doch noch zu viel bezahlt hatte.

Er war gut eine Stunde im Pool. Nichts passierte. Dann schwang er sich hinaus, trocknete sich ab und wollte sich gerade zur Rezeption begeben, um nach dem Zwirbelbart zu fragen, als er ihn entdeckte: ihn und seinen Kumpan, den Vierzigjährigen. Sie kamen mit Einkaufstüten in der Hand auf die Hotelanlage zu und verschwanden im zweitnächsten Bungalow vom Pool aus gesehen. Wenig später kamen sie wieder heraus und platzierten sich auf der Terrasse. Rauscher packte sein Zeug zusammen und ging zu ihnen:

„Guten Morgen. Ich bin Kommissar Andreas Rauscher von der Frankfurter Kripo. Ich habe ein paar Fragen an Sie." Die beiden blickten sich an, als seien sie gerade bei etwas ertappt worden.

„Guten Morgen" sagte der Zwirbelbart unwirsch, „was gibt's denn?"

Scheinbar war er der Wortführer, denn der andere blieb still.

„Vielleicht erinnern sich die Herren, dass ich mit Herrn Maurer am Abend vor seinem Tod an der Poolbar an einem Tisch saß und dass Sie beide ebenfalls dort auftauchten.“ Jetzt blickte er den Vierzigjährigen an. „Sie haben ihn angesprochen und recht unfreundlich „Wir müssen reden“ zu ihm gesagt. Was wollten Sie denn von ihm?“

Der Vierzigjährige schaute verwundert und verlegen den Zwirbelbart an, bevor er unsicher sagte:

„Nichts Besonderes. Ich kenne ..., Entschuldigung, kannte Horst von früher. War ein guter Kumpel von mir ... von uns.“

„Sie wollen mir also erzählen, dass zwischen Ihnen alles in bester Ordnung war, ja?“ ging Rauscher den Vierzigjährigen an. Sofort schaltete sich der Zwirbelbart ein:

„Horst war ein guter Freund von uns. Wir sind sehr betroffen über seinen Tod. Was wollen Sie eigentlich von uns, Kommissar?“

„Woher kannten Sie Herrn Maurer?“

„Er war ein ehemaliger Arbeitskollege von Siemens. Wir sind oft zusammen durch die Welt gereist. Von Projekt zu Projekt. Bis er vor gut einem Jahr aufgehört hat oder in Rente ging oder was weiß ich.“

„Haben Sie Herrn Maurer hier zufällig getroffen?“

„Ja, ganz zufällig.“ Dann schlug er sich mit der Faust auf den Oberschenkel und erhob seine Stimme: „Dass wir uns hier treffen, Horst, so ein Zufall aber auch, habe ich zu ihm gesagt, am ersten Abend. Der Horst ist viel rumgereist. Hat sich immer ein paar Mädels genommen, Sie verstehen, Herr Kommissar?“ Rauscher verstand und wollte sich nicht länger dieses Gequatsche anhören.

„So meine Herren, das wär's dann erstmal, aber ich bin mir sicher, dass wir uns wiedersehen werden.“ Rauscher verabschiedete sich.

Hier lag der Fall für Rauscher klar: Die beiden konnten den Mord an Maurer begangen haben. Nur der tote Bayan passte nicht recht ins Schema, da fehlte bisher jeglicher Zusammenhang.

Rauscher ging zurück ins Hotel. Seine Hoffnung, einen Schritt vorwärts zu kommen, war gewachsen. Padang musste die beiden observieren lassen. Das würde er ihm sagen, gleich nachher.

Rauscher ging auf sein Zimmer, steckte den Zimmerschlüssel ins Schlüsselloch und merkte sofort, dass schon offen war. Hatte er vergessen abzuschließen? Unmöglich. So etwas passiert ihm normalerweise nie. Vielleicht der Reinigungsservice? Da würde er sich beschweren. Er öffnete vorsichtig, trat ein und erschrak. Doris Maurer lag auf seiner Couch. Ihre verweinten Augen quollen kajalverschmiert hervor. Verstreut auf dem Boden lagen benutzte Taschentücher. Sie hielt ihm einen zerkneulten, weißen Zettel entgegen. DIN A4. Darauf waren einzelne Buchstaben aus Zeitungspapier geklebt. Er nahm ihn und las: "Dein Bruder schuldet uns 1 Million. Du wirst uns das Geld besorgen. Wir geben dir zwei Tage. Mach keinen Fehler, sonst geht's dir wie ihm. Du hörst von uns."

Hilflos schluchzend schnäuzte sie wieder in ein Taschentuch. Rauscher setzte sich neben sie auf die Couch und fragte:

„Eine Vermutung, von wem der ist?"

„Nö."

„Eine Ahnung, wem dein Bruder soviel Geld schulden könnte?"

„Nee."

„Hast du gewusst, dass er soviel Geld besitzt?"

„Nö." Rauscher schüttelte den Kopf und brüllte:

„Schöne Scheiße. Wir müssen Padang informieren. Ich treffe ihn nachher. Wie bist du eigentlich hier reingekommen?"

„Der ... der ... Rezeptionist hat mir aufgeschlossen. Ich ... ich ... habe ihm gesagt, dass ich auf keinen Fall zurück ... zurück in mein Zimmer gehe. Dann hat er nachgegeben und aufgemacht."

„Du kannst vorerst hier bleiben, wenn du willst."

Rauscher verspürte Appetit und sagte:

„Ich bestelle was zu essen und zu trinken. Magst du auch was?" Doris

Maurer wollte ein Sandwich, einen Shrimps-Salat und zwei Dosen Bier. Er bestellte für sich das gleiche. Sie beruhigte sich zusehends. Dann sagte sie:

„Das Geld kann ich nicht besorgen, weil ich es nicht habe."

„Schon klar. Wie lange hattest du eigentlich vor, hier zu bleiben?"

„Eigentlich wollte ich noch zehn Tage Urlaub dranhängen, wenn ich schon mal hier bin. Eigentlich. Bis vorhin. Meine Aufgabe habe ich erledigt. Meinen Bruder identifiziert und mich um die Überführung der Leiche gekümmert. Aber jetzt nach dem Brief. Ich habe richtig Angst bekommen. Morgen versuche ich, einen Rückflug zu kriegen. Obwohl das schwierig wird. Die haben sämtliche Flüge zusammengestrichen, weil so wenig Touristen hier sind. Und wer so kurzfristig einen Flug haben will, der muss schon Glück haben."

„Wie hast du denn den Brief erhalten?"

„Er wurde hinterlegt an der Rezeption. Heute morgen ganz früh. Ich habe ihn dann so gegen halb elf gelesen und den Rezeptionisten gefragt, wer ihn hinterlegt hat. Es war ein balinesischer Junge, so um die zehn."

„Den finden wir nie. Er ist wahrscheinlich der Einzige, der den Erpresser gesehen hat."

Es klopfte. Das Essen.

Rauscher schwieg und legte sich nach dem Essen aufs Bett. Längere Zeit lag er einfach da, die Augen offen. Sein Kopf war leer. Er dachte an nichts. Ein Zustand der Schwerelosigkeit umgab ihn. Er hörte Doris Maurers leises, gleichmäßiges Atmen. Sie war eingeschlafen.

Wie sollte es jetzt weitergehen? Der Fall wurde von Tag zu Tag komplizierter. Rauscher hatte Angst, dass Doris Maurer etwas zustieß. Gleich würde er Padang informieren.

Dann tippte er eine SMS an Lena: „Hallo Sweetheart. Es kommt Bewegung in die Sache. Mehrere Verdächtige. Ein Drohbrief. Nur das Motiv fehlt noch. Und was sonst noch fehlt, steht auch fest: Du fehlst mir und zwar ganz gewaltig."

## 3.

Haarscharf vorbei, dachte Rauscher, als er Frau von Talheim vom Balkon aus in ihrem knappen, roten Bikini am Pool beobachtete. In diesem Alter sollten manche Frauen etwas mehr Rücksicht auf ihre Umwelt nehmen. Gewisse üppige Rundungen ließen sich selbst durch mehrmaliges Fettabsaugen nicht vollständig kaschieren. Und außerdem gehorchten auch die Brüste in einem fortgeschrittenen Alter zunehmend den Gesetzen der Schwerkraft. Das sah man der Gucci-Frau deutlich an.

„Grenzt ja an Körperverletzung", sagte Rauscher zu Doris Maurer, die neben ihm saß, deutete hinunter auf Frau von Talheim und schüttelte den Kopf. Doris Maurer zeigte ein schönes Lächeln. Das erste heute.

Die heiße Luft vibrierte vor sich hin. Der Uhrzeiger tickte dem Nachmittag entgegen. Frau von Talheim flirtete an der Poolbar mit Rusli. Sie machten Witze und hatten Spaß. Rauscher verstand allerdings nicht, was sie redeten. Es war zu weit weg. Vielleicht ihr neustes Opfer, dachte Rauscher. Er hatte neulich schon davon gehört, dass viele Australierinnen wegen der balinesischen Männer hier Urlaub machten. Der ganz normale Sextourismus, nur andersrum.

Die Verabredung mit Padang war für sechzehn Uhr angesetzt. Bis dahin machte Rauscher Doris Maurer mit Göttin Shiva bekannt. Er hatte sich einen kleinen Teller besorgt und darauf einige Scheiben Ananas, einige Stücke Papaya, eine Banane, einige grüne Blätter, einen gekauten Kaugummi und eine halbleere Zahnpastatube gelegt.

„Na, über diese Opfer wird sich Göttin Shiva aber freuen." Doris Maurer schüttelte leicht den Kopf und wunderte sich über den Kommissar.

„Die Götter scheinen hier auf alles scharf zu sein. Man kann alles opfern, was man besitzt. Ich habe mich informiert." Es klopfte. Rauscher öffnete Padang die Tür und bat ihn einzutreten. Padang begrüßte Doris Maurer und erzählte von den Anordnungen, die er getroffen hatte und die sofort in die Tat umgesetzt worden waren. Padang lehnte sich über das Balkongeländer und zeigte nach unten auf die Anlage:

„Sehen Sie? Meine Leute. Überall." Doris Maurer hob den Kopf, nickte, und auch Rauscher überzeugte sich von der Richtigkeit seiner Worte. Dann sagte er:

„Kommissar Padang, der Zwirbelbart und der Vierzigjährige hängen ganz tief drin. Ich habe mit ihnen gesprochen. Sie sind Ex-Kollegen von Maurer und wollten mir weismachen, ihn hier rein zufällig getroffen zu haben. Sehr merkwürdig das Ganze. Angeblich hatten sie das beste Verhältnis." Kommissar Padang nahm seinen Hut ab und kratzte sich am Hinterkopf. Dann zündete er sich eine Maisblattzigarette an, überlegte kurz und sagte:

„Wir abwarten müssen. Vielleicht sie machen ein Fehler. Wir sie observieren Tag und Nacht. Vielleicht wir sie erwischen, wenn sie unternehmen was. Oder, ich sie soll bestellen auf Polizeistation und verhören, was meinen Sie?"

„Ich würde abwarten. Wahrscheinlich stecken sie hinter dem Drohbrief." Doris Maurer übergab Padang den Brief. Er las ihn. Dann gab er den Brief zurück und Rauscher sagte:

„Wenn die beiden dahinterstecken, dann melden sie sich schon wieder. Sie wollen ja schließlich so schnell wie möglich an das Geld." Padang nickte und erwiderte:

„Wir könnten ... ich meine, vielleicht Frau Maurer sein Lockvogel?" Rauscher winkte ab.

„Auf gar keinen Fall. Viel zu gefährlich. Das kann keiner von uns verantworten. Die schrecken vor nichts zurück. Wenn die merken, dass da was schief läuft, sind die in der Lage, sie ebenfalls zu töten. Nein, die Verantwortung übernehme ich nicht."

„Okay. Dann wir probieren mit Warten."

„Kommissar Padang, Sie kennen doch Rusli, den Kellner von der Poolbar hier im Hotel?"

„Ja, ich mit ihm gesprochen nach Mord an Maurer."

„Gestern Nacht habe ich gesehen, wie er sich heimlich weggeschlichen hat. Da bin ich hinterher. Er ging in ein Haus mit einem X. Sie wissen schon, hinter die Hausnummer gepinselt." Padang räusperte sich.

„Was hat es damit auf sich?"

„Mister Rauscher. Ich nicht gerne sprechen darüber. Aber das ist Bordell. Sie müssen wissen: Touristen kommen hierher und verlangen bestimmte Dinge. Und wir bieten für Touristen, was sie verlangen." Rauscher schaute skeptisch.

„Ach, so läuft das. Na ja, hier gibt's eben alles, womit man ordentlich Kohle machen kann. Das ist mir inzwischen auch klar. Aber eins versteh ich trotzdem nicht: Als ich da durchs Fenster geschaut habe, waren Kinder in dem Bordell. Was sagen Sie dazu?" Die Augen von Padang weiteten sich. Er holte tief Luft und überlegte.

„Mister Rauscher. Dazu ich kann Ihnen nichts sagen."

„Hören Sie mal, Kommissar Padang. Wir arbeiten hier gemeinsam an einem Fall. Meinen Sie nicht auch, dass Sie mich einweihen sollten in Ihre Geheimnisse. Sonst kriegen wir den Mörder vielleicht nie."

„Sie recht haben. Aber diese Sache nichts hat mit Mord zu tun. Sie mir glauben müssen." Rauscher ärgerte sich, dass ihm Padang nicht mehr erzählen wollte.

„Nun gut, wenn Sie meinen, Kommissar Padang. Ich hielte es für besser, Sie würden mich darüber aufklären. Aber ich finde das auch allein raus, darauf können Sie sich verlassen. Dauert halt etwas länger."

Padang verabschiedete sich und ging.

Doris Maurer legte sich wieder auf Rauschers Couch, wo sie auch die Nacht verbringen wollte. Sie hatte sich strikt geweigert, allein in ihrem Zimmer zu bleiben. Und sein Angebot, in seinem Bett zu schlafen, während er mit der Couch vorlieb nehmen würde, hatte sie dankend abgelehnt.

„Was hältst du eigentlich von der ganzen Sache hier? Also von den Morden und dem allem."

Doris Maurer nahm sich eine Cola aus dem Kühlschrank und antwortete:

„Also ehrlich, ich blicke überhaupt nicht mehr durch. Mich darfst du nicht fragen. Ich bewundere dich, dass du dir den ganzen Stress antust. Hast du schon eine Ahnung, wer der Mörder sein könnte?"

„Leider nicht wirklich. Es ist wie ein großes Puzzle. Ein Teil fügt sich ins andere. Zumindest bei mir im Kopf. Ein paar Teile fehlen noch, aber du kannst sicher sein, dass ich ihn kriege."

Später, als die Nacht anbrach, bemerkte Rauscher lapidar:

„Immerhin mal ein ganzer Tag ohne größere Katastrophe. Ist ja auch schon was."

Irgendwie hatte er damit nicht den Humor von Doris Maurer getroffen. Sie konnte jedenfalls nicht darüber lachen.

„Mach du nur Scherze. Hoffentlich passiert nicht noch mehr."

Rauscher überlegte: Was stand denn morgen auf dem Programm? Der Besuch bei Madé. Davon versprach er sich eine Menge. Er musste endlich den Zusammenhang zwischen Maurer und Bayan herausfinden. Vielleicht kannte Madé ja auch den Zwirbelbart? Er war sehr gespannt auf sie. Schon allein, weil sie die Auserwählte von Horst Maurer war.

Als Rauscher nach Doris Maurer schaute, schlief sie bereits. Bevor er sich hinlegte, schaute er aus der Balkontür hinaus. Nicht mal der Mond erhellte die Nacht. Es war stockdunkel und Shiva schwieg.

## 4.

„Aufwachen. Aufwachen. Wach endlich auf." Mitten in der Nacht rüttelte und schüttelte Doris Maurer Rauscher wach. Schweißgebadet lag er im Bett und fror.

„Bist du endlich wach?"

„Ja, was ... was ist denn los?"

„Das würde ich auch gerne wissen? Ich bin aufgewacht, weil du geschrien hast: Nein ... nein ... nicht. Immer wieder. Nein ... nein. Du hast dich von einer zur anderen Seite gewälzt."

Rauscher kam langsam zu sich und trank einen Schluck Wasser aus der Flasche auf dem Nachttisch:

„Ich ... ich hatte einen schlimmen Albtraum. Irgend so eine Maske hat vor mir getanzt und mich verfolgt. So eine mit großen Augen und riesigem Maul. Vielleicht diese Barong-Fratze von dem Tanz gestern. Ich bin weggerannt, schnell, immer schneller und diese Fratze hinter mir her. Dann hatte ich sie abgehängt, dreh mich um und sie ist weg. Dann lauf ich weiter und sie taucht wieder vor mir auf. Sie tanzt wieder. Ich renn wieder weg und so ging das hundert Mal. Ich bekam kaum noch Luft. War völlig kaputt. Konnte mich kaum noch auf den Beinen halten. Aber ich musste rennen und rennen. Immer weiter. Und sie war immer schon da und tanzte. Und als ich dann nicht mehr konnte, entdeckte ich diesen Dolch, Kris. Die Fratze war dicht hinter mir. Ich schnappte mir den Kris und setzte ihn auf meine Brust. Und dann sagte ich sowas wie: Wenn du nicht aufhörst, stech ich zu, ich machs. Die Fratze lachte und lachte, deutete mit dem Finger auf mich und lachte mich aus. Und dann war ich bereit dazu, ich wollte zustechen ... und ... und da ... da hast du mich geweckt."

„Na ist ja gerade nochmal gut gegangen. Du hast vielleicht eine Fantasie. Das Ganze scheint dich mehr mitzunehmen, als es nach außen den Anschein hat."

Rauscher nahm eine Dusche, zog eine frische Shorts und ein frisches T-Shirt an. Als er zurück ins Zimmer kam, schlief Doris Maurer wieder.

Er setzte sich auf den Balkon und suchte Shiva:

„Mensch Shiva. Du hast es gut. Du sitzt hier die ganze Nacht, fängst deine Insekten, haust dir den Bauch voll und brauchst dich um nichts weiter zu kümmern. Kein Ärger, kein Stress, kein gar nichts. So ein Leben hätte ich auch gern. Stattdessen renne ich von Fall zu Fall und mache mir die Nerven kaputt. Mensch, wo soll das noch hinführen?"

Rauscher wischte sich ein paar Schweißperlen von der Stirn, erhob sich, legte sich wieder ins Bett und schickte ein paar Zeilen an Lena: „Hallo meine Süße. Hatte gerade einen schrecklichen Albtraum. Meine Verfassung ist wohl nicht die beste. Du fehlst mir mehr denn je. Ich liebe dich."

Es dauerte noch eine halbe Stunde, bis er endlich einschlief.

# Siebter Urlaubstag

## 1.

Doris Maurer ging um neun Uhr, nachdem sie das Frühstück auf dem Zimmer eingenommen hatte, an die Rezeption. Sie wollte noch einmal versuchen, einen früheren Rückflug zu bekommen. Der Rezeptionist hatte gestern Abend alles versucht, aber keinen Erfolg gehabt. Sämtliche Reiseveranstalter und Airlines waren für mindestens eine Woche ausgebucht. Selbst über Australien konnte man derzeit nicht nach Deutschland fliegen. Die einzige Hoffnung bestand im Rücktritt eines Fluggastes. Doris Maurer war sauer. Sie mochte nicht länger auf Bali bleiben.

Als sie an die Rezeption trat, schüttelte der Rezeptionist schon den Kopf.

„Ich muss leider sagen, dass gibt nix Flug nach Deutschland. Ich gerade Flughafen angerufen. Kein Passagier sich abgemeldet. Vielleicht morgen. Mir sehr, sehr leid tut."

Doris Maurer verzog das Gesicht und brachte noch ein kleines Dankeschön heraus. Sie setzte sich kurz in die Empfangshalle und überlegte. Dort standen überall Sofas und Sessel. Kaum ein Tourist war um diese Uhrzeit hier. Sie waren entweder schon zu einem Ausflug aufgebrochen oder Sie lagen am Strand oder am Pool.

Doris dachte über ein paar Dinge nach. Über Andreas Rauscher, der ihr heute Nacht mit seinem Albtraum einen gehörigen Schrecken eingejagt hatte und der jetzt schon wieder unterwegs war zu dieser Puglug, um mit ihr Madé zu besuchen. Sie bewunderte seinen Einsatz in dieser Sache, er könnte ja auch einfach die Füße hochlegen und den Rest der einheimischen Polizei und Kommissar Padang überlassen.

Dann dachte sie über sich und ihr Leben nach. Sie war traurig. Einerseits war der Tod ihres Bruders kein wirklicher Verlust. Andererseits war er der Letzte – außer ihr selbst – der noch zur Familie gehörte. Sie war nicht gerade die Sentimentalste. Ein bisschen Trübsinn ergriff sie bei diesen Überlegungen aber doch. Sie hatte es nicht fertig gebracht, eine eigene Familie zu gründen, einen Mann zu lieben, ein Kind zur Welt zu bringen.

Doris war vorbelastet, was Männer anging. Das, was ihr Bruder ihr angetan hatte, würde sie nie ganz verwinden können. Und das Schlimme war: Sie konnte mit niemandem darüber reden. Das würde ihr sowieso keiner glauben. Aber seit dieser Sache damals hielt sie sich fast vollständig fern von Männern. Und auch danach war jede Beziehung zu einem Mann davon geprägt: Sie mochte Sex, scheute aber eine enge Bindung. Ihr Bruder war ein Schwein, und er hatte ihr Leben versaut. Sie konnte sich davon einfach nicht lösen. Zu tief saß der Schmerz – immer noch.

Mit neununddreißig Jahren stand sie vor dem Nichts. Sie hatte gerade den letzten Familienangehörigen verloren, eine Morddrohung erhalten, sollte eine Million beschaffen und bekam keinen Rückflug. Doris Maurer machte sich klar, dass es, angesichts dieses verpfuschten Lebens und der derzeitigen Lage, eine Kunst war, nicht depressiv zu werden und Selbstmord zu begehen. Aber komischerweise hatte sie daran noch nie gedacht. Sie war eine Kämpfernatur. In ihr steckte eine Mentalität, die sie immer wieder darin bestärkte, aufzustehen, zu fighten und trotz oder gerade wegen aller Beschwernisse weiterzumachen. Sie ließ sich nicht so leicht kleinkriegen, und genau das gab ihr Zuversicht.

„Jammern hilft nichts", sagte sie sich und spazierte eine Runde durchs Hotel. Vorbei am Health-Center und an den Konferenzräumen, an der Wäscherei und dem Fotoladen, an der Drogerie und dem Postamt. Die Außenanlage betrachtete sie teilweise von innen. Zum Beispiel die leeren Tennisplätze und einen Teil der Golfanlage, auf der nur ein Pärchen spielte. Auf dem Rückweg ins Zimmer von Andreas Rauscher ging sie in einem Seitengang auf Toilette. Als sie ihr Geschäft erledigt hatte, entriegelte sie die Tür, machte sie auf, ging hinaus und wollte sich die Hände im Nebenraum waschen. Da geschah es. Jemand musste ihr gefolgt sein. Denn plötzlich legte jemand seine Hand von hinten über ihre Augen und hielt ihr eine eiskalte Klinge an den Hals. Sie war geschockt und brachte keinen Piep heraus.

„Hallo Verehrteste. Nur einen Ton, und es ist aus. Hast du das Geld besorgt?"

Doris Maurer wimmerte ein wenig, brachte aber nur ein leises „Nnn ... nnein, w ... wel ... welches Geld denn?" heraus.

„Schätzchen, jetzt hörst du mir mal gut zu." Der Kerl drückte die Klinge fester an ihren Hals.

„Wenn du glaubst, du kannst mich verarschen, dann irrst du dich. Ich spreche von dem Geld, das uns dein feiner Bruder schuldet, die miese Ratte. Wir haben es zusammen verdient, und er hat es eingesteckt. Nicht mit uns, Süße. Du hast die Wahl: Entweder du besorgst das Geld hier auf Bali, dann bist du uns bald los. Oder wir sehen uns in Deutschland, dann hast du noch länger das Vergnügen. Verstanden?"

Doris Maurers Schock war so groß, dass sie die Besinnung verlor. Die Beine glitten weg, ihr wurde schwarz vor Augen und sie rutschte dem Kerl aus den Händen.

Erst drei Stunden später wurde sie gefunden – von einer Putzfrau. Die Toilette wurde selten bis gar nicht benutzt, denn die meisten Gäste gingen auf die eigene in ihren Zimmern. Niemand war in der Lage, die genaue Uhrzeit der Tat zu rekonstruieren. Ein Arzt kümmerte sich um Doris Maurer, die erst nach weiteren dreißig Minuten wieder zu Bewusstsein kam.

## 2.

Puglug führte Rauscher, nachdem er sie im Health-Center abgeholt hatte, zu Madés Kammer. Madé lag auf ihrem Bett und wirkte apathisch. Sie starrte ein Loch in die Luft und nahm kaum Notiz von ihrer Umwelt. Im Zimmer gab es eine Kochplatte und Puglug brühte Rauscher einen Tee auf. Er dankte ihr, trank einen Schluck und stellte die Schale hin. Rauscher wusste nicht so recht, wo er anfangen sollte. Puglug bot ihm einen Stuhl an, und Rauscher setzte sich. Sie blieb stehen und hantierte weiter an der Kochplatte.

„Ich bin Andreas Rauscher, Kommissar aus Deutschland. Ich helfe Kommissar Padang bei der Aufklärung des Mordes ... der Morde, Entschuldigung. Ich habe mich am Abend vor dem ersten Mord mit Horst Maurer angefreundet, an der Poolbar. Er hat mir von Ihnen erzählt." Puglug brachte auch Madé eine Schale Tee und goss sich selbst einen ein. Sie hörte aufmerksam zu. Madé blickte Rauscher jetzt an und nickte schüchtern, sagte aber kein Wort. Es kam ihm so vor, als würde sie durch ihn hindurchschauen, so abwesend war sie.

„Wie geht es Ihnen denn heute?" Wieder nickte sie und blieb stumm. War Madé noch traumatisiert von den Morden an ihren beiden Verehrern? Wusste sie etwas über den Mörder und war deshalb schockiert und in sich gekehrt? In Rauscher breitete sich eine Ahnung aus, dass der Schlüssel zur Aufklärung der Morde bei Madé lag. Er musste irgendwie an sie herankommen und ihr Vertrauen gewinnen.

„War Bayan Ihr Freund? Ich kenne leider noch nicht den Zusammenhang zwischen Maurer und Bayan. Warum wurde er nach Maurer umgebracht?" Wieder schwieg sie. Keine Silbe kam über ihre Lippen, und zu Puglug gewandt fragte er:

„Hat sie seitdem überhaupt schon etwas geredet?"

„Nicht viel, Mister Rauscher. Sie sehr still. Sie aber immer sehr still sein."

Das war gelogen. Bei dem Streit mit Bayan hatte er sie ganz anders erlebt. Da war sie aufgebracht und wild geworden wegen der Vorwürfe Bayans. Sie hatte jede Zurückhaltung und Höflichkeit, die Balinesinnen ansonsten auszeichnet, vergessen. Da sah man gar nichts mehr von der kleinen zierlichen, lieben Balinesin, die so unschuldig aussah. Rauscher änderte seine Strategie:

„Ihre Familie? Wo sind Ihre Eltern? Wo kommen Sie her? Ich meine, stammen Sie aus Sanur oder woher?"

Er wollte sie erweichen, mit ihm zu reden. Es musste doch ein Thema geben, das sie interessierte. Aber Madé gab keinen Laut von sich. Stattdessen sprach Puglug:

„Wir kommen von Norden Balis, aus kleines Dorf. Unser Vater Reisbauer. Wir arme Familie. Wir müssen arbeiten hier. Geld verdienen für Familie."

„Was sagt Ihre Familie dazu, dass Sie hier arbeiten."

„Freuen sich Familie. Freuen sich über Arbeit. Wer kein Arbeit, der müssen betteln. Nur Reis anbauen ist nix viel Geld." Puglug trank ihre Tasse leer. Sie sah irgendwie beruhigt aus und sagte, dass sie jetzt wieder ins Health-Center müsse, weil sie Dienst habe. Sie verabschiedete sich sehr höflich von Rauscher und von Madé und verschwand. Rauscher machte noch einen letzten Versuch, Madé zum Sprechen zu bewegen:

„Was kann ich nur tun, damit Sie mit mir reden?"

„Sie müssen gar nichts tun."

Rauscher runzelte die Stirn und war erstaunt. Auf einmal sprach sie.

„Ich hatte nur keine Lust, während meine Schwester hier war."

Rauschers Staunen nahm nicht ab.

„Wieso, was ist mit Ihrer Schwester?"

„Meine Schwester ist falsche Schlange. Sie schnüffelt in letzter Zeit hinter mir her."

„Entschuldigung, dass ich dazwischen frage, aber wieso sprechen Sie eigentlich so gut deutsch?"

„Oh, vielen Dank, ich muss noch viel lernen. Ich habe bemüht mich schon viele Jahre zu lernen gut Deutsch sprechen. Ich will gehen nach Deutschland. Ich sprechen mit Kunden von mir. Viele deutsche Touristen."

„Sie sprechen viel besser als Ihre Schwester. Nein wirklich, ganz hervorragend sogar."

Madé schüttelte verlegen den Kopf, aber ihr schmeichelten die Worte des Kommissars. Dann fuhr Rauscher fort:

„Wieso gibt es Probleme zwischen Ihnen?"

„Sie älter wie ich. Und sie bestimmen will mein Leben. Sie passt auf mich auf. Das ist wahrer Grund, warum sie hier ist in Sanur. Mein Familie nicht findet gut, dass ich hier arbeite. Sie Angst, ich gehen in Ausland wie mein Tante. Sie ist in Australien. Hat dort geheiratet. Aber ich will gehen auch weg, auf jeden Fall.“ Rauschers Eindruck verstärkte sich, dass da irgendetwas im Busch war. Nur was?

„Und wie meinten Sie das mit der falschen Schlange?“

„Seit mein Schwester geht zu diese Wahrsager Pak, sie ist wie verwandelt. Sie passt noch mehr auf mich auf. Sie verteufelt alles, was aus Westen kommt. Sie kehrt zurück zu alte balinesische Traditionen. Ihr Glaube ist sehr stark geworden und bestimmt ihr ganze Leben. Und sie versucht, mich auch zu führen auf diesen Weg.“ Rauscher musste jetzt vorsichtig sein, denn das Gespräch hatte sich gerade positiv entwickelt.

„Waren Sie auch schon dort, bei diesem Wahrsager.“

„Oh nein. Ich glaube nicht daran. Ich mache mir nix aus dieser Welt und diesen Vorhersagen. Alle hier glauben daran und diese Männer nutzen aus.“

„Wie meinen Sie das?“

„Oh, das ist schwierig für mich zu erklären. Aber ich will versuchen. Wahrsager macht Prophezeiungen von Schicksal. Wahrsager sagt aber auch: Schicksal muss gar nicht eintreten. Jeder kann beeinflussen sein Schicksal durch gute Taten, Spenden oder Opfergaben. Meistens Wahrsager verdient gut daran, so er beruhigt Menschen und hat immer gute Ausrede, wenn Schicksal anders als Prophezeiung. Sie verstehen?“

Rauscher war sich nicht hundertprozentig sicher, aber er wusste jetzt, dass Madé mindestens genauso skeptisch gegenüber den Wahrsagern war, wie er, bevor er Pak besuchte. Also lenkte Rauscher das Gespräch wieder in eine andere Richtung.

„Wollten Sie mit Maurer nach Deutschland?“

Madé sah ihn scharf an. Statt zu antworten stellte sie eine Gegenfrage:

„Wie ist Leben in Deutschland? Sie wollen mir ein wenig erzählen von Ihrem Land?“

Damit hatte Rauscher nun wahrlich nicht gerechnet. Ausgerechnet jetzt über Deutschland reden. Aber er wollte höflich sein und sie nicht enttäuschen, deshalb sagte er:

„Oh, Deutschland. Deutschland ist ... Deutschland ist irgendwie ... so weit weg.“

Er kam sich blöd vor, aber ihm fiel nichts anderes ein. Einerseits wollte er ihr nicht die Illusion rauben und ihren schönen Traum von Deutschland zerstören. Andererseits: Sie anlügen war auch nicht sein Ding.

„Sie müssen mehr erzählen. Ich sehr gespannt bin. Ich will viel erfahren über den Westen. Über Menschen und Land.“

„Na ja, da gibt es auch Berge und das Meer wie hier. Aber es ist anders ... kälter, viel kälter als hier. Nur im Sommer ist es warm. Und es regnet viel.“

Alles, was er von sich gab, kam ihm so banal vor. Er schämte sich fast dafür.

„Also, man kann schon ganz gut leben in Deutschland. Es ist ein reiches Land. Es gibt auch Armut, aber den meisten geht's besser als hier.“

Madé lauschte konzentriert. Es schien, als würde sie jedes einzelne Wort einsaugen.

„Die Deutschen sind anders, als hier die Menschen. Auch freundlich und herzlich, aber ... aber nicht so wie hier. In Deutschland herrscht mehr Distanz zwischen den Menschen, es existiert nicht diese ... diese Nähe wie hier.“

Rauscher dachte an seinen Nachbarn, den er noch nicht mal mit Vornamen kannte, der aber schon zwei Jahre neben ihm wohnte. Madés Lebensfreude spiegelte sich in ihrem Gesicht wider. Sie strahlte. Vielleicht sah sie ihm sein schlechtes Gewissen an.

Diedeldiedeldidid. Das könnte eine SMS von Lena sein, dachte Rauscher, der länger nichts mehr von ihr gehört hatte. Er sah aufs Handy. Ja, sie war es. Er stand auf und verabschiedete sich von Madé.

„Schade, Mister Rauscher. Ich mich gern mit dir unterhalt.“

Jetzt schmunzelte er.

„Können wir ja fortsetzen. Ich hab da sowieso noch ein paar Fragen zu den Morden.“

„Ich morgen wieder arbeiten. Wenn Lust haben, ich dich massieren.“

Traumhafte Aussichten, dachte Rauscher.

„Ich schau mal vorbei, wenn wir uns vorher nicht noch über den Weg laufen. Passen Sie auf sich auf.“ Er winkte kurz, drehte sich um und ging.

„Tschüss, bis morgen.“

Draußen las er zuerst die SMS: „Du fehlst mir auch. Kommst du voran? Wird langsam Zeit, also gib Gas. Immer schön dran denken: Der Mörder ist immer derjenige, den man am wenigsten erwartet ...“

Jetzt hat sie mir aber richtig weitergeholfen, dachte Rauscher und ärgerte sich ein bisschen. Waren seine Überlegungen bisher zu kompliziert? Vielleicht war alles ganz einfach. Kannte er den Mörder denn schon? Wer sagte eigentlich, dass es ein Mann war? Trat er etwa auf der Stelle?

Nach dem durchaus positiven Gespräch mit Madé wollte Rauscher sich von negativen Gedanken nicht die Laune verderben lassen. Was er da noch nicht wusste: Im Hotel wartete längst die nächste böse Überraschung.

## 3.

Als Rauscher ins Hotel zurückkam, erzählte ihm einer der Wachpolizisten von dem Überfall auf Doris Maurer. Schnell rannte er hoch zu seinem Zimmer. Ein Wachpolizist war davor postiert, der ihn jedoch hineinließ. Als er das Zimmer betrat, zuckte Doris Maurer kurz zusammen und öffnete die Augen. Sie lag zugedeckt auf der Couch, ein nasses Tuch auf der Stirn. Der Arzt hatte ihr eine Beruhigungsspritze verpasst. Auf seine Frage, wie es ihr gehe, meinte sie, den Umständen entsprechend. Sie schlug die Augen zu und versuchte, ein wenig zu schlafen. Anscheinend wirkte die Spritze. Rauscher begab sich hinunter, um die Toilette zu inspizieren. Zwei Polizisten trieben sich davor herum. Rauscher trat ein. Zuerst kam er in ein Vorzimmer. Links ein schmaler Gang, geradeaus eine weitere Tür, rechts Waschbecken und Spiegel. Dann ging er durch die Tür. Auf den Fliesen am Boden war etwas roter Gummiabrieb zu sehen, vielleicht hatte der Täter Gummibadelatschen an. Er sah zwei Toilettenkabinen links, dahinter einen größeren freien Raum. Der Täter war wohl Doris Maurer auf die Toilette gefolgt, hatte sich dort hinten versteckt, gewartet bis sie aus der Kabine kam und zugeschlagen. Kein Spiegel hier drin, worin sie ihn hätte erkennen können. Rauscher verließ die Toilette und ging wieder hoch ins Zimmer.

Er suchte die Flip-Flops von Doris Maurer, fand sie unter der Couch und stellte fest, dass sie rot waren. Mist, dachte er.

Dann setzte er sich auf den Balkon und rief leise nach Shiva. Nichts zu sehen und nichts zu hören von der Göttin. Es war noch nicht ihre Zeit. Er ruhte eine Minute und wollte wieder aufstehen, doch eine bleierne Müdigkeit überfiel ihn. Schwerfällig sackte er zurück in den Sessel und schlief sofort ein.

Doris Maurer weckte ihn. Sie sah hübsch aus, hatte verschlafene Augen, aber machte sonst einen passablen Eindruck.

„Wie geht's dir?", fragte Rauscher.

„Geht schon wieder."

„Ich bin richtig sauer. Bevor hier noch mehr passiert, erzählst du mir jetzt, was da früher eigentlich los war zwischen dir und deinem Bruder – und zwar alles."

Doris Maurer setzte sich auf die Couch, zog die Beine an und umschloss sie mit den Armen. Sie blickte Rauscher an wie ein kleines Kind, und eine erste Träne rann ihr die Wange hinunter.

„Schon gut, ich erzähl's dir ja. Eigentlich wollte ich diese alten Geschichten ruhen lassen. Sie waren so schön verborgen in meinem tiefsten Innern. So weit weg, dass ich in den letzten Jahren nicht mehr daran denken musste. Und jetzt kommt alles wieder hoch. Er macht mich sogar noch nach seinem Tod fertig, das Schwein. Aber ich weiß auch nicht, was das mit dem Mord zu tun haben könnte. Nun gut."

Sie nahm ein Taschentuch und putzte ihre Nase. Tränen tropften aus ihren Augen, eine plumpste auf ihr Shirt.

„Das lass bitte meine Sorge sein. Alles, was Maurer betrifft, kann wichtig sein. Also ..."

„Also mein Bruder war schon immer ein sehr bestimmender Mensch. Wenn er eine Meinung hatte, galt keine andere. Als ich zwanzig war, also vor fast zwanzig Jahren, gab es einen Vorfall bei uns in der Familie. Ich hatte damals einen Freund, einen Araber. Das durfte keiner wissen. Er brauchte Geld. Und in meinem jugendlichen Leichtsinn verkaufte ich einen Teil des Familienschmucks. Wie ich erst später erfuhr, ging es um Drogen. Die Polizei hatte eines Nachts mein Auto angehalten und fand auf dem Beifahrersitz in einer Tüte, die mein Freund da vergessen hatte, über zehn Gramm Marihuana. Ich versuchte alles, damit meine Eltern nichts davon erfuhren, und es gelang mir auch. Damals wohnte ich noch zu Hause und unterschlug die Post und so weiter. Das Strafmaß war milde, ich bin noch nicht mal vorbestraft. Ein Kumpel von Horst arbeitete bei der Polizei, und der wurde auf den Fall aufmerksam. Als er meinen Namen in den Akten las, erzählte er Horst davon, und der kam mir so auf die Schliche. Und dieses Schwein von einem Bruder erpresste mich damit, alles unseren Eltern zu erzählen. Was das für mich bedeutet hätte, war klar. Du musst wissen, dass wir einen sehr konservativen Vater hatten. Er hätte mich sofort rausgeschmissen, mich enterbt und wahrscheinlich nie mehr ein Wort mit mir geredet. Erstens, weil ich mit einem Ausländer zusammen war, und zweitens, weil Drogen für ihn so ziemlich das Letzte waren, was er toleriert hätte."

Sie schniefte wieder in das Taschentuch, holte Luft und setzte wieder an:

„Seitdem hatte mich mein Bruder in der Hand. Ich war gezwungen, ihm jahrelang hörig zu sein. Anfangs ging das noch. Mein Bruder bestellte mich zu sich und gab mir irgendwelche Aufgaben. Mal für ihn einkaufen, mal putzen oder kochen. Das reichte ihm bald nicht mehr, denn er weitete meine Dienste aus und schikanierte mich. Ich musste ihn ganze Abende von vorne bis hinten bedienen. Er saß im Sessel, ließ sich dies und jenes bringen, ließ mich auf allen Vieren kriechen oder Männchen machen. Er behandelte mich wie einen Hund. Und die Erniedrigung ging weiter. Bald musste ich nackt putzen oder kochen und er ... er holte sich dabei einen runter."

Sie brach in Tränen aus, stand auf und lief auf den Balkon. Rauscher sprang ebenfalls auf und folgte ihr.

„Das, das konnte ich nicht ahnen", sagte er betroffen, „tut mir leid. Kann ich etwas für dich tun?"

„Nein, nein schon gut. Geht schon wieder. Aber immer wenn ich daran zurückdenken muss, kommt der Ekel in mir hoch. Dieses Schwein hat mir jahrelang das Leben zur Hölle gemacht." Sie schnäuzte noch mal kräftig, fing sich dann aber: „Kommissar, Andreas, meine ich, ich will dir lieber die weiteren Details ersparen. Wahrscheinlich kannst du dir den Rest selbst denken."

Rauscher war schockiert und einen Moment sprachlos.

Ihm war heiß und kalt zugleich.

Damit beschäftigt, ihre letzten Worte zu verdauen, malte er sich aus, was da wohl noch alles vorgefallen war. Mit so einer Geschichte hatte er nicht gerechnet. Am liebsten hätte er sie in den Arm genommen, aber er traute sich nicht.

„Danke, ich meine, dass du es mir erzählt hast. Ist ja nicht selbstverständlich." Und außerdem, fügte er im Kopf leise hinzu, hatte sie sich damit auch verdächtig gemacht, verdrängte aber diesen Gedanken sogleich wieder.

„Schon okay. Vielleicht musste einfach mal alles raus. Irgendwie ist mir jetzt wohler. Lass uns reingehen. Ich brauche was zu trinken."

Rauscher war ziemlich flau im Magen. So kann man sich auch einen Tag versauen, dachte er, als sie sich wieder setzten.

„Ich glaube, wir sollten feiern gehen heute Abend", hörte er sie sagen.

„Geht's denn schon wieder?"

„Feiern geht immer."

Stille. Ein paar Minuten.

Doris Maurer war im Bad und machte sich frisch. In den Morgen- und Abendstunden ließ der Wasserdruck deutlich nach. Das lag an der Wasserknappheit, obwohl so wenig Touristen hier waren. Was sollte erst passieren, wenn wieder mehr kommen würden, fragte sich Rauscher.

Er stellte die Klimaanlage hoch. Aus einiger Entfernung vernahm er spitze Möwenschreie oder das, was er dafür hielt. Wenn ihm jemand vor sieben Tagen erzählt hätte, dass er auf Bali innerhalb einer Woche in einen Mordfall verwickelt würde, einen weiteren Mord hautnah miterleben musste, eine Erpressung ablief und ein Überfall im Hotel geschah, hätte er ihn für verrückt erklärt.

Aber genau das war eingetreten.

War er hier vielleicht der Verrückte? Seine Gedanken sprangen hin und her.

## 4.

„Mer losse de Dom in Kölle ..."

Rauscher saß spätabends mit Doris Maurer an der „Down Under"-Bar am Strand von Sanur.

„... denn do jehört e hin. Wat sull dä donn wo anners ..."

Ein besoffener Rheinländer war tönend im Anmarsch. Die fünfte Jahreszeit hatte begonnen. Fehlte nur noch, dass er eine Karnevalsmütze oder Clownsnase trug.

„... dat hätt doch keene Sinn."

Der Hauch eines Lächelns huschte über Doris Maurers Gesicht. Sie war nach dem Überfall noch sehr angespannt und brauchte Zerstreuung. Rauscher versprach ihr auf sie aufzupassen. Bei ihm fühlte sie sich in Sicherheit. Sie hatte ihm den Überfall detailliert geschildert. Vor allem – und darauf war sie besonders stolz – konnte sie exakt wiedergeben, was der Erpresser gesagt hatte.

Der Kölner stand inzwischen an der ovalen Bar und bestellte ein großes "Bintang", die zweite Sorte indonesisches Bier, die es hier überall gab. Bob Dylan besang im Hintergrund einen rollenden Stein. Es zeichnete sich langsam aber sicher eine deutsche Invasion der Aussie-Bar ab, denn links neben Rauscher saßen ein Hamburger mit HSV-Basecap und ein Gelsenkirchener im Schalke-Trikot, die sich vehement über Fußball stritten. Der Schalke-Fan beschwerte sich bitterlich, dass die Arena ständig ausverkauft sei und er deswegen seine Jungs nicht mehr live sehen könne.

„Leg ma Wolle Petry auf."

Der Kölner hatte es Rauscher angetan. Immer wenn man nicht mehr mit ihm rechnete, ertönte die Stimme der rheinischen Frohnatur. Doris Maurer schien sich zu amüsieren. Sie trank bereits ihr drittes Bier.

„Jo mei ... a woahnsinn des ... jo mei ... ja freilich ... gibt's dann des ..."

Vom gegenüberliegenden Tresen drangen hin und wieder Wortfetzen zu den beiden, die vermuten ließen, dass ein Bayer in schwerwiegende politische Diskussionen mit einem Hochdeutschen verwickelt war.

„Zehn nackte Friseusen, zehn nackte Friseusen ..."

Der Kölner sang wieder, wie im Karneval oder auf einem Volksfest im Ruhrpott. Mallorca-Stimmung auf Bali. Rauscher konnte es einfach nicht glauben. Unterdessen erklang die Stimme von Mick Jagger, der sich beklagte, dass er nicht genügend Befriedigung bekam.

Rauscher sagte zu Doris:

„Und?"

„Was, und?"

„Na, wie geht's jetzt?"

„Och jo, ganz okay."

„Also?"

„Was also?"

„Also was wird jetzt?"

„Woher soll ich das wissen? Solange ich keinen Rückflug bekomme, bin ich gezwungen, hierzubleiben. Aber eins ist auch klar: Ich gehe auf keinen Fall alleine in mein Zimmer. Vielleicht könnten wir zusammen ein größeres Appartement nehmen? Ich habe mich informiert. Da gibt's welche in den oberen Stockwerken, so mit zwei, drei Schlafräumen und Küche. Die stehen sowieso alle leer."

Der tropische Mond beschien die Szene am Strand. Die Palmwedel, die rechts und links überall aufgestellt waren, säuselten im milden Wind. Rauscher besann sich.

„Also gut. Ist vielleicht besser so."

Er nahm einen Schluck aus der Flasche. Das Bier schmeckte nicht mehr. Er ließ sich noch einen Cocktail mixen, einen Margarita. Die Balinesen waren zwar nicht gerade berühmt für ihre Cocktails, aber das war ihm jetzt auch egal.

„Zeig doch mal die Möpse, zeig doch mal die Möpse ...".

Der Gesang des Rheinländers entfachte bei Rauscher Erinnerungen an die letzte Après-Ski-Party. Und das auf Bali, in einer der wärmsten Nächte, die er je erlebt hatte. Doris Maurer schmunzelte. Endlich. Schien ihr an der Bar wirklich Spaß zu machen. Auch sie bestellte noch einen Cocktail.

„Ja freilich ..." schallte es von gegenüber, „ja mei, woas denkst denn dua. Des hätts oalls net gebn. Mitm Edmund hätts des oalls net gebn."

„No woman, no cry" kam leise tastend aus den Boxen. Rauscher und Doris Maurer schwelgten im gemächlichen Rhythmus und wogten, mit ihren Cocktails in Händen, ihre Oberkörper hin und her. Es war eine entspannte Stimmung, angesichts des Vorfalls heute Nachmittag.

„Hast du eigentlich eine Freundin?" wollte Doris Maurer wissen.

„Nein ...," Rauscher schüttelte den Kopf, „... sowas Ähnliches."

„Was Ähnliches? Aha. Du bist schwul."

„Falsch getippt."

„Was denn? Eine Gummipuppe?"

„Blödsinn. Sie ist aus Fleisch und Blut und eine Frau. Ich habe ... ein Verhältnis."

„Oh!" Doris Maurer schmunzelte wieder. Die Vorstellung, dass Rauscher eine Geliebte hatte, machte ihr Spaß.

Heimatliche Klänge erfreuten plötzlich Rauschers Ohr.

„Geh mer ned uff en Wegger. Du mit deine Spirenzier." Zwei Frankfurter hatten gerade Platz genommen an der Bar.

Aber die Ablenkung dauerte nur einen Moment, denn dann musste Rauscher erneut an den Fall denken. Morgen würde er in die Offensive gehen. Das hatte er sich fest vorgenommen. Mit Kommissar Padang wollte er dem Zwirbelbart und dem Vierzigjährigen einen Besuch abstatten und ihr Appartement durchsuchen. So was wie einen Durchsuchungsbefehl stellten sich die Polizisten hier selbst aus. Vielleicht fanden sie ja einen Hinweis, ausgeschnittene Buchstaben im Papierkorb oder das Messer vom Überfall.

Plötzlich leuchteten die Augen von Doris Maurer auf, und es sah ganz danach aus, als ob sie gerade einen genialen Einfall gehabt hätte.

„Mein Bruder ist in letzter Zeit öfter mal in die Schweiz gefahren. Zwischen seinen Auslandsaufenthalten. Angeblich wohnte dort ein Freund von ihm, den er besuchen wollte. Vielleicht hat er ja ein schwarzes Konto in der Schweiz oder so was Ähnliches? Vielleicht haben die krumme Dinger in der Firma gedreht, Geld unterschlagen oder Bestechungsgelder angenommen."

„Schon möglich. Könnte wirklich sein, dass er deshalb in die Schweiz gefahren ist. Dort hat er sich mit Bargeld versorgt und ist dann wieder aufgebrochen in alle Welt. Klingt plausibel. Zu dumm, dass wir nicht in Deutschland sind, da könnte ich recherchieren lassen, ob er wirklich ein Schweizer Konto hatte."

Beide tranken aus und machten sich auf den Weg zurück zum Hotel. Sie kosteten diese nächtliche, exotische Atmosphäre aus, inhalierten die stickige Wärme. Auf dem Weg erkundigte sich Doris Maurer noch einmal nach dem Wahrsager. Sie hatte in den letzten Tagen mit dem Gedanken gespielt, selbst einmal hinzugehen, den Gedanken aber wieder verworfen, weil sie doch etwas Angst davor hatte. Zu viel von der Zukunft zu erfahren, muss nicht immer gut sein, hatte sie sich gesagt.

„Das ist so eine Sache", sagte Rauscher, „also ehrlich gesagt hätte ich nie damit gerechnet, dass mich ein Wahrsager so beschäftigen könnte. Ich bin davon ausgegangen, dass ich das viel cooler sehe. Aber er hat Dinge gesehen, die er nicht wissen kann. Zum Beispiel hat er mir gesagt, dass ich vor drei Jahren knapp dem Tode entronnen bin. Und das stimmt genau. Ist das nicht unheimlich?“

„Das ist es. Was hat er denn noch gesehen?“

„Insgesamt war es recht positiv für mich. Ich glaube, die haben ihre Standardsprüche mit Glückszahlen oder Glückssteinen, ob du reich wirst oder arm, ob du Familie und Kinder hast und so weiter. Wieso fragst du eigentlich?“

„Ich habe überlegt, auch hinzugehen. Bei mir überwiegen noch die Bedenken, aber ich bin schon neugierig, was mir die Zukunft bringt. Würdest du sagen, nachdem du da warst, dass du daran glaubst?“

„Ganz so weit würde ich nicht gehen. Aber es hat mir schon zu denken gegeben. Und ob ich es mir eingestehen will oder nicht: Es beeinflusst mich.“

Doris Maurer konnte sich ganz gut in die Lage von Rauscher hineinversetzen und ließ es dabei bewenden.

Nach dreihundert Metern erreichten sie die Anlage. Schon von weitem sahen sie eine Menschentraube direkt vor dem Eingang des Hotels. Als sie näher kamen, war unverkennbar, dass vier Wachpolizisten und Padang inmitten der Traube standen und die Menschen drum herum zurückhielten. Rauscher bahnte sich einen Weg durch den Pulk und stand schließlich neben Padang:

„Was ist denn hier los?“

„Leute machen verrückt wegen nix“, sagte Padang verärgert.

Rauscher sah auf dem Boden, zwischen all den Menschen, einen Kris liegen, schön mit bunten Edelsteinen verziert. Er erinnerte ihn an den, der in Bayans Rücken gesteckt hatte und er sagte zu Padang:

„Vielleicht war der Mörder wieder unterwegs und ist auf frischer Tat gestört worden.“

„Oder jemand hat verloren Kris. Ganz einfach verloren.“ Padang hörte sich noch immer verärgert an.

„Kommt vor. Verstehen Sie? Kommt einfach vor.“ Irritiert gingen Rauscher und Doris Maurer weiter und ließen die anderen stehen und weiter gaffen. Eine Fledermaus flatterte durch die Nacht und hängte sich kopfüber an einen Baum. Weitere folgten ihr. Es war spät geworden.

# Achter Urlaubstag

## 1.

„Drrrrrrr! Drrrrrr! Drrrrrr!"

Das Klingeln des Handys holte Rauscher aus dem Tiefschlaf. Lena? Er hatte gerade so schön von ihr geträumt. Nein. Es war eine balinesische Nummer. Und das morgens um kurz vor halb sieben. Wer in Gottes Namen konnte das denn sein, dachte er.

„Hallo, Mister Rauscher?" Padangs Stimme.

„Ja, was gibt's?"

„Sie komme sofort zu Pool in Hotel neben ihre Hotel. Sie beeilen."

„Ja, ja, bin ja schon unterwegs."

Was war denn nun schon wieder? Rauscher versuchte sich leise und schnell anzuziehen, denn er wollte Doris Maurer nicht unnötig wecken. Er sprang in eine Shorts und seine Badelatschen und ging aus dem Zimmer. Der Wachpolizist schlief auf dem Stuhl neben der Tür. Als er Rauscher herauskommen sah, wachte er auf und erschrak. Er räusperte sich, schob seine Mütze zurecht und setzte sich gerade hin. Rauscher zog sein Hemd auf dem Gang über und beeilte sich. In den Badelatschen konnte er schlecht rennen, also ging er schnell. Keine zwei Minuten nach dem Anruf stand er am Pool des Nachbarhotels. Padang und einige Polizisten warteten schon auf ihn. Sie blickten in den Pool. Eine Leiche.

„Was ist denn hier los?" fragte Rauscher, worauf Padang antwortete:

„Das Sie sehen selbst. Diese Mann von vierzig Jahre schwimme in Pool, tot natürlich."

Erst jetzt erkannte auch Rauscher den Vierzigjährigen. Die Leiche schwamm auf dem Bauch. Sie war schon etwas aufgequollen und die fahle

Haut sah glitschig aus. Eine Drahtschlinge war um den Hals gelegt.

Keine Spur eines Einstiches.

Keine Spur von Kris.

Das erleichterte Rauscher ein bisschen. Sie hatten es hier womöglich mit einem anderen Täter zu tun. Der Zwirbelbart? Vieles sprach dafür, denn der Kommissar teilte Rauscher mit, dass er verschwunden sei und die Fahndung nach ihm bereits lief. Komisch fand Rauscher den Zwirbelbart ja schon immer, aber war er jetzt total durchgeknallt und verrückt geworden? Was um alles in der Welt hatte ihn zu dieser Wahnsinnstat veranlasst?

Padangs Leute holten die Leiche aus dem Pool. Ein Arzt untersuchte ihn. Kurze Zeit später wurde Padang mitgeteilt, dass der Tote schon etwa drei Stunden im Pool lag und der Pool nicht der Tatort war. Er war schon tot, als er in den Pool geschmissen wurde.

Padang ging mit Rauscher ins Appartement der beiden. Seine Leute hatten die Namen an der Rezeption erfragt. Das Appartement war auf die Namen Otto Drake und Roland Drechsler gebucht.

Padang machte auf Rauscher keinen guten Eindruck. Er bewegte sich hektisch und ungestüm, ganz ungewöhnlich für einen Balinesen. Padangs Nervenkostüm war wohl nicht das Strapazierfähigste, dachte Rauscher. Padang durchwühlte die Sachen von Drake und Drechsler. Schublade für Schublade, Schrank für Schrank. Immer wenn er außer Klamotten nichts fand, stieß er einen kleinen Fluch aus. Rauscher verstand nicht, wusste aber genau, was es bedeuten sollte. Nach zehn Minuten verließen sie das Appartement. Kein Hinweis, der sie weitergebracht hätte.

„Wie geht's weiter?" Rauscher sah Padang fragend an.

„Wir müssen finden Mann mit Bart. Unbedingt. Und wir müssen aufpassen auf Schwester von Maurer. Wache bleibt vor ihre Zimmer."

Die Sonne war aufgegangen und verteilte ihre heißen Strahlen auf der ganzen Insel. Pflanzen, Bäume, Sträucher, Blätter, Gras: Alles, was grün war, sah man förmlich wachsen. Das Leben spross, wuchs, kreuchte, fleuchte, entfaltete sich. Welch wunderbares Bild zu früher Morgenstunde, dachte Rauscher. In dieses Szenario passte der Tote gar nicht hinein.

„Kommissar Padang, ich spreche heute nochmal mit Madé. Es scheint mir immer wahrscheinlicher, dass sie etwas weiß."

„Gut, Mister Rauscher. Viel Erfolg ich wünsche. Wir später wieder reden." Er drehte sich um, gab seinen Leuten ein Zeichen und verschwand.

Rauscher konnte Tote am frühen Morgen noch nie leiden. Sie schlugen ihm auf den Magen. Ein Toter nachmittags, abends oder nachts war etwas ganz anderes. Da rechnete man schon fast damit. Aber morgens aus dem Bett springen und gleich die Hektik. Nein. Das war nicht sein Ding.

Mit einem unangenehmen Grummeln in der Magengegend verließ er den Tatort und schrieb eine SMS: „Jetzt hat's den Dritten erwischt. Diesmal kennen wir aber ziemlich sicher den Mörder. Müssen ihn nur noch schnappen. Das sollte wohl auf dieser kleinen Paradiesinsel kein Problem sein."

## 2.

Der Umzug gestaltete sich problemlos. Doris Maurer packte ihre Sachen in Begleitung eines Polizisten und ließ sie ins größere Appartement bringen. Sie hatte sich dort schon ausgebreitet, als Rauscher mit seinem Koffer auftauchte. Ein großzügiger Wohnraum führte auf den Balkon hinaus, jeweils links und rechts führte eine Tür in die beiden Schlafräume. Nebenan gab es sogar eine geräumige Küche. Alles etwas eleganter, etwas komfortabler eingerichtet. Auch das Bad war luxuriöser ausgestattet. Marmor-Waschbecken und Marmor-Fliesen in der Dusche.

Sehr einladend waren die Zimmer, fand Rauscher, aber trotzdem verspürte er ein merkwürdiges Gefühl, mit einer fremden Frau hier einzuziehen und den Rest des Urlaubs zu verbringen.

Doris Maurer hatte sich damit abgefunden, keinen früheren Rückflug zu bekommen, und hatte beschlossen, die nächsten Tage einigermaßen entspannt hinter sich zu bringen. Ihr gefiel das neue Appartement recht gut, und vor allem war sie froh, nicht alleine zu sein.

Rauscher war für sie eine angenehme Erscheinung: unkompliziert, vertrauenswürdig, unterhaltsam. In der letzten Zeit hatte sie nicht oft Männer kennengelernt, von denen man das behaupten konnte. Meistens waren es eingebildete Mittvierziger, die ihr beim ersten Treffen gleich den nagelneuen 5er-BMW-Schlüssel unter die Nase hielten, ihr von ihrer Top-Position im Unternehmen vorschwärmten und auch sonst alles im Griff hatten. Nach kurzer Zeit stellte sich dann aber heraus, dass nicht alles so paletti war. Die meisten waren geschieden oder lebten in Trennung, erzählten von ihren Seelenschmerzen und ihrer Einsamkeit. Dass der Traum von Haus, Hof, Familie und Kindern geplatzt war und sie vor dem Nichts standen. Oder sie hatten Angst vor der Kündigung, weil es ihrem Unternehmen schlecht ging. Viele bauten eine Fassade um sich herum auf, um den Anschein von Glück und Harmonie zu erwecken. Dahinter sah es düster aus.

Doris Maurer kannte keine Ehe in ihrem großen Bekanntenkreis, die tatsächlich noch funktionierte. Es schien immer schwieriger zu werden, dreißig, vierzig Jahre miteinander klar zu kommen. Sie hatte jedenfalls keine Lust auf diese kaputten Psycho-Existenzen, die sich noch im vierten oder fünften Jahrzehnt ihres erbärmlichen und gescheiterten Lebens selbst etwas vormachten. Ihre eigene Psyche war viel zu angekratzt, um sich noch mehr aufzuladen und zusätzliche Probleme ans Bein zu binden. Ihr Leben und ihre Freiheit waren ihr wichtiger. Ins Bett gehen konnte sie jederzeit mit irgendwem. Die Männer standen Schlange. Im Laufe der Jahre hatte sie wieder eine wunderbare Beziehung zu sich, ihrem Körper und ihrer Sexualität aufgebaut.

Männer waren eigentlich nur noch Mittel zum Zweck. Jede Form von Emotionalität war da unangebracht. Es ging lediglich um ein, zwei Orgasmen. Das war eine rein körperliche Angelegenheit. Kopf und Bauch konnte sie prima trennen. Und da sie sich schon länger damit abgefunden hatte, niemals eine Familie zu haben, konnte sie ganz gut damit leben. Mit ihrem Scheitern in dieser Hinsicht konnte sie umgehen. Scheitern als Chance. Das war ihr Motto. Das Positive aus der Sache herausziehen. Damit war sie gut gefahren.

Was sie von Rauscher in Bezug auf Frauen halten sollte, konnte sie noch nicht richtig einschätzen. Er hatte nicht einmal versucht, sie anzumachen. Ganz untypisch für einen Mann, der hier alleine Urlaub macht. Auch hatte sie nicht beobachtet, dass er Interesse an einer Einheimischen gezeigt hätte.

Na ja, dachte sie, mal sehen, was da noch so kommt.

## 3.

„Wieviel Sie haben bezahlt für Nikes?"

Madé setzte ihr schönstes Lächeln auf und Rauscher wurde rot. Er blickte auf seine Badelatschen und sagte:

„Ähhh, Augenblick mal ..., das waren 90.000, glaube ich. Ich habe den Verkäufer runtergehandelt."

Madé schmunzelte.

„Sie kennen nicht gut Balinesen. Sie müssen noch viel üben Handeln. 40.000 ist guter Preis für Badelatschen."

Rauscher fühlte sich ertappt in seiner Unkenntnis, aber Madé baute ihn wieder auf:

„Nicht so schlimm. Sie nächstes Mal werden besser handeln."

Rauscher lag auf der Massageliege und wollte das Thema wechseln. Madé bereitete die Massage vor, indem sie einige Tropfen Öl in ihren Händen verrieb.

„Können Sie denn schon wieder arbeiten?"

„Ich muss arbeiten, sonst ich verdiene kein Geld."

Puglug hatte das Health-Center betreten und sah die beiden. Sie machte eine freundliche Geste in ihre Richtung und ging gleich weiter, ohne einen Ton zu sagen. Vielleicht war sie ärgerlich, dass er sich nicht von ihr massieren ließ, dachte Rauscher. Kurz darauf wurde er offensiver, denn er hatte keine Zeit mehr zu verlieren.

„Wissen Sie, wer Maurer getötet hat?“

Madé blinzelte, blieb ruhig und äugte zu Rauscher hinüber. So schön ihre Rehaugen auch waren, so vieldeutig, hintergründig und geheimnisvoll waren sie auch. Nichts Sicheres war darin zu lesen.

„Woher soll ich wissen das?“

„Na immerhin waren Sie mit ihm zusammen. Eure Beziehung war ein offenes Geheimnis hier im Hotel. Sie wurden öfters und von mehreren Leuten mit ihm gesehen. Das habe ich herausgefunden. Es wird spekuliert, dass Sie mit ihm nach Deutschland wollten.“

Wieder schaute sie Rauscher an.

„Sie wissen viel, Mister Rauscher. Warum Sie noch mehr wissen wollen?“

„Weil ich den Mord aufklären will. Ganz einfach. Und da fehlen mir noch ein paar Zusammenhänge. Bayan zum Beispiel. Welche Rolle spielt er in dem Mordfall. Warum musste er sterben? Kannte er den Mörder?“

Obwohl Madé nicht anders schaute als vorher, obwohl kein Zucken über ihr Gesicht ging, merkte Rauscher ihre Unsicherheit. Deshalb fuhr er fort.

„Sie müssen mir sagen, was Sie wissen. Sonst werden wir den Mörder nicht finden. Wollen Sie das?“

Seine Stimme klang energisch. Madé senkte den Kopf. Eine kleine Träne lief ihr die Wange herunter.

„Ich habe gern gehabt Bayan, sehr gern, aber er wollen mich heiraten. Er mir Vorwürfe machen wegen Maurer. Er wusste, ich will gehen nach Deutschland.“

Jetzt brach sie vollständig in Tränen aus, hielt die Hände vors Gesicht, und was Madé in den nächsten zehn Minuten schluchzend erzählte, war ungefähr Folgendes: Rusli, ein guter Freund der Familie aus dem gleichen Dorf im Norden, hatte sie ins Grand Hotel Bali Beach geholt. Bayan verliebte sich gleich beim ersten Aufeinandertreffen in sie. Aber auch Rusli schwärmte für sie. Die beiden, eigentlich die besten Freunde, zerstritten sich darüber und redeten fortan kein Wort mehr miteinander. Weder Bayan noch Rusli hatte sie jemals Hoffnungen gemacht, denn sie wollte mit Sicherheit in den Westen. Die Situation spitzte sich zu, als die beiden sich ihretwegen prügelten. Dann lernte sie Maurer kennen und erkannte die Chance, endlich ins Ausland zu kommen und ihren Traum zu verwirklichen. Während Bayan ihr deswegen offen Vorwürfe machte, schwieg Rusli und verbarg seinen Ärger. Die Sache schien perfekt für sie zu laufen, bis zu jener Nacht, in der Maurer ermordet wurde. Sie hatte keine Ahnung, wer es getan hat. Erst dachte sie Bayan. Als der dann auch noch sterben musste, fragte sie sich, ob Rusli vielleicht dazu fähig war. Aber ihm traute sie so etwas nicht zu. Und da Maurer hier im Hotel vielen Leuten bekannt war, kamen fast alle in Frage.

Rauscher schnaufte. Nun ginge es sicher zu weit, aus Madés Schilderungen, Tatsachen zu schließen. Dennoch vermochte Rauscher ein Gefühl der Freude nicht zu unterdrücken. Rusli also. Den hatte er bislang noch gar nicht auf der Rechnung. Merkwürdig nur, dass der ihn von selbst auf den Zwirbelbart angesprochen hatte. Ergab das einen Sinn? Wollte er damit den Verdacht von sich auf den Zwirbelbart lenken? So viel Finesse war ihm eigentlich gar nicht zuzutrauen.

Das war aber noch nicht alles. Gelegentlich ist es erstaunlich, dass Menschen von alleine mehr erzählen, als wenn man sie danach fragt. Madé tat es, während sie Rauschers Rücken liebevoll knetete.

„Rusli hat mich besucht. Heute Morgen. Und mir geschenkt eine Lotosblume. Und er hat mich gefragt, ob ich ihn will heiraten."

Rauscher sagte nichts und Madé sprach einfach weiter.

„Ich habe gesagt zu ihm, dass ich es mir will überlegen."

Rauscher dachte nach, wie er auf diese Neuigkeit reagieren sollte.

„Und?"

„Nein, ich glaube nicht. Ich ihn nicht heiraten werde."

Das hatte sich Rauscher schon gedacht. Die Massage war beendet. Rauscher zog sich an, zahlte und bedankte sich bei Madé.

„Ich komme wieder zu Ihnen. Das tut so gut."

Madé freute sich und strahlte. Nie waren ihre Rehaugen schöner. Er hätte sich fast in sie verliebt.

## 4.

Ein lauer, friedlicher Wind lag über der Bucht von Sanur. Rauscher brauchte Abstand vom Hotel und beschloss, ein gutes Fischrestaurant zu besuchen. Am Jimbaran-Beach, südlich von Kuta, sollte es die besten geben.

Als er Doris Maurer gefragt hatte, ob sie Lust habe mitzukommen, hatte sie dankend abgelehnt. Fisch war nicht ihre Lieblingsspeise, und außerdem plante sie einen geruhsamen Abend mit einer Flasche Rotwein auf dem Balkon. Sie hatte sich extra einen australischen Shiraz besorgt. Die Polizeiwache stand vor dem neuen Appartement, und so machte sich Rauscher ruhigen Gewissens und entspannt auf den Weg.

Kaum auf der Hauptstraße von Sanur angekommen, sprangen gleich mehrere Einheimische auf ihn zu:

„Transport? Transport? Helloooo Misterrrr, Transport?“

Einen älteren Balinesen, der ihm von allen am sympathischsten war, sprach er an, verhandelte mit ihm den Preis nach Jimbaran, drückte ihn noch ein bisschen und als beide zufrieden waren, willigte er ein.

„How long stay?“

„Two or three hours, maybe a little bit longer.“

„No problem. Wait for you.“

Das letzte Rot der Sonne verschwand gerade am Horizont. Blitzschnell waren die Straßen von Sanur und auch die neue Schnellstraße Richtung Kuta in ein dunkles Licht getaucht, denn die Laternen gaben nicht viel her. Viele Autos verstopften den Weg und bliesen ihre Abgase in die Luft. Rauscher musste husten, denn für Mitteleuropäer war das inzwischen ungewohnt, seitdem es keine Trabis mehr gab. Er freute sich darauf, etwas Neues zu sehen. Andere Menschen, andere Gesichter, neue Restaurants. Die neun bis zehn

Kilometer zogen sich in die Länge. Rauscher nahm in der düsteren Nacht einige Farbtupfer wahr, wie das rot-gelb blinkende McDonald`s-Schild am Stadtrand. War das schon ein Zeichen der Zerstörung dieses Inselparadieses, fragte er sich, verwarf den Gedanken aber gleich wieder, denn er wusste doch genau, dass es nur ein Fast-Food-Restaurant war.

Überhall hingen große rot-blau-grün-gelbe Neon-Schilder mit Aufschriften: 30% off, 40% off, 50% off, 60% off, 70% off. "Special Price", wohin man auch sah. Wo sollte das hinführen? Der totale Ausverkauf. Bruder Kapitalismus hinterließ auch hier schon seine leuchtend bunten Spuren. Was sollte danach kommen? Rauscher schüttelte den Kopf und dachte, wenn das hier so weitergeht, zerfleischen die Balinesen sich bald gegenseitig, um die Gunst der wenigen Touristen zu erobern.

Endlich kamen sie an und sein Fahrer setzte ihn am Jimbaran-Beach ab. Rauscher betrat den ellenlangen, breiten Tropenstrand, blickte sich um, sah die einheimischen Fischerboote in den verschiedenen Farben und begab sich sogleich ins Shark-Restaurant, das ihm empfohlen worden war. Ein kleiner Katzenhai schwamm dort im Aquarium. Tische und Stühle standen auf dem Strand, einige Gäste speisten bereits. Er machte es sich gemütlich, und langsam kam etwas Karibik-Feeling auf. Genau wie in der Bacardi-Werbung, dachte Rauscher. Am Strand unter Palmen, fröhliche Menschen, exotische Stimmung. Darauf musste er bereits acht Tage warten. Er nahm sich vor, diesen Abend in positiver Erinnerung zu behalten. Nachdem er dem Kellner in die Küche gefolgt war, hatte er sich für zwei frische Fische mit exotischen Namen entschieden. Garoupa oder so ähnlich. Er genoss das kalte Bier, die gleichmäßige Brandung der hohen Wellen und fühlte sich frei.

Die Wahl der Fische war vorzüglich, ihr Fleisch phänomenal. Wahrscheinlich das beste, das er je gegessen hatte. Er war bester Laune. Und als dann auch noch eine balinesische Combo an seinen Tisch kam und ihm seinen Lieblingssong von den Red Hot Chili Peppers vorspielte, fühlte er sich wirklich wie im Paradies.

Rauscher ließ es sich gut gehen. Darauf hatte er lange verzichten müssen. Immer war ihm etwas in die Quere gekommen. Schluss damit, sagte er sich. Ab heute würde er sein Leben ändern. Würde das Leben genießen und sich an den schönen Dingen erfreuen. Er wollte etwas vom Leben haben. Darauf kommt es an, und darauf trank er.

Nach knapp drei Stunden machte er sich innerlich gestärkt auf den Rückweg. Sein Fahrer hatte es sich auf einem Mäuerchen gemütlich gemacht, mit ein paar balinesischen Bediensteten des Restaurants einige Zigaretten geraucht, die jetzt fein säuberlich aufgereiht zu seinen Füßen lagen. Er freute sich, Rauscher zu sehen und endlich Feierabend machen zu können. Es war nach dreiundzwanzig Uhr und ein langer Arbeitstag lag hinter ihm.

Die Fahrt nach Sanur ging nun schneller, der Verkehr hatte nachgelassen. Rauscher war müde. Der Fahrer hielt an einer roten Ampel. Rauscher gähnte und schaute aus dem Fenster.

Plötzlich. Alarm.

Ein Adrenalinstoß jagte durch Rauschers Körper.

Ruck-zuck war er glockenhellwach.

Kein anderer als der Zwirbelbart saß in einem Auto, das in entgegengesetzter Fahrtrichtung vor der gleichen roten Ampel hielt wie Rauschers Wagen. Jetzt ging alles sehr schnell. Rauscher zog einen 100.000 Rupienschein aus der rechten Hosentasche, warf ihn dem Fahrer auf den Schoß und sprang aus dem Auto. Der Fahrer schrie ihm nach, aber als er registrierte, dass das Geld dicke ausreichte, fuhr er weiter. Die Ampel wechselte gerade von gelb auf grün. Rauscher riss die Tür eines Taxis auf, das hinter dem Zwirbelbart-Taxi stand, und sprang hinein. Der Taxifahrer war überrascht, fragte „What do you do?“. Aber als Rauscher ihm einen 100.000 Rupienschein vor die Nase hielt und ihm sagte, er solle das Taxi vor ihnen verfolgen, trat er aufs Gas und stellte keine weiteren Fragen.

Anscheinend hatte der Zwirbelbart ihn nicht gesehen, denn das Taxi vor ihnen machte keine Anstalten, schneller zu fahren. Die Richtung war Kuta.

Nach einigen Kreuzungen, Rechts- und Linkskurven und mehreren Ampeln bogen sie in die Jalan Legian ein. Rauschers Taxi befand sich ungefähr fünfzig Meter hinter dem anderen. Der Zwirbelbart stieg aus, bezahlte und trottete langsam weiter. Auch Rauscher verließ das Taxi, bedankte sich bei dem Fahrer und folgte dem Zwirbelbart in einigem Abstand. Hier lebte die Nacht. Glitzernde Reklame prangte an den Häusern, Neonschriften überstrahlten die Straße. Laute, wummernde Bässe drangen aus den Clubs, Bars und Diskotheken.

Gleich am Anfang der Jalan Legian waren sie am ehemaligen Sari-Club vorbeigekommen. Dort, wo die Bombe hochging, steht heute eine große, beleuchtete Gedenktafel mit den Namen aller Toten.

Eine Horde besoffener Australier rempelte Rauscher an. Die Jungs grölten was von „All blacks". Es ging wohl um die Rugby-Weltmeisterschaft, das Duell der ewigen Feinde, Australien gegen Neuseeland. Die Horde torkelte in die nächste Bar und wurde mit lauten Jubelschreien begrüßt. Alle Kneipen waren zur Straße hin offen. Man konnte bequem hineinblicken. In manchen standen oder tanzten Gäste, andere waren gähnend leer.

Balinesen standen auf dem Bürgersteig oder hatten es sich auf Stühlen am Straßenrand gemütlich gemacht. Rauscher hörte öfters ein zischendes „Misssterrrr, Transssport?" Er lief einfach weiter, damit er den Zwirbelbart nicht aus den Augen verlor. Langsam kam er ins Schwitzen. Sein Magen meldete sich auch, er drückte und tat weh.

Nach zwei- oder dreihundert Metern bog der Zwirbelbart in eine Kneipe ab und setzte sich an die Bar. Dort spielte eine balinesische Live-Band Coversongs von guten, alten Rock`n Roll-Stücken. Hauptsächlich Australier schwoften um die Wette. Ohne sich umzublicken, saß Zwirbelbart am Tresen, bestellte ein Bier, lauschte den Rocksongs und trank. Rauscher beobachtete ihn von der gegenüberliegenden Straßenseite. Immer mehr Menschen bevölkerten die Straße, liefen an ihm vorbei und traten ihm auf die Füße. Selbst hier in dieser Hektik streunten die räudigen Hunde Balis umher, mit leerem Magen, bettelnd und immer auf der Suche nach etwas Essbarem. Manche von ihnen ließen sich nur mit einem gezielten Tritt in die Seite verjagen.

Leicht geduckt setzte sich Rauscher auf einen Randstein, manchmal hob er den Kopf, um zu schauen, ob Zwirbelbart noch am Tresen saß.

Ein junger Balinese mit Bauchladen stellte sich dicht vor ihn und sprach ihn an:

„Need watches?"

„No, thanks"

„Need glasses?"

„No, thanks, thanks a lot."

„Good price."

„No, no, thanks."

Der Balinese hielt ihm vier, fünf Uhren und Sonnenbrillen direkt vor die Augen, lehnte sich zu ihm hinüber und schaute ihn fragend an.

„Give you very good price, Mister."

Der süß-faulige Mundgeruch des Balinesen kroch Rauscher in die Nase.

„No, no, no, no. Thank you. I have already a watch and sunglasses."

„My friend, make you a very good price, only for you."

Rauscher schüttelte den Kopf, er konnte diesen penetranten Händler nicht mehr ertragen und schrie:

„Lass mir endlich die Ruhe, du Idiot."

Mehrere Köpfe drehten sich zu ihm um. Sofort war es ihm peinlich.

„Sorry, sorry, but I don`t want to buy anything." Der Balinese verzog sich langsam und widerwillig.

Rauscher schaute wieder zu dem Zwirbelbart, der gerade mit der Bedienung ein paar Worte wechselte. Er schien bekannt zu sein in dem Laden.

Rauscher wischte sich den Schweiß von Stirn und Schläfen. Sein Magen grummelte immer mehr. Er harrte aus und beobachtete weiter die Szenerie. Eine halbe Stunde. Fast eine Stunde. Dann stand der Zwirbelbart auf und ging hinaus. Rauscher lief langsam in die andere Richtung, blickte sich aber hin und wieder um und hatte ihn im Visier. Der Zwirbelbart wechselte die Straßenseite, Rauscher ebenfalls und auch wieder die Richtung. Eine schmale, dunkle Gasse führte zur „Apache" Reggae-Bar. Rauscher wartete einen Moment und folgte ihm dann in einigem Abstand. Ein alter, weiser Indianer prangte als Logo der Bar auf einem Schild, strahlte Ruhe und Erhabenheit aus, ganz anders als es in dieser Gegend zuging.

Der Zwirbelbart betrat die Bar, Rauscher hinter ihm her. Drinnen war nicht sonderlich viel los. Eine Live-Band spielte den Redemption-Song von Bob Marley. Ein paar Einheimische tanzten, ein paar standen um die Tanzfläche herum und sahen zu. Rauscher blieb hinter einer Säule stehen.

Es waren kaum Touristen in dem Club. Einer, mit lichten Haaren und etwas untersetzt, sprang wild auf der Tanzfläche herum, offensichtlich hatte er schon einiges intus. Die Balinesen bildeten einen Kreis und ließen jeweils einen Tänzer in die Mitte. Reihum kam jeder dran.

Der Zwirbelbart hatte sich ein Bier besorgt und auf einem Barhocker Platz genommen. Er musterte das Geschehen, schien aber nicht viel Freude daran zu haben. In zwei Zügen leerte er die Flasche und ging Richtung Ausgang.

Rauscher trottete ihm nach, vorsichtig und immer darauf bedacht, nicht bemerkt zu werden. Draußen bebte das Leben. Der Beat schallte aus allen Richtungen. Die Hitze war in diesen engen Gassen noch deutlicher zu spüren. Rauschers Magen schlug Kapriolen. Er überlegte, ob das Essen ihm nicht bekommen war. In den vergangenen Tagen hatte er im Hotel von mehreren Touristen mit akuten Magenproblemen und Durchfall gehört. Das sei völlig normal, meinte der Roomboy des Hotels, Bali-Fieber oder Bali-Durchfall. Das kann jeden erwischen. Dauert meistens ein, zwei Tage. Bei manchen Leuten ist es schlimmer, die müssen dann fünf Tage oder länger im Bett verbringen.

Weiter ging die Verfolgung durch die Nacht von Kuta. Zwei oder drei Häuser neben der Reggae-Bar lag "Paddys Pub". Der Zwirbelbart verschwand darin, und Rauscher, geschützt durch einen Haufen Menschen, die hinein- oder hinausdrängten, blieb ihm auf den Fersen.

Jetzt wurde es richtig laut. Disco-Blitze zuckten durch den großen Raum. Bässe erschütterten Mark und Bein. Rote, gelbe, blaue, grüne Scheinwerfer blinkten im Beat.

An der ovalen Theke in der Mitte war kein Platz mehr. Die Masse wogte im Rhythmus. Hände streckten sich gen Himmel, Stimmen sangen die Refrains, Köpfe hüpften auf und nieder. Beine und Füße wurden geschwungen. Becken kreisten. Dance-Techno für alle. Rauscher kam es vor, als ob der Raum und das Haus mitbebten.

Das Publikum war buntgemischt und nicht mehr ganz so jung. Party people aus aller Welt. Australier und Neuseeländer lagen sich in den Armen, Biere in den Händen. Deutsche und andere Europäer standen eher abwartend um die Tanzfläche. Jede Menge indonesischer Frauen, leicht bekleidet, warfen sich mitten ins Getümmel. Sie sahen nicht wie Balinesinnen aus, aber Rauscher konnte nicht erkennen, ob sie von Java, Lombok, Sumatra, Sulawesi oder vielleicht Borneo stammten.

Die Klimaanlage tat ihr Bestes. Es war kühl, aber Rauscher brach der Schweiß aus. Der Zwirbelbart organisierte sich ein Bier und betrachtete die Go-Go-Show von vier Indonesierinnen auf der Theke, alle in hochhackigen Stiefeln, String und Silbersternen auf den Brustwarzen. Seine Augen waren starr auf die Tänzerinnen gerichtet. Einige Aussie-Jungs klemmten sich ihre Bierflasche zwischen die Zähne und jubelten mit beiden Armen den tanzenden Girls auf der Theke zu. Trotz der Klimaanlage war die Luft zum Schneiden. Rauchschwaden und Disco-Nebel umhüllten Tänzerinnen und Tänzer. Körper zuckten darin. Der DJ gab alles.

Auch dem Zwirbelbart schien die Party zu gefallen. Er bewegte sich mit der Musik, seine Augen leuchteten. Seine ganze Erscheinung war wie verwandelt. Er sah auf einmal freundlich aus, heiter, liebenswürdig. Er ging auf die Tanzfläche und schien irgendwie glücklich. Kaum war er da, lag auch schon seine Hand auf dem Hintern einer kleinen Indonesierin, die ihn angetanzt hatte.

Rauscher sah dem Treiben zu und hielt die Augen offen. Er holte sich ein Wasser, weil seine Kehle trocken war. Das kalte Wasser verursachte ihm Schmerzen im Bauch. Er nahm kleine Schlucke und wärmte sie im Mund. Mehr und mehr hatte er das Gefühl, dass es mit seiner Energie bergab ging. Zwirbelbart hingegen legte erst richtig los. Er tanzte, flirtete, schmuste, lächelte, küsste was das Zeug hielt.

Rauscher indes hielt sich krampfhaft an einer Stange fest. Aus heiterem Himmel verschwamm ihm alles vorm Gesicht. Er hatte kurz das Gefühl, ohnmächtig zu werden. Fieber hatte Besitz von ihm und seinen Sinnen ergriffen. Der Fiebertraum glich einem Delirium. Es spukte in seinem Hirn. Er sah flackernde Farben, Palmen, Kakerlaken, Hitze, Dämonen, Flimmern, Betende, Fratzen, Fledermäuse und überall lächelnde Gesichter. Das noch halbvolle Glas Wasser schüttete er sich über den Kopf. Danach wurde es etwas besser.

Der Zwirbelbart tanzte immer noch. Seine Auserwählte zerrte an ihm herum, fasste seine Hand und schleppte ihn hinaus. Rauscher zockelte hinterher. Gleich neben „Paddys Pub" führte eine kleine Straße hinein in einen Innenhof. Von da aus ging man schnurstracks auf ein überdimensionales, nachgebautes Schiff. „New Bounty Ship" war die nächste Station. Eine Treppe führte hinauf zur Reling. Auf dem Deck tanzten hunderte von Menschen. Die Musik dröhnte aus riesigen Boxen, und das Disco-Schiff wackelte wie auf hoher See. Rauscher ging erst hoch, als der Zwirbelbart mit seiner Begleitung außer Sichtweite war. Oben angelangt suchte er die Tanzfläche ab. Nichts. Er verschaffte sich einen Durchgang zur gegenüberliegenden Seite. Diese lag zwei, drei Stufen höher, und er hatte eine bessere Sicht. Auch hier stiegen Rauch- und Nebelschwaden auf und verdarben ihm den Ausblick. Lauter Teenies tanzten. Wilder und aufgedrehter als in „Paddys Pub". Noch immer keine Spur vom Zwirbelbart. Zwei hübsche Australierinnen versperrten ihm den Blick mit ihren blonden Haaren.

Der DJ schickte die Kids mit „Smells Like Teen Spirit" ins Nirvana. Alle grölten, fielen sich in die Arme, tanzten Pogo und waren einfach nur glücklich, glücklich und frei. Jetzt gab es kein Halten mehr. Ein Aussie stellte sich mitten in die tanzende und wogende Menge und übergoss seinen Kopf mit einem riesengroßen Bier. Der weiße Schaum tropfte ihm über Nase und Gesicht. Drei weitere Kids gesellten sich zu ihm und taten es ihm gleich. Bier übern Kopf, dachte Rauscher, ist das der neuste Volkssport in Australien? Genauso schien es. Denn jetzt machten es immer mehr Jungs und Mädchen den anderen nach. Der Boden schwamm. Einige rutschen aus und flogen hin, rappelten sich wieder auf, tanzten weiter und freuten sich. Alle trieften und stanken nach Bier. Sie hatten Spaß.

Dann erklangen die Beastie Boys mit „Fight ... for your right ... to party". Und wer bis dahin gedacht hatte, der Höhepunkt der Party sei überschritten, sah sich getäuscht. Die ersten zogen ihre nassen T-Shirts aus und feuerten sie quer über Deck. Sämtliche Gläser und Flaschen, in denen irgendetwas Flüssiges war, wurden von den Tischen und der Bar geklaut, und jeder, der etwas in der Hand hatte, schüttete es sich über den Kopf. Ein totales Durcheinander entstand. Zwischendrin waren einige, die eigentlich nur tanzen wollten, auch sie wurden pitschnass. Alle brüllten den Refrain „Fight ... for your right ... tooo ...paaartyyy!" Immer noch flogen T-Shirts durch den offenen Saal, selbst die Mädchen entblößten sich. Der nasse Haufen auf der Tanzfläche wogte im Gleichschritt. Haare wurden wild hin und hergeworfen. Jeder schmiss sich jedem in die Arme. Alle leckten sich ab. Ein Junge – so um die achtzehn, blonde, längere Haare, Typ Surfboarder, jung, muskulös, durchtrainiert, braungebrannt – kletterte auf einen Tisch, schrie und schmiss sich von oben auf die Menge. Stage Diving ohne Bühne. Die Hände schnellten nach oben, brachen aber unter dem Gewicht zusammen, und alle krachten zu Boden. Keiner schien sich verletzt zu haben, denn gleich darauf standen alle wieder auf, und der Nächste wagte den Sprung. Diesmal vermochte die Menge ihn auf Händen zu tragen, quer durch den Raum.

Der DJ unterbrach abrupt das Getümmel mit einer langsamen Techno-Schmusenummer. Der Menschenhaufen lag verknotet am Boden, da tauchte urplötzlich der Zwirbelbart wieder auf. Er ging Hand in Hand mit der Indonesierin an Rauscher vorbei, ohne ihn anzublicken. Rauscher brach wieder der Schweiß aus. Sein Magen verzog sich. Er musste dringend aufs Klo. Mit zusammengepetzten Pobacken verließ er das Schiff, wollte den Zwirbelbart verfolgen. Vergeblich. Kaum war er draußen, hielt er es nicht mehr aus. Er stürzte in die nächste Kneipe, direkt aufs Klo.

Als Rauscher wieder herauskam, war der Zwirbelbart verschwunden. Rauscher ärgerte sich über seinen empfindlichen Magen. Er schaute auf die Uhr: fünf Uhr dreißig. Es dämmerte. Gleich würde er den ersten Sonnenaufgang auf Bali erleben. Er nahm sich einen Fahrer, und zwanzig Minuten später lag er auf einer Liege am Hotelpool.

Der Himmel war am Horizont glutrot. Das Meer lag schweigend da. In der Ferne hörte er einen Vogel krächzen. Seine Gedanken kreisten um die vergangenen Stunden, und er erhob sich erst, als er wieder aufs Klo musste.

# Neunter Urlaubstag

## 1.

Vogel Sehnsucht flatterte in Rauschers Herz.

Er lag den ganzen Tag im Bett, dachte an Lena, vermisste ihre blonden Haare, ihre Unterhaltungen, ihren Humor und ihre Liebesnächte. Er hatte sich Lenas Gesicht vorgestellt, ihre Lippen und ihre gierige Zunge. Als er dann an ihren knackigen Po dachte, rührte sich etwas in seiner Lendengegend, und er musste an Sex denken. Sie mochte es, wenn er sie mal etwas härter rannahm, und sie kam schnell zum Orgasmus. "Du hast mich wieder richtig fertiggemacht" sagte sie dann.

Und wie schön es war.

Ihre einfache Art liebte er besonders an ihr. Sie war nicht so zickig wie viele andere Frauen. Auf einmal war es ihm, als ob er sich mit Lena auf einer Couch liegen sah. Eine rote Ledercouch. Wie früher: vor circa zwölf Jahren, als sie zum ersten Mal zusammen waren. Mann, waren wir damals verliebt, dachte Rauscher. War das heute auch noch so? Nein. Es war eine andere Art der Liebe geworden. Aber nicht weniger schön. Die Verhältnisse hatten sich nur drastisch verändert. Sie verheiratet. Er Single mit stressigem Job. Die wenige Zeit, die ihnen gemeinsam blieb, nutzten sie intensiv. Heute ging es mehr um Abwechslung, Sex, Selbstbestätigung, Ausbrechen aus dem Alltag. Das waren Stunden, in denen sie sich wieder so nah waren wie früher. Reden, Kuscheln, Vögeln. Alles zusammen oder hintereinander. Sie hatten keine Sekunde zu verschenken.

Erst gegen zehn Uhr morgens war er für ein paar Stunden eingeschlafen. Magen und Darm machten ihm hin und wieder zu schaffen. Doris Maurer kümmerte sich um ihn, brachte ihm Tee und eine Suppe, von der er aber nicht viel essen konnte. Danach ging sie in Begleitung des Hilfspolizisten ins Health-Center, um im Whirlpool etwas auszuspannen und sich sanft-asiatisch massieren und verwöhnen zu lassen.

Später dann, schon Nachmittag, schleppte sich Rauscher vom Bett auf den Balkon und genoss die Aussicht aufs smaragdblaue Meer. Sein Blick schweifte über die Lagune und die Korallenbänke. Bunt gestrichene Fischerboote lagen am Ufer im Sand. Er grübelte weiter, als er plötzlich einen Gecko hörte.

„Shiva? Das gibts ja nicht. Du bist mir gefolgt? Wie hast du mich wieder gefunden? Ich wollte mich ja in meinem alten Zimmer von dir verabschieden, hab dich aber nicht gesehen."

Es war wieder einer dieser Tage voller Sonne auf Bali. Rauscher kam sich vor wie im Backofen. Das lag nicht nur an den tropischen Gluttemperaturen, sondern am Fieber, das immer noch leicht in seinem Körper schwelte. Am Horizont machte er ein Boot aus. Das weiße Segel leuchtete wie ein sonniger Morgen, aber Rauscher war melancholisch gestimmt.

„Ach Shiva, was hatte ich mir vor dem Urlaub alles ausgemalt. Ankommen. Die Gedanken wandern und die Seele baumeln lassen. Ruhe finden und Erholung. Und jetzt? Jetzt fühl ich mich genauso zerrissen wie hier die Balinesen. Nur dass ich nicht zwischen Religion und Tourismus, zwischen asiatischer Weisheit und westlichem Kapitalismus hin- und hergerissen bin, sondern zwischen Job und Urlaub, Stress und Erholung, Hoffnung und Ernüchterung." Er nahm einen Schluck Wasser aus der Flasche.

„Ich weiß nicht mehr, was ich eigentlich will. Da kommt man nach Bali und denkt: Wow, ein absolutes Paradies. Ich glaube, ich träume. Alles sieht so toll aus, wirkt so natürlich, die Menschen so freundlich. Und jetzt? Man darf einfach nicht dahinterschauen. Die sind hier mindestens genauso kaputt wie wir. Verdammt nochmal. Gibt's denn nirgends mehr ... ja was eigentlich? Was suche ich eigentlich in dieser verfluchten Welt?" Der Gecko ließ keinen Laut hören. Dann dichtete er eine SMS an Lena: „Hallo, mein Goldstern. Mein Magen schmerzt, mein Herz schreit, mein Kopf brummt, mein Körper fiebert, meine Seele ist zerrissen. Ist das die Krankheit Heimweh, die mich befallen hat?"

Doris Maurer kam zurück ins Appartement. Bester Laune war sie, sah aus wie das blühende Leben. Das hatte Rauscher jetzt gerade noch gefehlt, denn er wollte seine Ruhe haben.

„Wie geht's dir?"

„Geht so."

„Nicht sehr gesprächig heute, der Herr."

Diese Art von Frauen konnte er einfach nicht ab, und deshalb reagierte er darauf nicht.

„Na ja", sagte Doris Maurer, „ich lass dich ja schon in Ruhe." Sie setzte sich hinein, lehnte die Balkontür an, schaltete die Klimaanlage auf „mid" und genoss die angenehme Frische, die ihr entgegenströmte. Rauscher betrachtete sie eine Weile, ließ sich dann aber wieder in seine Gedanken fallen.

„Shiva, Shiva. Warum sind Männer und Frauen eigentlich so verschieden? Kannst du mir das erklären? Es könnte doch alles so einfach sein. Aber nein. Lena zum Beispiel. Sie geht mir ja selten auf die Nerven. Aber manchmal, da verstehe ich sie einfach nicht. Zum Beispiel wenn's um Klamotten geht. Sie meint immer, dass andere Frauen schöner, besser, hipper angezogen sind. Dabei find ich, sie zieht sich super an. Nicht so wie die Girlies, aber sie ist ja auch keine vierzehn mehr. Aber über das Thema kann man einfach nicht mit ihr normal reden. Wenn sie unzufrieden ist, ist sie's halt." Der Gecko krabbelte ein Stück an der Mauer entlang mit winzigen, zuckenden Bewegungen. Kaum wahrnehmbar für das menschliche Auge.

„Tschuldigung Shiva. Ich nerve dich bestimmt mit meinem Quatsch. Aber ich musste mal mit jemandem sprechen. Danke, dass du mir zugehört hast."

Shiva hob sanft den Kopf. Die Augen zuckten hin und her und schwupp, war der Gecko in einer Mauerritze verschwunden. Als Rauscher wieder hineinging, fragte ihn Doris Maurer:

„Bist du wieder ansprechbar?"

„Ja, schon."

„Na dann ist ja gut. Was ist denn eigentlich heut Nacht passiert? Ich meine, warum bist du erst am Morgen gekommen?"

„Hab den Zwirbelbart verfolgt. Er war in Kuta unterwegs. Der Typ ist mir aber leider entwischt."

„Schade. Warum hast du ihn nicht einfach festgenommen?"

„Du bist lustig. Wie sollte ich das machen? Ohne, dass mich hier jemand kennt als Polizist. Ohne Handschellen. Ohne Dienstwaffe. Ohne Hilfe. Außerdem wollte ich herausfinden, wo er sich einquartiert hat. Er muss ja jetzt irgendwo anders untergekommen sein. Aber selbst das hab ich nicht rausgekriegt." Rauscher schüttelte niedergeschlagen den Kopf.

„Immerhin weiß ich jetzt, wo er sich nachts rumtreibt. Da können die Jungs von Padang mal ein Auge drauf werfen. Der ist ja ganz leicht zu erkennen mit seinem Zwirbelbart." Doris Maurer lachte. „Nachher kommt Padang. Dem werde ich alles genau erzählen. Da kannst du ja dabei sein, wenn du Lust hast."

„Okay. Bin schon gespannt."

## 2.

Es klopfte. Das musste Padang sein. Rauscher öffnete die Tür und bat ihn herein. Doris Maurer holte dem Kommissar ein Wasser und sie setzten sich auf den Balkon. Rauscher schilderte seine Erlebnisse der Nacht in aller Ausführlichkeit. Danach fing Padang an:

„Warum Sie haben mich nicht angerufen heute Nacht? Ich sofort gekommen und nehmen fest Zwirbelbart."

„Ich hatte doch kein Handy dabei. Und wenn ich ne Telefonzelle gesucht hätte, dann wäre er sowieso entwischt in dem Gewühl da. Hunderte von Leuten in kleinen engen Gassen. Zwanzig, dreißig Kneipen, Clubs oder Bars. Da hätten wir ihn nie gefunden."

„Mister Rauscher. Ich kenne jeden Winkel in Kuta. Ich war sehr, sehr oft dort. Seien Sie sicher: Wir hätten gefunden Zwirbelbart."

„Lassen Sie uns lieber überlegen, wie wir weiter vorgehen."

Padang bot beiden eine Zigarette an und entzündete sich selbst eine.

„Ich muss Ihnen noch erzählen etwas. Ich gesehen wie Rusli, der Kellner, überreicht Madé eine Lotosblume. Das nur jemand machen, wenn er ist sehr, sehr verliebt."

„Ja, ich weiß. Das hat sie mir auch schon erzählt. Na und?"

Padang wandte sich an Doris Maurer:

„Miss Maurer, wie Sie würden reagieren, wenn Ihnen Verehrer schenkt Lotosblume?"

Doris Maurer wurde etwas verlegen.

„Mir? Mir schenkt keiner eine Lotosblume. Leider. Und wenn, dann würde ich mich sehr geschmeichelt fühlen und mich bedanken."

„Sehen Sie: das ich meine. Und wie hat reagiert Madé? Sie sich nicht bedankt. Sie einfach weggelegt Lotosblume und schenken Rusli keine Beachtung mehr." Padang machte eine bedeutungsschwere Pause.

„Mister Rauscher, Sie jetzt nicht lachen. In Sanur, Leute erzählen ein Gerücht. Gerücht sagt, Hotel Bali Beach ist befallen von böse Geister. Leute beten und opfern mehr, für Schutz vor böse Geister." Diesmal regte sich Rauscher nicht über dieses Böse-Geister-Geschwätz auf. Inzwischen hatte er ein gewisses Gespür dafür, was den Menschen hier wichtig und heilig war. Er reagierte respektvoller:

„Kommissar. Wissen Sie, wie man sich am besten vor den bösen Geistern schützen kann?"

Padang war erstaunt über Rauschers Reaktion, er hatte wieder mit Hohn und Spott gerechnet.

„Gegen böse Geister hilft nur Gunst von Götter. Sonst nichts. Und Gunst von Götter muss man erbeten durch Opfer. Sie müssen verstehen: Hier haben Menschen sogar große Angst vor schwarze Katzen, Krähen, Fledermäusen.

Sie fürchten sich, weil sie denken das seien böse Geister. Deswegen wir opfern jeden Tag für unsere Götter. Mister Rauscher, wir müssen seien vorsichtig, damit nicht noch jemand muss sterben."

Diedeldiedeldiddid. Rauschers Handy zeigte eine SMS von Lena an: „Oh, du mein einsamer Goethe. Nur noch dreimal erwachen und wir werden uns wieder in den Armen liegen. Muss jetzt los. Halte mich auf dem Laufenden."

Langsam nervten ihn diese Zeilen von Lena. Machte sie sich etwa lustig über seine Situation? Verständnis übermittelten sie jedenfalls nicht gerade. Na warte, dachte er, wenn ich wieder zu Hause bin.

„Ich will Sie nicht länger stören. Sie müssen sich noch erholen. Bali-Fieber kann dauern tagelang."

Der Kommissar verabschiedete sich und ging. Doris Maurer blickte Rauscher ängstlich an.

„Du wirst doch wohl nicht jetzt auch noch an böse Geister glauben?" Und Rauscher antwortete:

„Also ganz geheuer ist mir die Sache nicht."

„Das gibt's doch nicht. Sind denn hier alle verrückt geworden? Padang, ein gestandener Polizist, lässt sich einschüchtern von Dämonen und Geistern. Und du siehst auch schon Gespenster, oder was?" Rauscher schüttelte den Kopf, und Doris Maurer ging zurück ins Appartement.

Er saß noch auf dem Balkon, grübelte ein wenig und konnte sich an diesem tropischen Meerespanorama nicht satt sehen. Dieses Südsee-Flair gefiel ihm immer besser. Nur dieser Schwüle konnte er nichts abgewinnen. Mit der Zeit fiel ihm das schweißtriefende Wetter zusehends schwerer. Die Jagd in der Nacht ging ihm nicht aus dem Kopf. Vielleicht hatte Padang recht, und er hätte ihn zu Hilfe holen sollen. Gegen die beängstigende Stille hier in der Hotelanlage wirkte das dröhnende Nachtleben von Kuta wie die unwirkliche Wirklichkeit unserer heutigen Zeit. Alles nebeneinander, alles dicht gedrängt: Laut und leise. Schnell und langsam. Arm und reich. Tradition und Moderne. Leben und Sterben.

# 3.

Gegen Abend verließ Rauscher das Appartement. Er fühlte sich besser, wollte etwas Luft schnappen und einen kleinen Spaziergang machen. Immerhin war er seit drei Stunden nicht auf dem Klo gewesen, und sein Magen rebellierte nicht mehr bei jedem Schluck oder Bissen.

Er ging ein Stück an der Promenade entlang. Der Strand machte nach fünfhundert Metern einen Knick, und Rauscher schaute aufs Meer. Die Behörden hatten weit draußen große Betonklötze als Wellenbrecher platziert. Das verschandelte die ansonsten pompöse Aussicht. Die Sonne stand bereits etwas tiefer und war gerade im Begriff, vom strahlenden Gelb ins gedämpftere Orange überzugehen. Die Luft war immer noch stickig. Von Regenwolken keine Spur.

Dieses andauernde Warten auf die Regenzeit kann einen wahnsinnig machen, dachte Rauscher.

Er bog ab, weg vom Strand, ein kleiner Weg führte ihn zur Hauptstraße. Er kam an einem gepflegten Hotel-Grundstück vorbei, auf dem ihn überall duftende Hortensien anlachten und die Blüten des Maulbeerbaums sprießten. Zwischendrin standen kleine Bäumchen, behangen mit prallgelben Zitronen.

An der nächsten Ecke gab es einen Zeitschriftenladen. In einem Ständer steckten mehrere Tageszeitungen. Rauscher sah sie durch. Es war keine deutsche dabei.

Da stockte er plötzlich.

Auf der ersten Seite der Zeitung „The Australian“ prangte eine große Überschrift: „Bali Sex Games“. Er nahm die Zeitung heraus und las kurz weiter. Dann kramte er etwas Kleingeld aus der Tasche, bezahlte die Zeitung und ging weiter bis zur nächsten Ecke. Dort setzte er sich auf ein kleines Mäuerchen und las den ganzen Artikel.

Die Zeitung berichtete über einen internationalen Kinderschänder-Ring, dessen Zentrum Bali, die „Insel der Götter“, sei. Balinesische Kinder wurden entführt und mit Drogen gefügig gemacht. Amerikaner, Australier und Europäer kauften sich die wehrlosen Kinder für ihre perversen Spiele, berichtete die Leiterin der Kinderschutzorganisation „Crisis Care Foundation". Ihren Recherchen zufolge würden zur Zeit immer noch hunderte von Kindern aus Dörfern im Norden Balis vermisst. In einigen Fällen würde auch einfach die Familie für die Dienste der Kinder bezahlt. Haupteinsatzgebiete der Kinder seien die Touristenorte Kuta, Sanur und die Hauptstadt Denpasar.

Rauscher las den Artikel noch einmal, denn er konnte es gar nicht glauben. Sein Bild von Bali krachte mit einem Mal zusammen.

Also doch: Waren etwa die Kinder, die er in diesem Bordell gesehen hatte, die gesuchten Kinder? Hatte Rusli, den er damals verfolgt hatte, etwas mit den Morden zu tun? Er musste der Sache auf den Grund gehen und machte sich auf den Rückweg ins Hotel. Gleich morgen würde er nachbohren.

Dann schrieb er noch eine SMS an Lena: „Die Sonne hat mir mein Hirn verbrannt. Ich kann nicht mehr denken. Was ich gerade erfahren habe, übersteigt meinen Verstand. Dein Liebesdiener."

## 4.

„Madé, ich finde dich."

Der Zwirbelbart schlich sich auf das Gelände des Grand Hotel Bali Beach. Es war Nacht und wollte einfach nicht abkühlen. Gegen ein Uhr verharrte der Zeiger des Thermometers konsequent auf 29 Grad Celsius. Nur die Lichter der wenigen, dämmerigen Laternen schienen. Auf den Tischen der Poolbar waren Kerzen aufgestellt. Dort flackerte das Licht etwas heller.

Sein Objekt der Begierde hieß heute Nacht Madé. Er wollte herausfinden, ob Maurer ihr etwas von dem Verbleib des Geldes erzählt hatte. Er hatte die beiden in jener Nacht beobachtet. Maurer hatte Madé zu ihrer Kammer zurückgebracht, sie umarmt und sich mit einem innigen Kuss von ihr verabschiedet.

„Madé, ich finde schon raus, wo das Geld geblieben ist", sprach der

Zwirbelbart vor sich hin und ging um das Hotel herum, zu den Zimmern der Bediensteten.

„Es ist mein Geld, Madé. Ganz allein mir gehört es. Ich habe es sauer verdient."

Zu dieser Zeit, kurz nach ein Uhr nachts, war kaum jemand auf dem Hotelgelände unterwegs. Die meisten schliefen. Einige wenige saßen noch an der Poolbar und nahmen den letzten Drink. Hin und wieder durchzuckte ein herzhaftes Gelächter die Stille. Das kam von der Poolbar. Dann war es wieder still. Man konnte die Grillen zirpen hören.

„Madé, du wirst mir nicht entkommen. Nein, mir nicht."

Der Zwirbelbart schaute sich vorsichtig um, denn als er auf das Hotelgelände kam, hatte er die Hilfspolizisten gesehen. Einer kauerte auf einem Stuhl und schlief, sein Kopf nickte immer wieder nach vorne. Der andere saß auf dem Boden, kaute auf etwas herum und blickte geistesabwesend in den Himmel. Padang wäre nicht stolz auf seine Wachen gewesen, wenn er das gesehen hätte, dachte der Zwirbelbart und ging seelenruhig an ihnen vorbei.

Kurze Zeit später kam er dort an, wo er hin wollte: bei den Zimmern der Bediensteten. Er blieb stehen, duckte sich hinter einen Busch und beobachtete die Lage. Kein Mensch war zu hören oder zu sehen.

„Haha, Madé, gleich wirst du dein blaues Wunder erleben."

Wäre jemand in der Nähe gewesen, hätte dieser jemand sein psychopathisches Lachen weithin gehört. Er wartete noch eine Weile und ging dann langsam auf das Zimmer von Madé zu. Als er davorstand, klopfte er leise. Drinnen raschelte es. Madé ging zur Tür und fragte auf balinesisch „Wer ist da?"

„Ich bin's."

„Wer ist ich?"

„Na ich bin's. Mach bitte auf."

Madé öffnete gutgläubig die Tür. Sofort sprang der Zwirbelbart hinein, und noch bevor sie schreien konnte, legte er ihr eine Hand auf den Mund, zog mit der anderen ein Messer und hielt es ihr an die Kehle.

„Wenn du wagst, einen Ton zu sagen, bist du tot. Kapiert?“

Madé wimmerte und nickte mit dem Kopf.

„So, du kleine Schlampe. Du sagst mir jetzt sofort, wo das Geld von Maurer ist.“

Madé schüttelte den Kopf.

„Hat er dir nichts davon erzählt?“

Wieder schüttelte sie den Kopf.

„Ich warne dich, wenn du mich anlügst, mach ich dich auf der Stelle kalt.“

Madé gab leise Töne von sich. Der Zwirbelbart löste die Hand etwas.

Leise sagte sie:

„Maurer mir nichts erzählt. Er nur gesagt, wir gehen nach Deutschland.“

Zwirbelbart lachte:

„Hahaha, typisch Maurer. Der Alte hat jeder Schlampe das Gleiche erzählt. Dabei wollte er hier bleiben. Er hatte hier ganz andere Sachen vor.“

Madé sagte etwas lauter:

„Nein, er wollte mit mir gehen nach Deutschland. Wirklich.“

Jetzt lachte der Zwirbelbart laut auf:

„Hahahaha. Ja, ja. Und du hast ihm das abgekauft. Schön blöd.“

Mit einem Ruck löste sich Madé aus den sie umklammernden Armen und stieß dabei eine Lampe aus Ton vom Nachttisch. Sie fiel zu Boden und zerbrach. Es klirrte laut hörbar. Der Zwirbelbart sprang auf und schrie:

„Scheiße, du kleine Schlampe, wenn ich dich in die Finger kriege.“

Madé riss die Tür auf und schrie aus Leibeskräften. Der Zwirbelbart sprang hinter ihr her. Madé rannte hinaus. Mehrere Türen von anderen Zimmern öffneten sich. Lichter gingen an. Drei Balinesen stellten sich dem Zwirbelbart, der immer noch das Messer in der Hand hielt, in den Weg.

„Haut ab, ihr Schweine. Lasst mich durch.“ Er stach ruckartig nach vorne in die Luft. Die Balinesen hielten respektvoll Abstand, so dass er sie nicht erreichen konnte, und wichen immer wieder gekonnt zurück, wenn die Klinge gefährlich nahe kam. Durch den Lärm waren die beiden Hilfspolizisten aufmerksam geworden. Sie bewegten sich auf die Zimmer der Bediensteten zu, als plötzlich Madé an ihnen vorbeirannte, sie auf balinesisch anschrie und mit dem Finger hinter sich deutete. Beide zogen ihre Pistolen. Der eine zog sein Handy, verständigte sofort die Polizeistation und bat um Hilfe.

Inzwischen hatte sich der Zwirbelbart mit dem Messer einen Weg durch die Balinesen erstochen und Madés Verfolgung aufgenommen. Er kam allerdings nicht weit, denn jetzt standen ihm die beiden Hilfspolizisten gegenüber.

„Weg da, ihr Idioten, macht den Weg frei."

Die Hilfspolizisten dachten überhaupt nicht daran. Nochmals konnten sie ihn nicht entkommen lassen. Sie hatten keine Lust auf einen erneuten Ausraster ihres Chefs. Beide hielten dem Zwirbelbart die Pistolen vor die Nase.

„Messer weg!"

Der Zwirbelbart reagierte überhaupt nicht.

„Messer weg! Los!"

Wieder keine Reaktion. Die Situation wurde langsam kritisch. Der Zwirbelbart fuchtelte wild mit dem Messer und versuchte, einen der Polizisten am Bauch oder am Arm zu erwischen. Der andere gab einen Warnschuss ab. Ins Gras, genau neben den rechten Fuß des Zwirbelbartes.

„Messer runter! Los jetzt!"

Der Zwirbelbart sprang hoch und merkte, dass sie ernst machen würden. Er nahm die Hände hoch, tat so, als ob er sich ergeben würde. Da schnellte seine Faust nach vorne, und er warf das Messer mit der Klinge genau auf die Brust des rechten Hilfspolizisten. Entweder war dieser sehr gewandt oder der Zwirbelbart hatte schlecht gezielt, jedenfalls verfehlte ihn das Messer und flog mit einem lauten „Pflock" in den Stamm einer kleinen Palme, die rechts am Weg stand.

Der Zwirbelbart reagierte als Erster, drehte sich schnell um und lief davon. Die beiden Polizisten hinterher. Der eine warf sich von hinten auf ihn und riss ihm die Beine weg. Beide krachten brutal auf den Boden. Sie lagen übereinander mit Schrammen und Schürfwunden im Gesicht und an den

Armen. Der andere Polizist zog die Handschellen hervor und legte sie dem Zwirbelbart, der auf dem Bauch lag, an. Einige der Bediensteten kamen angelaufen. Sie hatten die Szene aus etwas Abstand beobachtet. Und kurze Zeit später erschien Padang. Auch Madé wurde wieder gefunden. Sie hatte sich vorsichtshalber im Health-Center versteckt.

Padang war zufrieden. Morgen würde er dem deutschen Kommissar den Zwirbelbart präsentieren. Die balinesische Polizei hatte den Mörder dingfest gemacht. Endlich hatte der ganze Spuk ein Ende. Padang war sehr stolz auf seine Männer. Vielleicht würde er die beiden, die ihn überwältigt hatten, sogar befördern.

Er selbst, der Chef persönlich, würde den Zwirbelbart vernehmen und, wenn nötig, ein Geständnis aus ihm herausprügeln. Warum nur hatte er drei Menschen umgebracht, einen Erpresserbrief geschrieben und zwei Frauen überfallen? Padang war das immer noch ein Rätsel.

In dieser Nacht schlief Rauscher besonders gut und ahnte nichts von den Ereignissen auf der Hotelanlage. Er träumte von einer einsamen Insel im Meer. Nur er und Lena waren dort. Sie schwammen, schnorchelten und liebten sich den ganzen Tag. Das war das Paradies. Vergessen die Realität.

# Zehnter Urlaubstag

## 1.

Draußen Morgengrauen.

Beim Aufwachen in aller Herrgottsfrühe hatte Rauscher noch ein gutes Gefühl. Das Magengrummeln war weg, und fiebrig fühlte er sich auch nicht mehr. Um halb sechs krähte der erste Hahn. Kurz danach stand er auf, warf sich im Bad ein bisschen Wasser ins Gesicht, zog seine Trainings-Shorts, ein Lauf-Shirt von Asics und seine Laufschuhe an und ging auf eine kleine Runde joggen. Doris Maurer schlief noch tief und fest.

Rauscher wollte wieder fit werden, neue Energie tanken. Der Durchfall und das Fieber hatten an seinen Kräften gezehrt.

Als er aus dem Hotel trat, streckte bereits die Sonne ihre roten Krallen über die Insel aus. Ein wunderschönes Postkartenbild der Bucht von Sanur. Die Luft war klar und noch angenehm kühl. Tautropfen lagen auf den Blättern und glitzerten. Nicht mehr lange, dann würde die Sonne sie aufsaugen. Es kam Rauscher vor, als ob die Erde atmete. Die Natur lebte. Sie holte Luft und schöpfte neue Kraft für den anstehenden Tag. Eine solche Harmonie erlebte man in Deutschland selten, dachte Rauscher.

Die ersten langsamen Schritte waren noch verhalten, wie eingerostet kam er sich vor. Doch dann, nach einigen hundert Metern, ging es schon besser. Muskeln, Gelenke, Sehnen und Knochen waren geschmiert und liefen in einem wunderbaren Rhythmus. Seine Atmung war anfangs japsend gewesen, pendelte sich aber rasch ein und begleitete ihn bald ruhig in den beginnenden Tag. Er schwitzte stark, aber das war ihm jetzt nicht mehr unangenehm. Er hatte das Gefühl, dass mit dem Schweiß auch der ganze Dreck aus dem Körper gespült wurde. Das Laufen reinigte ihn von innen. Sein gleichmäßiger

Schritt machte auch seinen Kopf frei für neue Gedanken und weckte seinen Spürsinn. Eine positive Empfindung breitete sich aus.

Zunächst lief er ein paar hundert Meter auf dem gepflasterten Weg an der Strandpromenade entlang. Er genoss die Aussicht auf das friedliche Meer und die Palmen, die am Weg gepflanzt waren. Er merkte gar nicht, wie die Zeit verging, aber plötzlich war er schon im Ortsteil Semawang. Beim Restaurant „Mama Putu" drehte er um und lief den Weg zurück. Fünfhundert Meter vorm Grand Hotel Bali Beach verließ er den befestigten Weg und lief über den dreißig Meter breiten, zum Wasser abfallenden Strand. Im tiefen Sand ging das Laufen etwas schwerer, deshalb lief er dicht am Wasser. Dort war der Sand fest. Die Brandung kam schwach, so dass er keine Bedenken hatte, ins Wasser zu treten.

Je näher er zum Hotel kam, desto mehr Bäume standen auf dem oberen Teil des Strandes. Dazwischen hatten die Masseurinnen, die nicht zum Hotel gehörten, ihre Liegen, wo sich tagsüber die Touristen am Strand massieren lassen konnten.

Langsam kam Rauscher außer Puste. Laufen im Sand war doch anstrengender, als er gedacht hatte. Es waren noch fünfzig Meter bis zum Hotel, als er etwas Großes, Menschenähnliches auf einer dieser Liegen sah.

Rauscher wunderte sich, dass um diese Uhrzeit schon jemand am Strand war und näherte sich der Liege.

Da erkannte er es.

Keine zehn Meter trennten ihn von der Liege.

Ein Mensch, der Kleidung nach Balinese, lag bäuchlings darauf.

In seinem Rücken steckte Kris, der heilige Dolch.

Er lief schneller zur Liege, kniete sich daneben in den Sand und drehte das Gesicht um.

Rusli blickte ihn mit toten Augen an. Nur am weißen, durchstochenen Hemd war verkrustetes Blut zu sehen. Die Leichenstarre hatte bereits eingesetzt. Demnach war er schon mindestens ein bis zwei Stunden tot. Jetzt war es halb sieben. Wieder ein Mensch, dessen Körper nur noch Hülle und dessen Seele auf dem Weg zu den Göttern ist, dachte Rauscher und schlug mit der Faust in den Sand:

„Scheiße, hört das denn nie auf." Dann sprang er auf, rannte an die Rezeption und sagte dem Nachtportier, der um diese Zeit noch Dienst hatte, was geschehen war und dass er umgehend Kommissar Padang verständigen solle.

Als er wieder draußen war und Richtung Strand blickte, sah er nichts von der Leiche. Erst als er den Strand, der zum Wasser hin abfiel, wieder betreten hatte, konnte er die Liege mit Rusli sehen. Er ging zu ihm. Eine deutlich zu erkennende Schleifspur führte weg von der Liege. Er verfolgte sie und kam keine zehn Meter von der Poolbar entfernt auf die Hotelanlage. Rusli wog nur knapp sechzig Kilo. Den konnte jeder dort hingezogen haben.

Rauscher ging zurück zu Rusli, setzte sich neben ihn in den Sand und starrte aufs Meer. Seine ganze Energie war wie weggeflogen. So saß er noch, als zehn Minuten später Padang mit seinen Leuten eintraf.

## 2.

Padang setzte sich neben Rauscher in den Sand und begrüßte ihn nicht.

„Ich habe gedenkt, wir haben Mörder."

Rauscher verstand nicht, was er meinte, und zuckte mit den Schultern.

„Heute Nacht. Wir haben gefangen Zwirbelbart. War hier in Hotel. Hat Madé bedroht mit Messer. Mein Leute ihn festgenommen."

„Gut gemacht, Kommissar. Aber haben Sie wirklich geglaubt, dass er der Mörder ist?"

„Ich habe gehofft." Kommissar Padang blickte jetzt ebenfalls ruhig aufs Meer, nur sein Gesichtsausdruck verriet inneren Hass.

„Toter ist Rusli, der Kellner. Wieder ein Verehrer von diese Madé. Sie Teufelsweib. Meine Leute schaffen Toten weg. So schnell wie möglich. Damit Gäste nichts kriegen mit. Jetzt noch alle schlafen."

„Ja gut.“ Rauscher hatte Grübelfalten auf der Stirn. Er schwitzte noch nach vom Joggen. Dann sagte er:

„Wieder ein Verehrer von Madé. So geht das nicht weiter. Ich werde mit ihr ein ernstes Wörtchen reden müssen.“

„Warum sie eigentlich so früh hier?“

„Ich war Laufen. Joggen, verstehen Sie Kommissar? Das macht man bei uns, um sich fit zu halten.“

Padang nickte.

„Menschen machen komische Dinge.“

Rauscher lachte. Da konnte er dem Kommissar nur recht geben.

Padang stand auf:

„Ich jetzt auf Polizeistation verhören Zwirbelbart. Vielleicht ich kriege etwas aus ihm raus.“

„Viel Glück. Wir sehen uns heute noch. Am besten nachmittags.“

Rauscher blieb noch einen Moment sitzen. Rusli wurde bereits abtransportiert. Duschen, frühstücken, Ruslis Kammer durchsuchen, Madé aufsuchen. Das war die Reihenfolge, die Rauscher sich für die nächsten Stunden vorgenommen hatte. Und vorher noch Doris Maurer erzählen, dass sie keine Angst mehr vor dem Zwirbelbart haben musste. Zumindest für sie begann dieser Tag ganz vielversprechend.

## 3.

„Na, schon wieder ein Erpresserbrief?“

„Nein, ein Fax aus Deutschland.“

Doris Maurer saß auf der Couch im Appartement mit einem Zettel in der Hand, als Rauscher zur Tür hereinkam.

„Vom Notar meines Bruders. Der Nachlassverwalter hat in den Unterlagen von ihm ein Schweizer Konto entdeckt, von dem nichts im Testament erwähnt ist. Scheint eine beträchtliche Summe drauf zu sein.“

„Na, dann bist du ja jetzt reich.“

„Sieht so aus. Aber es ist schon ein merkwürdiges Gefühl, wenn man nicht weiß, woher das Geld stammt.“

Rauscher zog sein verschwitztes T-Shirt aus und hängte es über das Balkongeländer zum Trocknen. Dann nahm er sich ein Wasser aus dem Kühlschrank und setzte sich auf einen Stuhl.

„Es gibt eine gute und eine schlechte Nachricht. Welche willst du zuerst hören?“

Sie überlegte kurz.

„Von schlechten Nachrichten habe ich eigentlich genug. Aber damit wir‘s hinter uns bringen.“

„Okay, ich habe gerade Rusli gefunden. Tot am Strand. Der Kellner von der Poolbar, weißt du? Genauso erdolcht wie die beiden anderen.“ Doris Maurer griff sich an die Stirn.

„Und jetzt die gute: Padang hat den Zwirbelbart. Seine Männer haben ihn heute Nacht geschnappt.“ Die Miene von Doris Maurer hellte sich sofort auf.

„Wow, na das ist ja wirklich mal eine gute Nachricht.“

Wo sie ihn geschnappt hatten, verschwieg Rauscher. Er wollte sie nicht unnötig aufregen.

„Ich gehe jetzt duschen. Es liegt noch ein Haufen Arbeit vor mir.“ Rauscher verschwand im Badezimmer.

Nach kalter Dusche und vorsichtigem Frühstück, er wollte seinen Magen noch ein wenig schonen, ging Rauscher zu Ruslis Kammer. Padang hatte den Wachposten instruiert und so konnte Rauscher unbehelligt eintreten und die Kammer durchsuchen. Er stöberte durch Ruslis Kleiderschrank, schaute unterm Bett, warf einen Blick in die Schubladen der Kommode.

Nichts Ungewöhnliches.

Auf dem Nachttisch stand ein Bild. Rusli im Kreise seiner Familie. In einem kleinen Dorf, wohl im Norden Balis. Es war eine große Familie: Kinder, Erwachsene, Greise. Alle elegant gekleidet. Sah nach Familienfest aus.

Dann fiel Rauscher eine kleine Kiste auf, die unter einem Stuhl stand. Er nahm sie hoch, stellte sie auf eine Kommode und öffnete sie. Ein paar persönliche Dinge waren darin. Ein kleines, mit Steinen verziertes Messer, eine Uhr mit Lederarmband, eine Kette mit bunten Steinen, ein Pass. Zudem lagen noch einige Zettel darin. Alle mit indonesischen Schriftzeichen. Als Rauscher die Zettel zurücklegen wollte, fiel ein zusammengefaltetes Papier auf den Boden. Er hob es auf und faltete es auseinander. Es war ein Telegramm in deutscher Schrift.

„Komme übermorgen an. Maschine aus Frankfurt. Hol mich am Flughafen ab. Dann regeln wir das Geschäftliche. Hast du dich um die Mädchen gekümmert? H. M."

H.M. konnten nur die Initialen von Horst Maurer sein. Rauscher musste sich einen Moment setzen. Jetzt war es eindeutig. Rusli und Maurer kannten sich. Sie hatten vor, etwas „Geschäftliches" zu regeln. Aber von welchen „Mädchen" sprach Maurer in dem Telegramm? Vielleicht steckte Bayan auch mit drin. Er musste unbedingt die persönlichen Dinge von Bayan durchsuchen. Padang hatte, kurz nach dem Tode Bayans, die Kammer durchsuchen lassen und nichts Wichtiges entdeckt. Vielleicht gab es auch ein Telegramm an Bayan, kam es Rauscher in den Sinn.

Einen Moment lang dachte er an die letzte SMS von Lena. Sie wollte wissen, was er denn so Schreckliches erfahren hatte. Und er hatte ihr geschrieben, dass Rusli vielleicht bei der organisierten Kinderprostitution auf Bali mitmische. Wie auch immer. Vorstellbar war mittlerweile alles.

Rauscher schloss die Kiste, steckte das Telegramm und die anderen Zettel ein, sah sich noch einmal um und ging dann wieder hinaus. Die Spuren werden heißer, dachte er.

## 4.

In rasantem Tempo rauschte das kleine, grüne Bemo durch die staubtrockenen Straßen von Sanur. Der Fahrer, ein Balinese von vielleicht fünfunddreißig Jahren mit freundlichem Gesicht, lächelte und umklammerte das klapprige Lenkrad. Er schnitt die Kurven, drehte sich zu Rauscher um, der sich krampfhaft festhielt, und sagte immer wieder „Schumacher, hihihi, Schumacher, hihihi, Schumacher".

Auf dem Weg zur Polizeistation betrachtete Rauscher aus dem Bemo heraus das hektische Treiben auf dem Markt. Menschen drängelten sich im Gewühl, unterhielten sich, handelten miteinander, machten Geschäfte, boten Waren feil: Gemüse, Gewürze, Fleisch, Fisch, Pflanzen, Kaffee, Tabak. Im Vorüberfahren erblickte er wortlos umher laufende Touristen, die fotografierten und staunten über die bunte Farbenpracht, die exotischen Gerüche, die vielen Händler. Plötzlich blitzte es an einem Stand, wie Metall in der Sonne. Er bat den Fahrer anzuhalten und trat an den Stand heran. Im Angebot hatte der Händler verschiedene Spielzeuge aus Holz, Puppen, Porzellan und allen möglichen, alten Ramsch. Dazwischen lagen, schön nebeneinander aufgereiht und präsentiert, fünf Kris-Dolche.

„Sieh an, sieh an", sagte Rauscher, „die wertvollen, heiligen Dolche kann man hier einfach auf dem Markt kaufen." Er nahm einen hoch, betrachtete ihn ausgiebig. Seine Verzierungen mit Edelsteinen, seinen Schliff und den gebogenen Griff. Dann legte er ihn wieder hin, und sein Auge fiel auf ein Lederhalsband mit einer Schildkröte daran.

„Super. Das nehme ich für Lena mit." Er handelte kurz und zahlte anstatt 15.000 nur 12.000 Rupien. Wieder war er unsicher, ob das nicht zuviel war.

Er ging zurück zum Bemo und schon ging es weiter.

Einige Minuten später sprang Rauscher aus dem Bemo, direkt vor der Polizeistation. Ohne anzuklopfen ging er hinein und sagte:

„Ich will zu Padang."

Der Polizist, der gerade gemütlich in einer Zeitung blätterte, blickte auf, wirkte etwas verstört und wies in die Richtung des Büros, das Rauscher schon kannte. Rauscher klopfte und trat sofort ein.

„Kommissar, ich muss die Sachen von Bayan durchsuchen. Wo sind sie?"

Padang, der gerade ein kleines Nickerchen gemacht hatte, schreckte hoch, schüttelte sich und zeigte auf eine große Kiste, die in der Ecke auf dem Boden stand.

„Da in Kiste sind Sachen von Bayan. Morgen kommt Familie und holt ab."

„Aber vorher werfe ich noch einen Blick rein."

Rauscher öffnete die Kiste und fand zunächst nur Krimskrams und Klamotten. Er wühlte weiter und fand einen Briefumschlag, in dem einige Zettel aufbewahrt wurden. Er schaute sie durch, stieß auf ein Schriftstück mit deutschen Worten und las:

„Komme übermorgen an. Rusli holt mich am Flughafen ab. Dann regeln wir das Geschäftliche. Hast du dich um das Haus gekümmert? H. M."

Drei Geschäftspartner. Drei Verehrer von Madé. Drei Tote, dachte Rauscher. Das wäre eine einfache Lösung. Steckten die drei unter einer Decke? Sie hatten offenbar ein gemeinsames Projekt und Geschäftsgeheimnis. Oder waren es irgendwelche krummen Machenschaften? Oder, und Rauscher war verwundert, dass er erst jetzt auf diesen Gedanken kam, ist etwas schiefgelaufen und sie haben sich gegenseitig umgebracht. Aber wer hat dann Rusli erledigt? Da müsste es eine vierte Person geben. Wer könnte das sein? Padang fragte:

„Und? Sie was gefunden? Erklären Sie mir, warum Sie hier rein rennen und suchen."

„Ja, ja schon gut. Ich habe was entdeckt."

Rauscher erzählte dem Kommissar, was er in Ruslis und Bayans Sachen gefunden hatte und dass die drei Toten sich demnach nicht nur gekannt haben mussten, sondern sogar konkrete Geschäfte miteinander betrieben. Padang räusperte sich und fragte dann:

„Wissen Sie, was für Geschäfte waren das?"

„Nicht ganz genau. Aber ich tippe auf Prostitution. Sie wollten eine Bar oder einen Club eröffnen. Vielleicht sogar ein Bordell hier in Sanur. Auf jeden Fall wollten sie das große Geld machen. Hier in diesem Briefumschlag sind noch andere Papiere von Bayan und hier sind noch ein paar Briefe und Zettel aus Ruslis Zimmer."

Rauscher griff in seine Hosentasche und zog einige Papiere heraus.

„Ich kann sie nicht lesen. Ist alles auf balinesisch."

Rauscher legte alles auf Padangs Schreibtisch.

„Danke. Meine Leute sich drum kümmern werden."

Rauscher schnaufte durch und machte Anstalten, wieder zu gehen.

„Mister Rauscher, wollen Sie gar nicht wissen, was Zwirbelbart hat gesagt?"

Rauscher drehte sich wieder zu Padang.

„Doch."

Dann erzählte Padang, dass der Zwirbelbart alles gestanden hatte: den Erpresserbrief, den Überfall auf Doris Maurer, den Mord an seinem Kumpel. Aus reiner Raffgier, denn er wollte das Geld für sich alleine haben. Als Padang geendet hatte, fragte er Rauscher:

„Wie lange Sie noch bleiben auf Bali?"

Rauscher überlegte, ob Padang seine Frage ironisch meinen könnte.

„Ich fliege in vier Tagen", antwortete er.

„Oh, dann wir sollten uns beeilen", sagte Padang und grinste.

„Kommissar, entschuldigen Sie. Ich muss mich jetzt wirklich beeilen. Ich will zu Madé. Bin gespannt, was sie zu sagen hat. Bis bald."

Rauscher verließ Padangs Büro und die Polizeistation. Keine zehn Minuten später war er wieder auf dem Hotelgelände.

## 5.

„Aufmachen, Madé, auf-ma-chen." Rauscher klopfte ziemlich fest an Madés Tür.

„Hier ist Kommissar Rauscher. Madé? Sind Sie da?"

Er wollte gerade wieder weggehen, da öffnete sich die Tür, und ein völlig verschlafenes Gesicht zeigte sich.

„Was, was ist los?" fragte Madé. Sie stand da in einem Nachthemd im balinesischen Stil. Es war bunt und sah aus, als sei es aus verschiedenen Stoffen genäht.

„Es hat den Nächsten erwischt. Rusli. Unten am Strand. Tot. Erdolcht mit einem Kris. Ich brauche Ihre Hilfe."

Madés tiefbraune Augen weiteten sich, gleichzeitig fing sie an zu schreien, hielt die Hände vor den Mund, und Tränen schossen ihr über die Wangen. Sie brach zusammen und schrie immer lauter, bis Rauscher ins Zimmer trat, sie vom Boden aufhob und in den Arm nahm. Ihr Schreien ging über in ein Japsen, dann in ein Röcheln. Rauscher setzte sich mit ihr aufs Bett. Es war noch warm. Sie war gerade erst aufgestanden.

Zwischendurch sprach sie immer wieder balinesisch. Es klang wie ein langgezogenes „nein, nein, nein".

Rauschers Wut hatte sich schnell gelegt, angesichts des Zusammenbruchs von Madé. Mit Schreien würde er bei ihr nichts erreichen, höchstens das Gegenteil von dem, was er eigentlich wollte.

Also ließ er sie zunächst in Ruhe und tippte eine kleine SMS an Lena: „Hallo Piratin der Liebe. Ich würde gerne auf große Fahrt gehen und dich kapern heut Nacht. Dein Captn Rauscher."

Dann wandte er sich wieder Madé zu.

„Madé, es wird Zeit, dass wir reden. Oder wollen Sie, dass noch mehr passiert?"

Madé hatte sich gerade etwas beruhigt, doch kaum hatte Rauscher diese Sätze ausgesprochen, fing sie wieder an zu schluchzen und zu schreien. Rauscher war jedoch fest entschlossen, diesmal keine Rücksicht darauf zu nehmen. Er musste mehr von ihr erfahren.

„Da hilft alles Weinen und Jammern nichts, Madé. Es war wieder ein Verehrer von Ihnen. Da muss es einen Zusammenhang geben. Davon bin ich überzeugt. Wissen Sie etwas, was ich wissen sollte oder was uns weiterbringen würde?" Madé schüttelte tränenüberströmt den Kopf.

„Wir sind bisher davon ausgegangen, dass der Mord an Maurer mit ihm selber zu tun hat. Das ist vielleicht falsch. Vielleicht hat er eher etwas mit Ihnen zu tun." Rauscher schaute Madé eindringlich an. Sie schluchzte unaufhörlich und konnte ihm nicht richtig in die Augen sehen.

„Wir sind weiter davon ausgegangen, dass Bayan vielleicht den Mörder gesehen hat und deswegen getötet wurde. Da könnten wir uns auch getäuscht haben. Vielleicht hat auch dieser Mord mit seiner Beziehung zu Ihnen zu tun.“ Rauscher machte eine kurze Pause und wartete auf eine Reaktion von Madé, aber da kam keine.

„Den Vierzigjährigen vergessen wir jetzt mal, den hat der Zwirbelbart auf dem Gewissen. Aber heute dann Rusli. Da muss man schon viel Fantasie aufbringen, um keinen Zusammenhang mit Ihnen herzustellen. Der Fall liegt eigentlich klar auf der Hand. Alle drei Toten hatten eine Beziehung zu Ihnen, Madé. Haben Sie etwas dazu zu sagen?“ Rauscher wartete. Wieder kam kein Ton aus ihrem Mund. Rauscher seufzte laut.

„Mir geht das hier langsam gegen den Strich. Entschuldigung, ich verstehe auch, dass es Ihnen im Moment beschissen geht, aber Sie müssen auch uns verstehen. Padang und ich kommen nur weiter, wenn Sie mit uns reden. Verstehen Sie?“

Madé nahm ein Taschentuch und schnäuzte hinein. Dann legte sie die Hände vor das Gesicht und blieb stumm.

„Da gibt es noch etwas, Madé, das Sie wissen sollten. Maurer, Bayan und Rusli planten, Geschäfte zu machen. Und zwar hier auf Bali.“ Rauscher wartete ab, dann sprach er weiter: „Und ich weiß auch ziemlich genau, dass sie einen Club oder ein Bordell eröffnen wollten. Fällt Ihnen dazu etwas ein?“ Wieder wartete er, bevor er fortfuhr.

„Das würde bedeuten, Maurer hatte niemals vor, mit Ihnen nach Deutschland zu gehen. Was genau hatte er sonst vor?“

Als nach zwei, drei Minuten immer noch kein Laut über Madés Lippen kam, brüllte er sie an:

„Na schön. Wie Sie wollen. Ich kann Sie zu nichts zwingen. Sie müssen selbst wissen, was Sie tun. Da muss ich wohl doch mal mit Padang drüber reden.“

Ohne sich nochmals umzudrehen, riss er die Tür auf, ging hinaus und schmiss sie mit einem lauten Rumms zu. Draußen stand Puglug. Er sagte nichts, sondern ging schnell an ihr vorbei. Und Puglug ging hinein.

## 6.

Es war später Nachmittag und der Himmel kobaltblau, als Rauscher sich an die Poolbar setzte. Sonnenlichtgebadet standen die Palmen am Weg. Er setzte seine Sonnenbrille auf, denn jetzt konnte er es nicht vertragen, geblendet zu werden. Er bestellte ein Bier und genoss es.

Ein paar Touristen badeten noch im Meer, andere gesellten sich um den Pool oder schwammen darin.

Eine Hand legte sich von der Seite auf seine Schulter.

„Kommissar Rauscher, lange nicht mehr gesehen. Wir dachten schon, Sie seien abgereist. Was macht die Suche nach Maurers Mörder?“ Frau von Talheim setzte sich neben ihn auf einen Barhocker und bestellte sich auch ein Bier.

„Wie Sie sehen, bin ich noch hier. Ich hatte ein paar Dinge zu erledigen. Vielleicht sind wir uns deshalb nicht über den Weg gelaufen.“ Rauscher nahm einen Schluck und prostete Frau von Talheim zu. Die zweite Gucci-Lady lag auf einer Sonnenliege am Pool, schaute den beiden zu und winkte.

„Wir stehen kurz vor der Lösung des Falles“, sagte Rauscher, „die Einzelheiten darf ich Ihnen leider nicht verraten. Staatsgeheimnis, Sie verstehen?“

„Natürlich verstehe ich.“ Sie machte ein enttäuschtes Gesicht, merkte aber gleich, dass Rauscher nicht mehr erzählen würde. Dann sagte sie:

„Wir genießen die letzten Tage hier. Dann geht's zurück nach Deutschland. Ich kann`s noch gar nicht glauben. Ich weiß gar nicht, was ich da soll.“

Deutschland gibt's ja auch noch, schoss es Rauscher durch den Kopf. Die ganze Zeit hatte er keinen Gedanken an zu Hause verschwendet, nur an Lena.

„Na, dann bis bald. Vielleicht trifft man sich mal.“ Frau von Talheim schlenderte zum Pool.

„Ja, ciao. Bis dann“, rief Rauscher hinterher und trank sein Bier aus, bevor er sich ein Neues bestellte.

Rauscher sah die schwachen Seewellen leise an Land schlagen. Die Horizontlinie verschwamm vor seinen Augen. In der heiteren, trunkenen Vorabendstimmung war er fähig zum Gedankenspiel. Er ließ sich einen

Zettel und einen Kuli vom Kellner geben und nutzte die nächsten fünfzehn Minuten, um sich einen Plan zu machen. Er ordnete alle Fakten in seinem Kopf und überlegte sich eine Struktur. Dann schrieb er in die Mitte der Seite ‚Madé‘. Links daneben schrieb er die Namen der Toten in chronologischer Reihenfolge: ‚Maurer‘, ‚Bayan‘, ‚Der Vierzigjährige‘, ‚Rusli‘. ‚Der Vierzigjährige‘ strich er gleich wieder durch und schrieb unter die anderen: Verehrer/ Geschäftspartner.

Auf die rechte Seite schrieb er ‚Zwirbelbart‘.

Auf die obere Seite schrieb er: ‚Doris Maurer‘, ‚Helene von Talheim‘ und ‚Angelika‘ Herbst nebeneinander.

Unter ‚Madé‘ ließ er ein wenig Platz und schrieb ‚Puglug‘ an diese Stelle.

In die rechte untere Ecke fügte er noch den Namen ‚Padang‘ ein.

Sein Schaubild war nun fertig und sah folgendermaßen aus:

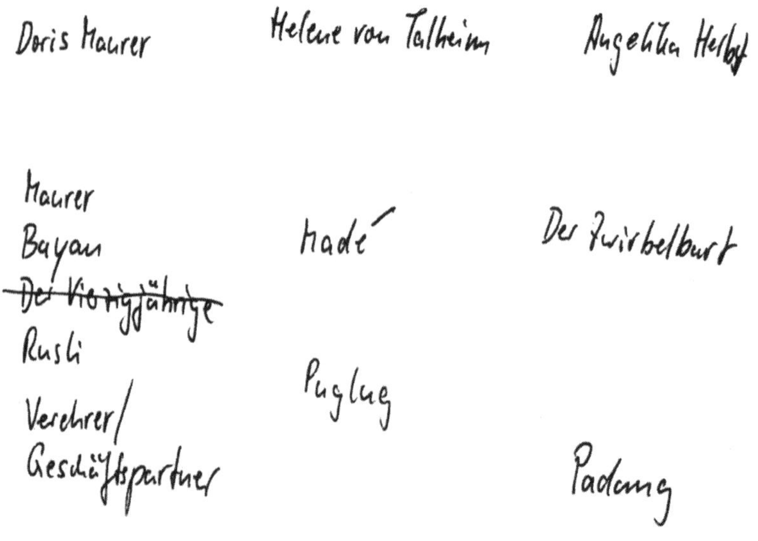

Irgendwann legte er den Kuli weg und die Hände vors Gesicht. Verschiedene Bilder blitzten vor seinem geistigen Auge auf: als er Maurer an der Poolbar kennenlernte; als er den Zwirbelbart zum ersten Mal sah; als er in der Zelle auf der Polizeistation saß; als Bayan mit Madé stritt; als er Bayan auf der Massagebank entdeckte; als Frau von Talheim nachts vor seiner Appartementtür stand; als Doris Maurer völlig verheult auf seiner Couch saß; als der Vierzigjährige im Pool lag und als er Rusli am Strand fand.

Dann wandte er sich wieder seinem Schaubild zu und strich die Namen der Toten und des Verhafteten durch.

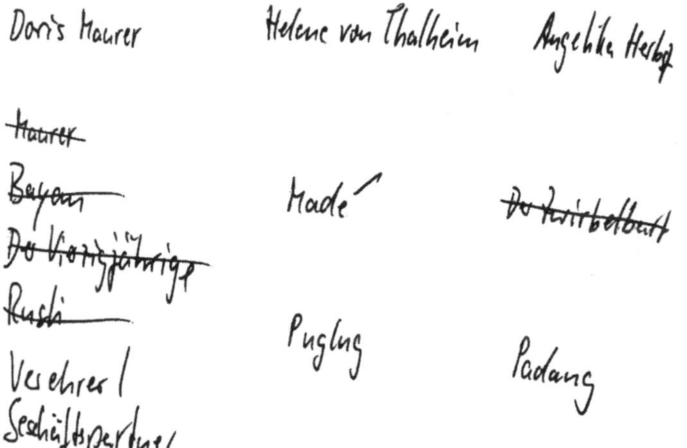


Plötzlich fiel ihm etwas auf. Erst war er irritiert, doch je länger er auf das Blatt stierte, desto klarer wurde es ihm. Außer Padang, und den konnte er ja als Verdächtigen ausschließen, standen nur noch Frauennamen auf dem Papier. Doris Maurer, Helene von Talheim, Angelika Herbst, Puglug und Madé. Hatte er im Umkreis der Morde noch jemanden vergessen, der in den letzten acht, neun Tagen eine Rolle spielte?

Ja. Jetzt fiel ihm wieder das ältere Ehepaar ein, das Maurer auch von früher kannte und die ihn hier im Urlaub getroffen hatten.

Aber Rauscher konnte sich beim besten Willen keinen Zusammenhang mit den Morden denken.

Rauscher tröstete sich, denn er war sich jetzt sicher: Im Zentrum des Ganzen stand Madé. Bei ihr lag der Schlüssel zur Lösung.

Und dann fasste er einen Plan, der sein weiteres Vorgehen auf drei Aufgaben konzentrierte.

1. Die Liebesnummer.

Da er bisher noch keinen richtigen Zugang zu Madé gefunden hatte, wollte er es ab sofort auf andere Art und Weise probieren. Ein großer Charmeur und Ladykiller war er zwar nicht gerade, aber wenn er sich anstrengen würde, könnte es gelingen.

2. Die Durchsuchung.

Wenn Puglug und Madé im Health-Center arbeiteten, konnte er versuchen, ihre Kammern zu durchsuchen. Vielleicht gab es auch dort interessante Dokumente oder Papiere, die mehr verrieten, als bisher bekannt war.

3. Die Beschattung.

Das Verhältnis zwischen Madé und ihrer Schwester Puglug war schlecht. Das hatte er mitbekommen. Er wollte die beiden heimlich beobachten und ausspionieren. Vielleicht gab es ein Geheimnis, das nur die beiden kannten und teilten.

Rauscher war beflügelt von der Vorstellung, endlich auf der richtigen Fährte zu sein. Er trank noch ein Bier und hatte danach die nötige Bettschwere, um ruhig zu schlafen.

Der Abend breitete seinen dunklen Mantel über der Insel aus, und sein Genosse, der Mond, stand kurz davor, voll zu werden. Er legte den Platz am Pool in ein kontrastreiches Flutlicht. Alle Konturen waren klar zu erkennen, obwohl die Dämmerung längst hereingebrochen war. Der Wind wehte landeinwärts.

Jenseits des Äquators, dachte Rauscher, ist das Leben gar nicht so viel anders als zu Hause. Am Ende des Tages war Rauscher zufrieden.

# Elfter Urlaubstag

## 1.

Am Morgen stand Rauscher früh und frisch auf und sah Doris Maurer vom Balkon aus zu, wie sie im Pool ein paar Bahnen zog. Seit der Nachricht von der Festnahme des Zwirbelbartes traute sie sich wieder alleine aus dem Appartement.

Rauschers Handy klingelte. Es war Padang, der ihm mitteilte, dass die Papiere von Bayan und Rusli neue Erkenntnisse enthielten, denn mehrmals tauchte darin der Name Siang auf.

Siang betrieb in Sanur im Ortsteil Semawang einen Nachtclub. Er war ein Balinese aus dem Norden, der aus ganz ärmlichen Verhältnissen stammte. Als Schüler und Teenager ging er betteln bei Touristen. Sein Vater war Reisbauer und hatte sein letztes Reisfeld beim Hahnenkampf, der großen Leidenschaft vieler Balinesen, verwettet. Dann begann er zu trinken und seine Frau zu schlagen. Siang hielt es nicht mehr aus und ging in den Süden. Erst nach Denpasar, dann nach Kuta. Er verkehrte von Anfang an in einschlägigen Kreisen: Drogen, Prostitution, Menschenhandel. Er arbeitete sich hoch, weil er fleißig war und härter als viele andere. Er hatte nie eine Schule von innen gesehen, doch an Cleverness konnte ihm keiner das Wasser reichen. Das traurige Bild seiner Familie hatte er stets im Gedächtnis. Niemals im Leben wollte er wieder arm sein oder so enden wie sein Vater. Aus diesem Ansporn heraus schöpfte er Kraft, und das genügte, um sich Respekt und Anerkennung zu verschaffen.

Gestern hatte sich Padang persönlich in der Club-Szene umgehört. Es gibt Hinweise, sagte er, die eindeutig dafür sprachen, dass sich ein Deutscher durch einen balinesischen Mittelsmann mit diesem Siang in Verbindung gesetzt hat. Siang sollte sich auf dem Immobilienmarkt in Sanur umschauen und ein geeignetes Etablissement für einen Club finden. Ein anderer Balinese war bereits auf der Suche nach Personal für diesen Club. Also doch, dachte Rauscher, Maurer ließ Bayan und Rusli für sich arbeiten.

Rauscher bedankte sich bei Padang für diese heiße Information, ließ sich die Adresse von Siang geben und nahm sich vor, ihn später ausfindig zu machen. Voller Tatendrang verließ er das Appartement, ging frühstücken und suchte dann Madé auf.

Zwischendurch hatte er eine SMS an Lena geschickt: „Drück mir mal feste die Daumen. Kann ein entscheidender Tag werden. Bin heute so euphorisch, deshalb frage ich dich, ob wir nicht zusammenziehen sollten. Bussi."

Auf dem Weg zu Madés Kammer traf er Puglug, die gerade ihr Appartement verließ. Er grüßte sie flüchtig, und sie reagierte kaum, benahm sich anders, als er sie kennengelernt hatte. Vor acht Tagen strahlte sie noch eine erlesene Höflichkeit aus. Rauscher zuckte die Schultern, nahm es nicht persönlich und machte sich weiter nichts daraus.

Er klopfte bei Madé. Sie öffnete, und er sah sofort, dass sie die Nachricht von gestern arg mitgenommen hatte. Ihre Augen waren dunkel unterlaufen und geschwollen vom Weinen. Wahrscheinlich die ganze Nacht hindurch, so verquollen wie sie aussahen. Sie trank eine Schale Tee und bot auch Rauscher eine an. Er lehnte dankend ab, denn er hatte gerade drei Tassen Kaffee getrunken.

„Ich habe nachgedacht", fing Madé leise an, „über das, was Sie haben gesagt gestern." Rauscher hoffte, dass Madé ihm endlich etwas Verwertbares sagen würde. Er musste sich sehr konzentrieren, so leise sprach sie.

„Ist es wahr, dass Maurer, Bayan und Rusli wollten machen Geschäft zusammen?" Das war eine konkrete Frage, und er wusste die konkrete Antwort.

„Ja Madé, eindeutig. Padang hat sich gestern Abend noch umgehört. Die Planungen sind in vollem Gang. Da ist schon einiges passiert."

Rauscher hoffte, ihren wunden Punkt getroffen zu haben und sie soweit zu bringen, ihm noch mehr zu erzählen. Aber da irrte er sich. Aus irgendeinem Grund schwieg sie wieder.

Vielleicht fehlt ihr einfach noch das Zutrauen zu mir, dachte Rauscher.

Frauen waren manchmal äußerst schwierig. Er musste sich eingestehen, dass er sich verkalkuliert hatte, denn er hatte es sich wesentlich leichter vorgestellt. Er wurde wütend, unterdrückte seine Wut aber. Denn jetzt musste er es auf die andere Tour probieren.

„Kann ich Sie heute Abend hier abholen? Wir könnten etwas essen gehen und uns dabei ein bisschen unterhalten. Vielleicht über Deutschland." Madé blickte hoch und war sofort Feuer und Flamme, als sie das hörte. Ihre Augen funkelten.

„Holen Sie mich in meine Zimmer ab."

„Okay. Ich freue mich. Bis heute Abend, Madé."

Rauscher ging.

## 2.

„Heiß heute, was?" Ungläubig sah Rauscher Doris Maurer an.

„Ist doch schon die ganze Zeit brutal heiß."

„Mir kommt's so vor, als ob es heute noch einen Tick heißer ist als sonst. Irgendwie glüht bei mir alles." Doris Maurer wischte sich kleine Schweißtropfen von Stirn und Augen.

„Vielleicht ist die Luftfeuchtigkeit heute höher. Könnte sein, dass die Regenzeit doch noch kommt. Zu hoffen wär's ja." Rauscher cremte sich besonders dick gegen die unbarmherzige Sonne ein und ging danach mit Doris Maurer an die Poolbar. Sie bestellten zwei Wasser. Am gegenüberliegenden Tresen erkannte Rauscher das ältere Ehepaar. Die Frau winkte ihm zu und rief:

„Na, wie weit sind Sie?"

„Die letzten Meter. Aber die schaffen wir auch noch." Rauscher grinste gequält. Langsam hatte er keine Lust mehr, jedem den aktuellen Stand der Ermittlungen mitzuteilen.

„Wir fliegen heut Abend zurück", rief die Frau, „ich bin ganz froh drum."

Rauscher nickte und erwiderte:

„Gute Reise auch."

„Danke. Viel Erfolg noch", schaltete sich jetzt auch ihr Ehemann ein. Rauscher hob das Wasser und prostete ihnen zu. Allzu lange wollte er hier nicht verweilen, er hatte Wichtigeres zu tun.

So verabschiedete er sich bald von Doris Maurer und sagte ihr, dass er noch etwas erledigen müsse.

Sein Weg führte ihn durch die gepflegte Hotelanlage. Unterwegs sah er einen älteren Balinesen mit roten Lippen auf einer Mauer sitzen und kauen. Es war der Gärtner des Hotels. Er hatte eine Harke in der Hand und machte gerade Pause. Rauscher hob die Hand zum Gruß. Der Balinese tat es ihm gleich, lächelte ihn an und sagte ein paar balinesische Wörter. Dabei öffnete er leicht den Mund und Rauscher konnte rote Zähne und eine knallrote Zunge sehen. Diese rote Verfärbung kommt von den Betelnüssen, die gerade ältere Balinesen gerne kauen. Ihnen wird eine aphrodisierende, berauschende Wirkung nachgesagt. Der Gärtner jedenfalls wirkte glücklich.

Rauscher begab sich zu den Kammern der Bediensteten. Die Mittagszeit war bereits vorbei. Zu dieser Stunde sah man hier niemanden. Fast alle Bediensteten arbeiteten, der Rest machte kleinere Besorgungen auf dem Markt. Rauscher schwitzte schon im Gehen. Seine Augen brannten vom Schweiß, der von seiner Stirn tropfte. Die gnadenlose Tropensonne hatte es wieder einmal auf ihn abgesehen. Er näherte sich vorsichtig dem Appartement von Madé und klopfte – zur Sicherheit. Keine Antwort. Das war klar, denn er wusste, dass Madé gerade im Health-Center arbeitete. Er drückte die Klinke herunter, und die Tür ließ sich öffnen.

Glück gehabt, dachte Rauscher.

Er schaute sich rechts und links um. Keiner zu sehen. Dann verschwand er in Madés Kammer und schloss schnell die Tür hinter sich. Es war dunkel. Die einzige Lichtquelle, ein kleines Fenster, war durch einen Vorhang weitgehend verschlossen. Rauschers Augen gewöhnten sich nur langsam an die Dunkelheit.

Er tastete sich vorwärts, doch schon nach kurzer Zeit war er ernüchtert. Er hatte den Schrank durchstöbert, den Nachttisch und die Schubladen der Kommode durchgesehen und nichts gefunden. Als er Madés Zimmer wieder verlassen wollte, klingelte sein Handy. Schweißperlen traten auf seine Stirn. Er kramte das Handy so schnell wie möglich aus der Hosentasche und sah Lenas Nummer.

Ausgerechnet jetzt, dachte er.

Er nahm das Gespräch an und flüsterte schnell mit vorgehaltener Hand:

„Hallo Liebste. Du hast mich in 'ner ganz schlechten Situation erwischt. Durchsuche gerade unbefugterweise ein Zimmer."

„Ohhh, schade. Ich wollte mal deine Stimme hören. Wie geht's denn?" Rauscher flüsterte weiter, während er sich ein paar Schweißperlen von der Stirn wischte.

„Du, ich mach jetzt Schluss, sonst hört mich hier noch jemand. Ich meld mich später bei dir. Mach's gut."

Rauscher legte auf und schlug sich vor den Kopf. Warum hatte er das Handy nicht vorher ausgeschaltet?

Dann holte er dreimal tief Luft und horchte in die Stille. Er war froh, dass niemand das Klingeln gehört hatte und trat hinaus. Gerade als er die Tür zu Puglugs Zimmer öffnen wollte, kamen einige Bedienstete um die Ecke, machten es sich auf einem Mäuerchen bequem und begannen, die Ereignisse des Tages zu diskutieren.

Er lächelte sie an. Sie lächelten freundlich zurück.

Notgedrungen verschob Rauscher die Inspektion von Puglugs Kammer auf später und wollte sich an der Poolbar noch einen Drink genehmigen.

## 3.

Spontane Entscheidungen bringen oft mehr als krampfhaft einen Plan einzuhalten, besonders wenn man eine heiße Spur verfolgt.

Rauscher hörte auf seine innere Stimme, würdigte diesen Grundsatz, änderte seinen ursprünglichen Plan und strebte Richtung Hauptstraße, um sich ein Taxi zu nehmen. Bis zum Ortsteil Semawang waren es fast sieben oder acht Minuten.

Als die Taxe dort hielt, stieg er aus und betrachtete die Gegend eingehend. Ihm dämmerte, dass er hier schon einmal war und zwar in jener Nacht, als er Rusli verfolgte. Und als hätte er es vorausgesehen, stimmte das Haus, in dem er Siang vermutete mit dem überein, in dem er Rusli beobachtet hatte. Die Hausnummer hatte ihm Padang mitgeteilt.

Diesmal ging Rauscher geradewegs hinein und blickte in den leeren Wohnraum. Um diese Tageszeit schien hier absolut nichts los zu sein.

Er rief:

„Hallo."

Nichts.

„Ist da jemand?" Und als er gerade wieder aus dem Gebäude hinaustreten wollte, kam der Mann, mit dem sich Rusli damals unterhalten hatte, aus einer der hinteren Türen heraus.

„Hallo," sagte er, „wir noch haben geschlossen."

„Ich hätte ein paar Fragen. Sind Sie Siang?"

Der Mann runzelte die Stirn.

„Wer will das wissen?"

„Oh, ich bin Andreas Rauscher. Kommissar Rauscher von der deutschen Polizei."

Die Runzeln auf Siangs Stirn nahmen die Gestalt von großen Furchen an.

„Wer Sie hat hierher geschickt? Kommen Sie von Padang?"

„Nein, wie kommen Sie darauf?"

„Raus!" Er erhob die Hand und deutete Richtung Ausgang.

„Aber ... ich wollte nur ...“

„Ich kein Frage beantworten. Sie nicht schnüffeln weiter hier rum.“ Die Stimme von Siang klang mehr als unfreundlich. Rauscher war etwas erstaunt.

„Entschuldigung, aber es geht um Rusli. Den kennen Sie doch?“

„Raus, ich habe gesagt.“ Jetzt ging Siang auf Rauscher zu und machte Anstalten, ihn hinauszuwerfen. „Raus!“

Rauscher trat ein paar Schritte zurück und sagte mit vor dem Körper gehaltenen Händen:

„Ja, ja. Ist ja schon gut. Ich gehe ja schon.“

Er drehte sich um und ging schnell aus der Tür, weil er merkte, dass es Siang ernst war. Mit einer solchen Abfertigung hatte er nicht gerechnet. Zum ersten Mal hatte er einen Balinesen erlebt, der richtig unfreundlich, ja sogar zornig und wütend war und der dies vor allem nicht verbergen wollte. Siang machte gar keinen Hehl daraus, dass Rauscher hier vollkommen unerwünscht war. Was hatte das wieder zu bedeuten?

Vielleicht war er einfach nur stinksauer, weil er das geplante Geschäft mit Maurer abschreiben konnte, dachte Rauscher. Die Nerven lagen blank bei einigen Leuten, sagte er sich. Zu viel war passiert in den letzten zehn Tagen.

## 4.

„Hast du Lust auf Sex?“ Die Frage von Doris Maurer kam ziemlich unvermittelt, nachdem er das Appartement betreten hatte. Rauscher war einen Moment lang wie vor den Kopf gestoßen und wusste nicht recht, was er sagen sollte.

„Nein ... ähm ... ich meine ... ja eigentlich schon ... aber ... nicht ... Versteh` mich nicht falsch. Du weißt schon ... ich bin verliebt. Verstehst du?“

Doris Maurer antwortete cool:

„Nein. Liebe hat doch nichts mit Sex zu tun. Sex ist was für den Körper. Liebe für den Geist und die Seele.“

„Da magst du Recht haben. Aber ich kann das nicht so richtig trennen. Sex ohne Liebe mein ich. Das ist nichts für mich. Das macht mir keinen Spaß."

„Hast du überhaupt schon mal? Ich meine ... Sex ohne Liebe ... Kennst du das überhaupt?"

„Ja, sicher. Aber das ist einfach nicht meine Sache. Das hat nichts mit dir zu tun. Du bist toll und siehst super aus. Ich mag es sehr, wenn du deinen Bikini anhast. Da stockt mir der Atem. Aber weißt du, das hat für mich nichts mit dem anderen zu tun."

„Na die Frau, die dich mal abkriegt, kann wirklich stolz sein. Das bewundere ich an dir. Nur schade für mich. Na ja, ich hatte noch nie Glück mit Männern. Scheint mein Schicksal zu sein."

Während der letzten Worte öffnete sie die Appartementtür und verschwand, mit Sonnenmilch und Handtuch bewaffnet, nach draußen. Rauscher atmete auf. Ihm war die Situation peinlich. Schließlich wollte er nicht aus bloßem Mitleid mit ihr schlafen, nur um ihr einen Gefallen zu tun. Er hatte gerade keinen Sinn für Sex, denn andere Dinge schwirrten in seinem Kopf herum.

Da klopfte es. Das war Padang, und Rauscher öffnete.

„Hallo Kommissar, wie geht es Ihnen?"

„Oh, Mister Rauscher. Mir ganz gut gehen." Padang setzte sich auf einen Sessel. Rauscher bot ihm ein Bier an, aber Padang lehnte dankend ab.

„Ich habe Neuigkeiten für Sie. Siang hat mich gerade ziemlich unfreundlich aus seinem Club geworfen. Der hat was zu verbergen. Da bin ich mir sicher." Dann machte sich Rauscher eine Flasche Bier auf. Er nahm einen großen Schluck aus der Flasche und spürte, wie die kalte Flüssigkeit durch seinen erhitzten Körper floss. Padang sagte:

„Siang ist clever. Ein großer Gauner. Aber wir ihm nichts nachweisen können. Wir schon oft bei ihm wegen verschiedene Dinge. Glauben Sie, er hat zu tun mit Morden?" Rauscher trank das Bintang leer und stellte es auf den Tisch.

„Nicht auszuschließen. Leider gibt es keinen konkreten Verdacht oder Hinweis. Vielleicht sollten wir ihm zusammen einen Besuch abstatten. Bin mal gespannt, was er dann so von sich gibt."

„Ich glaube, das nicht viel bringen. Er wird nichts sagen. Er ist gerissen ... oder wie man sagt. Wir brauchen schon Beweis, wenn wir ihn wollen schnappen.“ Rauscher grübelte.

„Kommissar Padang, ich muss mich jetzt entschuldigen, bin noch mit Madé verabredet. Ich bin überzeugt, dass sie mehr weiß, als sie uns bisher gesagt hat.“

„Viel Erfolg ich wünsche Ihnen. Ich denke, wir sehen uns morgen.“

Padang sagte “Tschüss“ und verließ das Appartement.

Im selben Moment kam Doris Maurer zurück vom Schwimmen.

„Tut mir leid wegen vorhin.“ fing sie an.

„Macht doch nichts“, entgegnete Rauscher, „im Gegenteil. Passiert mir auch nicht alle Tage. Ich wusste nur nicht so genau, wie ich mich verhalten sollte.“ Doris Maurer warf ihre Sonnenmilch auf die Couch und ihr Handtuch über die Balkon-Brüstung.

„Ich geh schnell duschen.“

„Oh ja, beeil dich bitte. Ich will auch noch.“

„Hast du heute Abend noch was vor?“

„Ja, ich treffe mich mit Madé.“

Doris Maurer schaute ihn interessiert an.

„Aha!“

„Nicht so, wie du denkst. Ich will mich mit ihr unterhalten, sie nochmal verhören.“ Rauscher war die Sache etwas unangenehm.

„So so, verhören.“

„Ja wirklich. Glaubst du mir etwa nicht?“

„Euch Männern sollte man niemals trauen.“

## 5.

Madé sah umwerfend aus. Sie wartete in ihrem kurzen, engen Kleid auf Rauscher. Ein weißer Stoffumhang umhüllte ihre braune, geschmeidigglänzende Haut. Ihre Lippen stachen rot hervor. Grazil sah sie aus, lasziv und verführerisch. Sie versprühte einen wilden exotischen Charme, wie eine Ehrfurcht einflößende Wildkatze. Wie sie daherkam, hätte sie im nächsten Hollywood-Film die Hauptrolle spielen können. Rauscher begrüßte sie:

„Sie sehen fantastisch aus."

„Danke, Mister Rauscher." Madé freute sich sichtlich.

„Lassen Sie uns irgendwo hingehen, wo wir uns unterhalten können. Möchten Sie etwas essen?"

„Ja, gerne. Ich kenne gutes Restaurant."

Zusammen verließen sie das Hotelgelände und liefen die Hauptstraße von Sanur entlang. Abends im Dämmerlicht funkelten die bunten Lichter der Bars und Restaurants. Es waren nicht viele Leute unterwegs und auch die Restaurants waren nahezu leer. Einige Balinesen standen am Straßenrand und riefen ihnen immer wieder „Transport, Transport?" zu.

Madé führte Rauscher in ein kleines, gemütliches, verwinkeltes Restaurant. Sie schien die Besitzer, einen Mann und eine Frau, zu kennen, denn sie begrüßten sich, wie alte Freunde. Zwei Tische waren besetzt mit Touristen, die Atmosphäre sehr familiär. Die Chefin ging persönlich von Tisch zu Tisch und erkundigte sich, ob alles zur Zufriedenheit der Gäste war.

Madé suchte einen Tisch aus, und sie setzten sich. Rauscher forderte sie auf, etwas typisch Balinesisches zu bestellen. Als die Chefin an ihren Tisch kam, redeten die beiden miteinander und Rauscher verstand kein Wort.

Madé hatte eine indonesische Reistafel bestellt mit vielen verschiedenen Gerichten. Wenig später standen viele kleine Schälchen auf dem Tisch. Rauscher probierte alles: das Nationalgericht Nasi Goreng, Reis mit Ei, Kräutern, Krabben und Hühnerfleisch; Gado-Gado, warmes, pikantes Gemüse; Sambal, die Hauptplatte, mit Garnelen, Rindfleisch und Hühnerfleisch in würziger Paste; verschiedene Curries, Chilis und Chutneys. Manches süß-sauer, anderes sehr scharf und pikant. Und der Höhepunkt war gegrillte Ente in Bananenblättern. Dazu gab es Pasten, Saucen zum Dippen und hauchzarte Kroepoek.

Nach diesem Mahl war Rauscher kurz vorm Platzen. Während des Essens sprachen die beiden über Gott und die Welt. Madé erzählte von früher, von ihrer Familie im Norden, von den Reisfeldern und davon, dass sie keine Lust auf dieses Leben hatte. Sie fragte wieder nach Deutschland, wollte wissen, wie groß Deutschland sei, wieviele Menschen dort lebten, wie die größte Stadt hieß, ob es am Meer lag, ob es Flüsse gab, Berge und Täler.

All das erzählte ihr Rauscher.

Je länger Rauscher Madé beobachtete, desto sicherer wurde er: Eines Tages würde sie es schaffen, nach Deutschland oder woanders in den Westen zu kommen. Da war diese Zielstrebigkeit in ihrer Stimme, diese Penetranz und dieser Glanz in den Augen, der immer aufblitzte, wenn Rauscher ein für sie neues Detail über Deutschland enthüllte.

Während der ganzen Zeit hatten sie kein Wort über die Morde und die Gegenwart auf Bali gesprochen. Erst als der Nachtisch, ein dunkler Reispudding mit Banane, serviert wurde, begann Rauscher wieder mit dem leidigen Thema.

„Madé, kennen Sie Siang? Er betreibt ein Bordell unten in Semawang. Ich habe ihm heute einen Besuch abgestattet, aber er hat mich rausgeschmissen. Er war wahrscheinlich einer der balinesischen Geschäftspartner von Maurer."

„Nein. Ich kenne ihn nicht."

„Rusli kannte ihn gut. Eines Nachts, als ich ihm gefolgt bin, traf er ihn. Ihr Gespräch konnte ich leider nicht hören."

„Rusli mir nie etwas erzählt hat."

Rauscher spürte, dass ihr das Thema unangenehm war. Auch ihre Mimik verriet, dass sie lieber in Ruhe gelassen werden wollte. Also fragte Rauscher, ob er zahlen solle, und Madé bejahte. Sie verließen das Restaurant und tranken an einer Bar auf dem Weg zum Hotel noch einen Cocktail.

Rauscher mochte Madé.

Sie hatte so eine unberechenbare Art. Immer, wenn er gedacht hatte, dass sie sich ihm anvertrauen würde, sagte sie nichts mehr. Völlig unkalkulierbar war sie. Aber das machte auch ihren Reiz aus.

Das Thema Maurer-Bayan-Rusli ließ er vorerst ruhen, weil er wusste, dass er nichts aus ihr herausbekommen würde. Das hatte er inzwischen eingesehen.

## 6.

Die Nacht roch nach Gewitter.

Der Himmel war schwarz, schwer und getränkt die großen Wolken. Der Ostwind blies den letzten Staub durch die Luft. Der erste Tropfen traf Rauscher im Gesicht. Er war warm und besonders feucht, weil sich das in ihm angesammelte Wasser durch den Aufprall übers ganze Gesicht verteilte.

Und dann ergoss sich ein Meer über die Insel.

Millionen Liter Wasser prasselten in kürzester Zeit auf die Straßen, die Plätze, die Pflanzen, die Felder und Hotelanlagen, die Tiere, die im Freien lebten. Alles plitschte und platschte. Nur die Menschen hatten sich frühzeitig in Sicherheit gebracht.

Rauscher zahlte die Cocktails, schnappte Madé an der Hand und lief mit ihr durch den Tropenregen zu ihrer Kammer. Als sie ankamen, waren sie klitschnass, und beide mussten lachen. Es war ein herzliches Lachen von Madé. Eines, das er lange nicht mehr gehört hatte.

Rauscher verabschiedete sich von ihr und versprach, sich morgen von ihr massieren zu lassen. Er gab ihr einen Kuss auf die Wange, und sie freute sich.

Der Abend mit Madé war schön gewesen. Nur sein Ziel, etwas Wichtiges von ihr zu erfahren, hatte Rauscher nicht erreicht. Erschöpft legte er sich ins Bett, und erst jetzt fiel ihm ein, dass er völlig vergessen hatte, Lena zurückzurufen.

Er ärgerte sich darüber und tippte noch eine SMS: „Hallo Liebste. War heute den ganzen Tag im Einsatz. Leider nicht sehr erfolgreich. Drück mal die Daumen. Bald sehen wir uns wieder. Ich freue mich schon."

Es blieben ihm noch fast zwei Tage, um den Mörder zu fassen.

# Zwölfter Urlaubstag

## 1.

Der Donner hatte zehn Minuten lang demonstriert, welch immenses Organ er hat und dann regnete es wieder in Strömen. Wer einmal eines dieser sagenhaften Tropengewitter miterlebt hat, wird es so schnell nicht vergessen. Es plätscherte, es schüttete, es triefte. An diesem Morgen spülte der Regen alles weg, aber die Hitze wurde nur kurz unterbrochen.

Puglugs Kammer lag in einem Seitengang, gegenüber von Madés Kammer. Rauscher hatte sich vergewissert, dass Puglug ihren Dienst im Health-Center diesen Morgen angetreten hatte. Dann machte er sich schnurstracks und zuversichtlich auf den Weg. Auch Puglugs Kammer war nicht verschlossen. Das bestätigte wieder einmal ihr großes Vertrauen in die Götter, dachte er. Sein T-Shirt klebte nass auf der Haut und bevor er eintrat, putzte er sich die triefenden Schuhe ab. Keine zwei Sekunden später war er in der Kammer verschwunden und hatte die Tür hinter sich geschlossen. Hier war es heller als bei Madé. Puglug hatte einen durchsichtigen Stoff vor dem Fenster angebracht, als Insektenschutz. Das Zimmer war fein eingerichtet. Ein kleiner Opferaltar war auf einer Kommode aufgebaut. Davor stand ein Opferschälchen, gefüllt mit Bananen- und Papayastücken. Kleine Holzfiguren waren daneben aufgestellt. Zwei davon kannte Rauscher. Es waren der Gott Vishnu in Menschengestalt, der als Erhalter der Welt verehrt wird, und der Gott Ganesha mit seinem Elefantenrüssel, der als Beseitiger von Hindernissen gilt. Er befindet sich in der Rangordnung der Götter weiter unten als Vishnu. Daneben standen weitere Götterfiguren, deren Namen und Bedeutung Rauscher unbekannt waren. Kleine Reiskörner waren vor dem Altar verstreut, eine Duftkerze abgebrannt. Alles sehr gepflegt und ständig im Gebrauch. Puglug war eine

Frau, die ihren Göttern viel Zeit und Beachtung schenkte.

Nirgends ein Poster, und auch kein Fernseher war zu sehen. Nur Bilder von der Familie und ihrem Dorf im Norden hingen an den Wänden sowie einige Batik-Stoffe.

In diesem Moment stutzte er.

Da hing ein Wandteppich mit einer Schildkröte, den er schon einmal gesehen hatte. Und gleich darauf fiel es ihm wieder ein. Der gleiche hing beim Wahrsager Pak. Bestand da ein Zusammenhang?

Rauscher zog einige Schubladen auf, in denen er Unterwäsche und Umhänge fand. An der gegenüberliegenden Wand stand ein kleiner Kleiderschrank. Als Rauscher die Tür öffnete, sah er viele Kleider, die kunstvoll und bunt bestickt waren. Auch einige farbenprächtige Oberteile aus Seide, wie Balinesinnen sie zu Tempelfesten tragen, hingen dort. In der hinteren rechten Ecke war ein roter Vorhang wie an einer Fensterleiste angebracht. Rauscher schob ihn beiseite und schaute dahinter. Er verhüllte eine größere Vertiefung in der Wand, die aussah wie eine kleine Rumpelkammer. Allerhand Krimskrams befand sich dort. Ein paar weiße Schuhe. Sehr elegant, dachte Rauscher. Ein kleines Regal war an der Seite angebracht. Ein paar Gläser, eine Vase, ein Tonkrug und sonstiges Gerümpel standen darauf.

Ansonsten war das Zimmer aufgeräumt und sauber, kein Staubkorn war zu sehen, nichts lag auf dem Boden. Das Bett war überzogen mit einer glattgestrichenen, hübsch verzierten Batik-Decke in rot-blau.

Schon wollte Rauscher wieder gehen, als er sich überlegte, noch einen Blick in die Nachttisch-Schublade zu werfen. Er zog die Holzschublade auf, und traute seinen Augen nicht, ein Kris.

Sein Gehirn raste.

Sollte womöglich Puglug? Es widerstrebte ihm, diesen Gedanken zu Ende zu denken.

Aus welchem Grund auch? Hatte sie ein Motiv für drei Morde? Wie kleine Blitze zuckten die Leichen durch seinen Kopf. Er konnte sich nicht vorstellen, dass ausgerechnet sie zu solchen Taten fähig war. Dennoch galt für Rauscher auch hier: Keine voreiligen Schlüsse ziehen. Solange es kein Geständnis oder keine Beweise gab, musste er alle Möglichkeiten in Betracht ziehen. So auch diese.

Rauscher schob die Schublade vorsichtig zu. Nachdenklich ging er Richtung Tür, wollte die Klinke herunterdrücken und hörte plötzlich Stimmen von draußen. Zwei Frauen sprachen auf Balinesisch und näherten sich. Wenn er sich nicht täuschte, waren es die Stimmen von Puglug und Madé.

„Scheiße, " entfuhr es leise seinen Lippen.

## 2.

Rauschers Pulsschlag verdoppelte sich. Schweiß trat auf seine Stirn. Er würde entdeckt werden, wenn die Tür aufging. Das stand fest.

Die Stimmen wurden lauter.

Er schaute sich um. Konnte er sich irgendwo verstecken? Schnell sprang er in die rechte Ecke hinter den roten Vorhang, setzte sich im Schneidersitz dahinter und hielt den Vorhang fest, damit er nicht mehr wackelte. Für solche Situationen hatte Rauscher seine bewährte und erprobte Methode: Augen zu. Einatmen. Ausatmen. Gleichmäßig. Tiefer Einatmen. Wieder Ausatmen. Noch tiefer Einatmen. Wieder Ausatmen. Ohne einen Mucks von sich zu geben, saß er da und machte seine Atemübungen. Sein Puls sank wieder, und er horchte. Horchte gespannt. Die Klinke wurde heruntergedrückt, und die Stimmen waren nun ganz deutlich zu hören. Und tatsächlich: Es waren Puglug und Madé.

Plötzlich fiel Rauscher sein Handy ein. Er überlegte angestrengt, ob er es ausgeschaltet hatte, es wollte ihm aber nicht einfallen.

Puglug und Madé standen sich im Zimmer gegenüber, sie schauten sich an und stritten. Die Tür war inzwischen geschlossen. Doch anders als damals zwischen Bayan und Madé, war diesmal nicht Madé die Beschuldigte, sondern

Puglug. Madé hingegen klagte an. Das konnte Rauscher ganz deutlich hören, auch wenn er nicht verstand, was sie genau sagte. Sie erhob permanent ihre ansonsten liebliche Stimme und brüllte ihre Schwester an. Wenn sie schrie, wirkte sie gebieterisch, zerstörerisch, schrecklich. Ganz anders als ihr äußeres Erscheinungsbild. Und Puglug konnte oder wollte dem Zorn ihrer Schwester nichts entgegensetzen, machte einige kleinlaute Zwischenbemerkungen, verhielt sich ansonsten aber still. Sie wirkte gebrochen, hilflos, bemitleidenswert.

Rauscher blieb ruhig in seinem Versteck und wagte nicht, hinter dem Vorhang hervorzuschauen. Er dachte daran, dass kurz nach dem Streit zwischen Bayan und Madé Bayan tot war. Sein Bauch meldete ihm ein ungutes Gefühl.

Dann machte Madé Anstalten zu gehen, nicht ohne vorher noch einen bitterbösen Redeschwall auf Puglug loszulassen. Nachdem Madé die Tür zugeschmissen hatte, setzte sich Puglug aufs Bett und begann leise zu schluchzen. Beide Hände hielt sie vor die Augen und heulte hinein. Kurz danach wischte sie sich die Tränen ab. Die Verzweiflung stand ihr ins Gesicht geschrieben. Sie stand auf und bewegte sich ganz langsam. Hin und wieder entwich ihr ein Jammern, wie ein kurzer Klagelaut. Sie flüsterte einen Satz, den Rauscher nicht verstand. Dann ging sie zu ihrem kleinen Tempel und zündete drei Kerzen und zwei Räucherstäbchen an. Sie ließ sich auf die Knie nieder, hob die Hände geschlossen vors Gesicht und verbeugte sich immer wieder. Dabei wiederholte sie andauernd diesen balinesischen Satz, den Rauscher trotz aller Bemühungen nicht verstand. Er klang melancholisch und reumütig. Puglugs Bewegungen waren sanft. Der Duft der Räucherstäbchen verbreitete sich im Raum und verströmte eine feierliche, zeremonielle Stimmung. Puglug hielt ihre Augen geschlossen. Nur ab und zu schaute sie kurz gen Himmel.

Rauscher interessierte, wen sie anbetete. Aber er hielt sich verborgen, wollte unentdeckt bleiben und machte sich langsam Sorgen, wie er wieder aus Puglugs Kammer herauskommen sollte.

Puglugs Lippen bewegten sich, und Rauscher konnte ein Gebet erahnen. Zwischendurch fiel immer wieder dieser eine Satz, den er nicht verstand.

Nach einer ganzen Weile erhob sie sich langsam, fast wie in Zeitlupe, als hätte sie ein Beruhigungsmittel genommen oder würde unter Drogen stehen.

Eine bleierne Schwere umgab sie.

Sie ging zum Nachttisch, zog die Schublade heraus und entnahm ihr den Kris. Sie hielt ihn in beiden Händen und betrachtete ihn lange. Dann zog sie die Klinge aus der Scheide.

Rauscher stutzte.

Was sie wohl vorhat, fragte er sich.

Puglug drehte sich herum und begab sich wieder zu ihrem Schrein, kniete nieder, legte den Kris auf den Tisch, erhob die Hände und begann von neuem zu beten. Diesmal hob sie nicht ihren Kopf, sondern war ganz in sich versunken.

Sie wirkte wie in Trance.

Erneut sprach sie einige eintönige Sätze leise vor sich hin.

Rauscher glaubte, den Namen Pak mehrmals vernommen zu haben, war sich aber nicht ganz sicher. Sollte er einschreiten? Sollte er sein Versteck verlassen und sich offenbaren? Seine innere Anspannung stieg. Vielleicht ergab sich noch eine bessere Gelegenheit.

Stille.

Außer dem Wimmern von Puglug, war nichts zu hören. In dieser Ruhe wurde es Rauscher mulmig und heiß, Schweißperlen traten auf seine Stirn. Und als hätte er es geahnt, nahm Puglug plötzlich den Griff des Kris in beide Hände, drehte die Klinge Richtung Körper, setzte an und stieß zu.

Rauscher sprang wie ein Tiger aus seinem Versteck und landete mit einem Hechtsprung bei Puglug. Er warf sich auf sie und zog den Kris aus dem Fleisch.

Der Einstich war nicht sehr tief.

Puglug starrte ihn entsetzt an.

Der Kris war einen Meter weiter auf den Boden gefallen und lag dort unschuldig herum. Blut überströmte das Gewand Puglugs. Einige Blutstropfen waren auf den Boden gefallen.

Selbstmord ist eine der schlimmsten Sünden im Hinduismus. Ob Puglug in diesem Augenblick daran dachte, konnten nur die Götter wissen.

Rauscher zog geistesgegenwärtig sein T-Shirt aus und band es um ihren Bauch, um die Blutung zu stillen. Puglug ließ es widerstandslos geschehen. Sie hatte weder die Kraft, sich zu wehren, noch sich zu bewegen, noch etwas zu sagen. Sie war still und stand kurz davor, das Bewusstsein zu verlieren.

Rauscher hob sie vom Boden auf, nahm die leichte Gestalt auf die Arme, wandte sich zur Tür, drückte die Klinke herunter und rannte hinaus. Er wusste, dass auf der Rückseite des Hotels immer Taxen standen. Er steuerte eines an und rief bereits aus einiger Entfernung:

„To the Hospital. Krankenhaus. You know. To the Hospital."

Der Taxifahrer erkannte die Situation und öffnete die hintere Tür.

„Schnell! Schneller!"

## 3.

Von der Fahrt bekam Rauscher wenig mit. Der Fahrer ließ die Reifen quietschen und gab Vollgas. Puglug lag auf seinem Schoß, und er drückte die Wunde zu, damit sie so wenig wie möglich Blut verlor. Sie war in eine Art Dämmerzustand verfallen. Das Bewusstsein hatte sie nicht verloren, aber durch den Blutverlust nahm sie kaum etwas wahr. Rauscher versuchte mit ihr zu reden, versuchte sie wach zu halten. Er ergriff ihre Hand und hielt sie fest. Puglugs Augen waren geschlossen, aber sie winselte etwas Unverständliches vor sich hin. Und plötzlich sagte sie wieder diesen Satz.

Mehrmals hintereinander.

Rauscher hörte ihn deutlich und sprach den Taxifahrer an:

„Haben Sie das gehört, diesen Satz? Was hat sie gesagt?"

Der Taxifahrer blickte sich kurz um und lauschte. Puglug wiederholte den Satz wieder und wieder.

Der Taxifahrer sagte:

„Ich nicht richtig verstanden. Sie sagt so etwas wie: Sie haben nicht verdient anders."

Rauscher wiederholte:

„Sie haben nicht verdient anders? ... Sie haben nicht verdient anders? ... Was kann das bedeuten?"

Der Taxifahrer hob die Schultern zum Zeichen, dass er keine Ahnung hatte.

„Sie haben nicht verdient anders", wiederholte Rauscher für sich selbst. Plötzlich dämmerte es, und er glaubte, hinter das Geheimnis des Satzes gekommen zu sein: „Sie haben es nicht anders verdient. Das meinte sie. Sie haben es nicht anders verdient."

Der Wagen fuhr in hoher Geschwindigkeit vor dem Hospital vor und wurde mit einer Vollbremsung gestoppt. Der Fahrer sprang aus dem Wagen, hielt Rauscher die hintere Tür auf und schrie etwas zu dem Pförtner, der sogleich veranlasste, dass eine Liege auf Rollen herbeigeschafft wurde, auf die Rauscher Puglug legte. Eine Krankenschwester schob sie hinein und direkt in den Operationssaal. Rauscher nahm draußen Platz, besorgte sich an einem Automaten eine Cola und trank.

„Sie haben es nicht anders verdient", sagte er vor sich hin.

Je länger er darüber nachdachte, desto klarer wurde ihm: Dieser Satz konnte nur eine Bedeutung haben. Sobald er aus dem Krankenhaus herauskommen würde, musste er sofort Madé aufsuchen und sie zur Rede stellen.

Nach wenigen Minuten trat ein Arzt aus dem OP. Er ging auf Rauscher zu.

„Sie haben Frau hierher gebracht?"

„Ja."

„Wo sie herkommen?"

„Aus dem Grand Hotel Bali Beach. Sie heißt Puglug und arbeitet dort. Und dort arbeitet auch ihre Schwester."

„Die Polizei gleich eintreffen wird. Wir sie haben verständigt."

„Ah, das ist gut. Die kennen mich. Ich bin Andreas Rauscher, auch Polizist. Sagen Sie, wie geht's ihr denn?"

„Sie Glück gehabt. Stich knapp vor Herzen. Sie wird überleben."

Rauscher atmete auf und sagte dem Arzt, dass er sich auf den Weg zurück zum Hotel machen würde.

Als er das klimatisierte Krankenhaus verließ, spürte er die Backofenhitze besonders deutlich, zumal die Schwüle nach dem Gewitter extrem groß war. Ein Gedanke trieb ihn vorwärts: Was hatte Madé ihrer Schwester vorgeworfen, dass sie keinen anderen Ausweg sah, als Selbstmord zu begehen?

Madé würde sich verantworten müssen.

## 4.

Das Gewitter hatte sich gelegt. In den Tropen sind sie heftig, aber kurz. Die Landschaft sah aus, als wäre sie zerronnen. Triefende Blätter. Glänzende Pfützen. Glitschiger Matsch. Alles war nass. Es dampfte. Hitze und Schwüle nahmen wieder zu.

Die Taxifahrt zurück zum Hotel verlief gemütlich. Er betrachtete im Vorbeifahren einige heruntergekommene Häuser in Sanur und einen Mann in zerschlissenen Hosen, zerlumptem Hemd und ausgelatschten Pantoffeln, der auf dem Gehsteig stand und lächelte. Rauscher hatte längst und nur allzu deutlich erkannt, dass das, was die Tourismus-Werbung als Bali-Paradies verkaufte, nur noch das war, was vom Paradies übriggeblieben war: pure Fassade. Und dieses vorgetäuschte Paradies wurde tagtäglich symbolisiert im millionenfachen Lächeln der Balinesinnen und Balinesen. Sie machten alle gute Miene zum bösen Spiel, denn die Realität sah anders aus: öde, trist, kaputt. Das tropisch-exotische Bali-Image der Reiseveranstalter mit ihren Hochglanzbroschüren hatte mit dem tatsächlichen Leben auf Bali nichts zu tun.

Als die Touristen nach der Bombe in Kuta ausblieben, war hier alles aus dem Lot geraten. Jahrzehntelang hatten sich die Balinesen bereitwillig in Abhängigkeit vom Tourismus begeben und bekamen nun die Rechnung präsentiert. Und natürlich zahlten wie immer die einfachen Menschen die

Zeche. Diejenigen, denen man eingeredet hatte, der Tourismus bringe das Heil, das Geld, den Segen.

Als Rauscher auf Bali angekommen war, dachte er noch, diese einfache Art der Balinesen, diese Freundlichkeit und Erhabenheit, dieses Ungekünstelte sei natürlich und von Gott gegeben. In Wirklichkeit blieb ihnen nichts anderes übrig. Sie waren gezwungen, den letzten verbliebenen Touristen etwas vorzuspielen, um sie nicht auch noch zu vergraulen. Die Balinesen taten ihm leid, denn ihr eigentlicher Charme war dabei auf der Strecke geblieben. Er ärgerte sich auch über seine eigene Naivität.

Der Taxifahrer legte vor dem Hotel eine Vollbremsung hin und grinste. Rauscher zahlte und stieg aus. Wie immer, wenn er sich kurz vor der Lösung eines Falles wähnte, verspürte er eine innere Anspannung. Hastig verscheuchte er seine negativen Gedanken und machte sich auf, Madé einen Besuch abzustatten.

Er fand sie im Health-Center bei der Arbeit. Sie ahnte nicht, was mit ihrer Schwester passiert war. Madé strahlte, als sie ihn erblickte. Sie hatte gerade einen Kunden bedient und war frei. Rauscher kam auf sie zu, und an seinem Blick erkannte sie, dass etwas nicht stimmte:

„Madé, ich muss mit Ihnen reden. Dringend und allein." Rauscher blickte sich um.

„Was ist passiert?" Rauscher überhörte Madés Frage.

„Am besten wir gehen raus, an den Strand oder so. Da sind wir ungestört." Madé machte sich langsam Sorgen. Rauschers ernste Miene verhieß nichts Gutes.

Sie verließen das Health-Center und und gingen hinunter zum Strand. Eine kleine Baumgruppe, unter der Massageliegen standen, bot Schatten. Rauscher setzte sich, und Madé nahm ihm gegenüber Platz. Weit und breit war kein Mensch zu sehen.

„Was ist passiert? Warum Sie mit mir hierher gehen?"

„Madé, es fällt mir nicht leicht, Ihnen das zu erzählen. Es geht um Ihre

Schwester Puglug."

„Was ist mit Puglug? Was ist mit ihr?" Madés Stimme wurde lauter.

„Sie hat versucht, sich das Leben zu nehmen." Er fügte schnell hinzu: „Ist aber außer Lebensgefahr."

Madé standen Tränen in den Augen.

„Wo sie ist?"

„Im Krankenhaus. Ich habe sie hingebracht. Es geht ihr ganz gut. Sie hat versucht, sich mit einem Kris das Leben zu nehmen. Madé, mit einem Kris sind Maurer, Bayan und Rusli getötet worden."

Jetzt fing Madé an, leise zu schluchzen.

„Ich weiß, ich meine, glauben Sie, dass Puglug? Das darf nicht sein."

„Madé, ich habe euren Streit in Puglugs Kammer mitbekommen. Warum habt ihr euch gestritten? Warum haben Sie ihr Vorwürfe gemacht?"

Madé wunderte sich, dass Rauscher sie belauscht hatte, aber er war ja Polizist, sagte sie sich, und Polizisten arbeiten manchmal im Verborgenen.

„Ich habe ihr gesagt, sie soll nicht mehr gehen zu Pak. Sie wissen, Pak der Wahrsager. Seit Puglug gehen oft zu ihm, sie hat sich sehr verändert. Sie hat mir gemacht schwere Vorwürfe, dass ich will gehen in den Westen. Sie hat gesagt, ich verrate mein Land, meinen Glauben, unsere Familie und unsere Traditionen. Sie hat gesagt, ich verliere meine Ehre und meine Seele, wenn ich gehe mit Maurer."

Rauscher verstand nicht ganz, deshalb fragte er nach:

„Was hat Pak damit zu tun?"

„Pak ist großer spiritueller Meister von Sanur. Viele Menschen hören auf ihn. Er hat großen Einfluss. Und er ist ein sehr gläubiger und traditioneller Mann. Er hasst alles, was ist modern und was kommt aus dem Westen. Er hasst Touristen. Er sagt, sie zerstören unser Land und unsere Kultur. Ich habe gesagt zu Puglug, sie soll sich nicht beeinflussen lassen von Pak, soll nicht nur auf ihn hören. Aber er hat sie verhext."

Rauscher begann zu verstehen.

„Madé, Ihre Schwester hat auf dem Weg zum Krankenhaus immer wieder einen Satz wiederholt. Der Taxifahrer übersetzte ihn mir. Er lautete ungefähr: Sie haben es nicht anders verdient." Als Rauscher diesen Satz ausgesprochen hatte, begann Madé hemmungslos zu weinen und wollte nicht mehr aufhören.

Rauscher setzte sich neben sie und nahm sie in den Arm. Er wischte ihr einige Tränen aus dem Gesicht, aber das half auch nichts. Sie sah aus wie ein Häufchen Elend. Er half ihr beim Aufstehen und brachte sie in ihre Kammer.

Es dauerte noch Stunden, bis sie sich beruhigt hatte.

## 5.

Dreißig Minuten blieben Rauscher noch bis zum Treffen mit Padang. Rauscher wollte ins Appartement gehen, um eine Dose Bier aus dem Kühlschrank zu holen und die Füße auf dem Balkon hochzulegen. Die Ereignisse der letzten Stunden hatten ihn emotional sehr berührt.

Als er das Appartement betrat, sah er gleich, dass die Tür zu Doris Maurers Zimmer weit offen stand, und er vernahm Musik. Er ging hin und sah hinein. Doris Maurer lag nackt auf dem Bett und räkelte sich verführerisch von einer zur anderen Seite.

„Ich habe auf dich gewartet." Rauscher setzte sich auf die Bettkante. Eine leichte Alkoholfahne lag in der Luft.

„Zieh dir was an, sonst erkältest du dich. Die Klimaanlage steht ziemlich hoch."

Doris Maurer wurde sauer.

„Warum willst du mich nicht? Bin ich so schrecklich?

„Du verstehst das einfach nicht."

Rauscher stand auf und schaute in den Kühlschrank, es war kein Bier mehr da. Er verließ das Appartement wieder, um an der Poolbar einen Drink zu nehmen.

## 6.

Rauscher wartete an der Bar auf Padang, schloss die Augen und nahm die üblichen Urlaubsgeräusche wahr: das Ploppen des Flaschenöffners, die Stimmen am Pool, die brandenden Wellen im Hintergrund. Jemand sprang in den Pool und das Wasser spritzte auf. Der Ruf eines Vogels eilte seinem Flug voraus. Hin und wieder ein entferntes Motorengeräusch. Ansonsten Stille.

Dann sprach ihn jemand an:

„Glasses? You want glasses?"

„No, thank you." Rauscher winkte ab, eine Sonnenbrille reichte ihm.

Von weitem sah er Padangs Limousine vorfahren. Er hatte ihn angerufen und ihm mitteilen lassen, er möge sofort ins Hotel kommen. Dann tippte er noch eine SMS an Lena: „Großer Sherlock hat zugeschlagen. Ich liebe dich. Bis bald."

Padang stand vor ihm und fragte:

„Was gibt es so Dringendes, dass ich muss verschieben mein Abendessen?"

„Ich habe den Mörder und seinen Komplizen."

Padang zog misstrauisch die Augenbrauen hoch:

„Machen Sie Scherz mit mir?"

„Ganz und gar nicht, Kommissar Padang. Nach Scherzen ist mir wirklich nicht zumute." Nun erzählte er Padang seine Erlebnisse in Puglugs Kammer, den Selbstmordversuch, den Besuch im Krankenhaus, Puglugs Worte und was Madé ihm erzählt hatte. Dann blickte er tief in Padangs Augen und wartete auf eine Reaktion. Padang hatte dem ausführlichen Bericht nicht sehr interessiert gelauscht, aber als zum ersten Mal der Name Pak fiel, hörte er genauer zu und setze sich.

Rauscher beendete seinen Vortrag und Padang stellte die Frage:

„Und was Sie mir wollen sagen damit?"

„Kommissar Padang, ich möchte erst Ihre Meinung hören."

„Ich nicht weiß, was ich davon halten soll. Vielleicht Madé lügt. Oder Puglug ist geworden verrückt. Oder alle sind geworden verrückt. Aber ich mir nicht vorstellen kann, dass Pak mit Sache etwas zu tun hat. Pak ist sehr angesehener Mann in Sanur. Sie müssen wissen, er hilft vielen Menschen, die kommen zu ihm. Er auch mir schon oft geholfen. Ich weiß nicht, was ich sagen soll."

„Lassen Sie uns zu ihm fahren. Am besten sofort. Nur von ihm selbst können wir die Wahrheit erfahren." Padang überlegte. Ihm war die Sache mit Pak suspekt und unbehaglich, denn er wusste genau, wen er vor sich hatte. Sein Respekt, sein Vertrauen und seine Achtung vor Pak waren zu groß, um die Gedanken Rauschers kritiklos zu ertragen. Was sollte er tun, fragte sich Padang und sagte:

„Nein. Wir sollten nicht fahren zu Pak. Pak ist großer Meister mit viel Ansehen. Ich nicht glaube, dass er ..." Padang stockte. Er schaute Rauscher an und wusste plötzlich, dass er falsch lag. Er musste sich eingestehen, dass ihm in dieser Situation gar nichts anderes übrig blieb, als Pak aufzusuchen und Klarheit in die Sache zu bringen.

„Okay, Mister Rauscher. Wir nehmen mein Wagen."

## 7.

Respektvoll und mit einer tiefen Verbeugung begrüßte Padang Pak. Der spirituelle Meister machte eine einladende Geste und bat Rauscher und Padang, Platz zu nehmen. Pak wirkte ruhig und ausgeglichen, und Rauscher fragte sich, ob er ahnte, warum sie gekommen waren. Pak wies seine Assistentin an, Tee zu servieren. Als sich Rauscher umblickte, stellte er fest, dass es dunkler war als bei seinem ersten Besuch. Eine Minute später brachte die Assistentin drei Schalen, stellte sie auf den kleinen, niedrigen Tisch und füllte sie.

„Es geht um die Morde im Grand Hotel." Mit diesen energischen Worten ergriff Rauscher das Wort, denn er wollte keine Zeit verlieren.

Pak nahm einen Schluck Tee, er war die Ruhe selbst. Dann wandte er sich an Padang und fragte ihn etwas auf balinesisch. Padang antwortete und übersetzte für Rauscher:

„Pak wollte wissen, wer Sie sind, und ich habe ihm gesagt.“

Kurzerhand übernahm Rauscher wieder das Kommando, richtete Frage auf Frage an Pak, Padang übersetzte und Pak antwortete in fließendem, feinem Englisch.

Ohne jeden Beweis gegen Pak, würde es schwer werden, ihn zu überführen. Das war Rauscher klar. Deshalb hatte er sich im Vorfeld eine Strategie ausgedacht und war nun gespannt, wie Pak darauf reagieren würde. Rauscher ging in die Offensive:

„Sie kennen doch Puglug, die Masseurin aus dem Grand Hotel Bali Beach?“

„Ja, natürlich“, antwortete Pak. „Ich kenne alle Menschen hier, denn alle kommen zu mir.“

„Puglug hat die drei Morde an Horst Maurer, Bayan, dem Hotelboy und Rusli, dem Kellner, gestanden. Was sagen Sie dazu?“

Rauscher saß Pak direkt gegenüber, sodass er gut dessen Augen verfolgen konnte. Sie funkelten. Paks Gesicht zeigte Verwunderung und Resignation. Ein tiefer Seufzer kam aus seiner Kehle, dann sagte er:

„Sie wissen gar nicht, was sich hier abspielt. Wie könnten Sie auch. Sie kommen von weit her, aus einer anderen Welt, deshalb will ich es Ihnen erklären. Früher waren die Menschen hier arm und lebten sehr zufrieden. Heute leben wir in einem wohlhabenden Land, aber fast alle sind unglücklich.“

Pak setzte die Teeschale langsam an seinen Mund und trank. Rauscher wartete geduldig ab.

„Früher waren wir ehrliche Reisbauern und gläubige Hindus. Heute sind wir korrupte Geschäftemacher, die versuchen, Touristen auszunehmen.“ Padang nickte zu den Worten des Wahrsagers. Jetzt sprach Pak Rauscher direkt an:

„Haben Sie eine Vorstellung, welche Veränderungen Bali ertragen muss, durch skrupellose Investoren, raffgierige Reiseveranstalter und die westliche Tourismusindustrie? Nein, haben Sie nicht. Auch das werde ich Ihnen erklären.“ Er machte wieder eine Pause, in der er seine Gedanken sammelte, Rauscher einen Schluck Tee nahm und Padang ganz unruhig wurde. Dann fuhr Pak fort:

„Sie bauen großzügige Hotelanlagen und zerstören unsere Umwelt damit. Sie bauen Golfplätze und verprassen unser Wasser. Sie bauen Mauern drumherum und halten uns, die Einheimischen, die ehemaligen Besitzer des Landes, fern. Ursprüngliche Fischerdörfer müssen weichen. Landwirtschaft und Reisanbau werden verdrängt. Das nennt man Fortschritt um jeden Preis. Unser Glaube und unsere Religion verkommen zur Touristenattraktion. Unsere traditionellen Werte verwässern. Auch die Kultur ist zur Fassade geworden, um den Touristen ein schönes, heiles Paradies vorzugaukeln. Keiner kann dem Konsum und den Verführungen aus dem Westen widerstehen. Keiner."

Rauscher fragte sich, worauf der Wahrsager eigentlich hinaus wollte. Er blieb cool, vermittelte nach außen den Eindruck, alles im Griff zu haben, seiner Sache sicher zu sein und ließ den Wahrsager fortfahren. Pak redete sich in Rage:

„Die Touristen zerstören unser Land. Sie haben keine Moral, keine Wertschätzung für unsere Traditionen, keinen Sinn für unser einfaches Leben. Mit ihnen steigt die Prostitution, der Drogenmissbrauch und die Kriminalität. Sie können inzwischen alles bekommen, was sie wollen, wenn sie nur genügend Geld zahlen. Aber es gibt nur ein paar Menschen, die mit dem ganzen Tourismus reich werden. Der Rest wird immer ärmer. Und das gefährdet den Zusammenhalt unserer Gesellschaft." Paks Gesichtsausdruck veränderte sich. Purer Hass war darin zu lesen und seine Augen sprühten Feuer. Er presste die Lippen zusammen und sprach weiter:

„Wir haben unseren Charakter verloren, unser Gleichgewicht und unsere innere Harmonie. Und warum? Weil wir nur noch einem hinterher laufen: dem Geld."

Wieder legte er eine Pause ein. Rauscher überlegte, ob Pak sie mit seinen Worten verwirren wollte oder ob er versuchen könnte zu fliehen. Aber das traute er dem alten Mann nicht wirklich zu. Er war ein innerlich Gebrochener, gedemütigt von der Realität, die ihn umgab.

Pak sprach weiter:

„Investoren achten nicht das Leben anderer. Ihr Gott heißt Geld. Sie machen aus den Touristen und den Einheimischen unmoralische Wesen. Sie beuten uns aus. Und wenn sie abkassiert haben, verschwinden sie wieder. Der Ausverkauf unserer Heimat ist schon weit fortgeschritten. Wir sind dem Untergang geweiht. Wenn sie keiner aufhält, werden sie uns auch noch das Letzte nehmen, was wir besitzen: unsere Seele."

Rauscher konnte gar nicht glauben, was er da hörte und stellte sich die Frage: War Pak ein Wahnsinniger oder ein Prophet? Er konnte sie beim besten Willen nicht beantworten. Und vielleicht würde man erst in vielen Jahren eine endgültige Antwort darauf finden. Schon ging es weiter:

„Eines Tages erschien Bayan bei mir. Er war aufgeregt, denn er stand kurz davor, ein Geschäft zu machen und wollte von mir eine Vorhersage, wie einträglich das Geschäft würde. Eine Frage, die mir tagtäglich gestellt wird. Durch geschicktes Fragen bekam ich heraus, dass er mit Maurer ein Bordell eröffnen wollte. Als dann einen Tag später auch noch Rusli kam und ich herausfand, dass er auch darin verwickelt war, wurde mir klar, dass sie jemand aufhalten musste. Jemand musste den Kampf gegen die Unmoralischen aufnehmen und versuchen, unsere Stadt, die Menschen und unser Land zu retten. Wenn nicht jetzt, wann dann?" Rauscher schaltete sich ein, denn eine Frage interessierte ihn brennend:

„Wie haben Sie es eigentlich geschafft, dass Puglug Ihnen hörig wurde?"

Pak lächelte das Lächeln eines Verzweifelten.

„Mister, Sie verstehen nicht unsere Mentalität. Sie kennen zu wenig unsere Menschen. Sie müssen wissen: Die Worte eines Wahrsagers haben sehr, sehr viel Gewicht. Sie sind Gesetz. Die Menschen haben Angst vor dem Schicksal, vor der Zukunft, vor bösen Geistern und Dämonen. Wir nutzen diese Angst für unsere Bedürfnisse. Es ist mir ein Leichtes, die Menschen in ihrem Denken zu beeinflussen, in ihrem Handeln zu lenken und alles auf das Schicksal zu schieben. Daraus erwächst meine Macht über die Menschen." Pak war stolz auf diese Erklärung, zeigte sie doch seinen Rang, den er hier innehatte.

„Jeder Mensch kann sein Schicksal günstig beeinflussen, indem er Taten ansammelt, die die Forderungen des Schicksals befriedigen. Ich habe Puglug prophezeit, dass das Schicksal sich die verlorenen Seelen holen wird. Madé, ihre Schwester, ist so eine verlorene Seele. Sie hat sich an den westlichen Glauben und das schöne Leben verraten und verkauft. Puglug hat das erkannt und wusste, was zu tun war. Sie musste dem Schicksal geben, was es forderte: die Seelen der Verlorenen, der Ausbeuter, der falsch Denkenden, der Abtrünnigen. Und ich habe sie darin bestätigt, in ihrem Glauben bestärkt, und ihr so den wahren Weg gewiesen. Ich habe vorhergesagt, dass das Schicksal besänftigt würde, wenn die Seelen der Verlorenen ins Reich der Götter eingehen." Pak hielt inne und überlegte eine Weile.

„Sie müssen wissen, Kris, der heilige Dolch, ist ein belebter Gegenstand. Er besitzt einen Geist, und ein Wahrsager oder Magier ist in der Lage, sich diesen Geist zunutze zu machen. Ein Amulett zum Beispiel ist ein belebter Gegenstand, der von einem Wahrsager mit positiver Energie geladen werden kann. Es beschützt denjenigen, der es um den Hals trägt. Der Kris kann mit negativer Energie geladen werden, so dass er sich gegen denjenigen richtet, der ihn benutzt. So wird er zur Waffe für den unfreiwilligen Selbstmord." Und dann fauchte er Rauscher laut an:

„Wenn Sie nicht dazwischen gekommen wären, hätte es funktioniert. Und niemals ... niemals wäre die Wahrheit ans Licht gekommen. Niemals." Pak, der Wahrsager, schwieg.

Padang stand auf. Er hatte genug gehört. Auch wenn es ihm widerstrebte, zog er ein paar Handschellen aus der Hosentasche und legte sie, ohne weitere Worte, Pak an. Der ließ es mit sich geschehen. Rauscher verfolgte das Prozedere und war sprachlos. Damit hatte er nicht gerechnet. Er verspürte ein bisschen Sympathie für den alten Mann und fühlte eine Art Melancholie in sich wachsen, angesichts der verheerenden Analyse und Prophezeiungen des Wahrsagers.

Draußen entstand ein Tumult, als einige sahen, dass der Wahrsager in

Handschellen abgeführt wurde. Doch Rauscher ebnete Padang den Weg durch die Menschen und als der Fahrer seinen Chef sah, sprang er ihm ebenfalls zur Seite.

Bevor sich Padang von Rauscher verabschiedete, fragte er ihn:

„Wann Sie fliegen morgen?"

„Nachmittags. Ich glaube um fünfzehn Uhr bringt uns der Bus zum Flughafen."

„Das ist gut. Ich habe noch Überraschung für Sie. Morgen früh, ich hole Sie um neun Uhr ab." Rauscher grübelte, was der Kommissar wohl von ihm wollte, aber er hatte keine Idee.

„Dann bis morgen."

## 8.

Rauschers letzter Abend auf Bali. Er saß auf dem Balkon und trank ein Bali-Hai. Nach dem ersten Schluck freute er sich auf einen Sauergespritzten. Morgen Nachmittag würde er wieder im Flieger nach Deutschland sitzen. Und als hätte er es geahnt, vernahm er plötzlich die bekannten Geräusche: „Gek-oo, gek-oo."

„Göttin Shiva. Lange nicht mehr gesehen. Wie geht's dir?"

„Gek-oo, gek-oo, gek-oo."

„Ich nehme mal an, das soll heißen gut."

„Es gibt was zu Feiern. Oder sagen wir mal: Eigentlich ist es zum Heulen. Ach egal, Prost Shiva." Er sinnierte über die letzten Stunden. Die Dinge hatten sich schnell gewandelt. War das Glück? Oder Schicksal? Heute Morgen konnte noch niemand vorhersehen, dass sie den Mörder so schnell schnappen würden. Dann rief er Lena an. „Ja."

„Hi, hier ist dein Balinese. Ich wollte mich kurz melden."

„Hallo, ich freue mich. Gibt's was Neues?"

„Wir haben ihn. Oder besser gesagt: sie. Ich erzähle dir alles, wenn ich zurück bin."

„Da bin ich beruhigt. Ich kann‘s kaum erwarten."

„Ich auch nicht."

„Bis dann. Ich freue mich."

„Ich auch."

Er legte auf und ging hinunter zur Poolbar, um einen Abschiedsdrink zu nehmen. Die Guccis waren da und ein paar andere, die er im Hotel gesehen hatte, deren Namen er aber nicht kannte. Einige zeigten mit dem Finger auf ihn und Frau von Talheim begrüßte ihn:

„Herzlichen Glückwunsch. Ihr Erfolg hat sich schnell herumgesprochen. Sie sind jetzt eine Berühmtheit hier."

„Danke. Aber darauf hätte ich liebend gerne verzichtet."

„Nicht so bescheiden, Herr Kommissar. Sie sind der Held. Prost. Auf Sie." Frau von Talheim erhob ihr Sektglas und Rauscher sein Bierglas. Er lächelte.

# Dreizehnter Urlaubstag

## 1.

Die Nacht war schnell vergangen. Rauscher hatte wie ein Stein geschlafen, völlig traumlos und ohne aufzuwachen.

Es hatte wieder geregnet, und am Himmel spielte sich ein wundervolles Drama ab. Wolkenberge türmten sich auf, überfielen sich, kämpften gegeneinander und schoben sich gegenseitig weiter. Helle und dunkle Schwaden wechselten sich ab. Dazwischen leuchteten blaue Flecken.

Morgens, gleich nach dem Aufstehen, entschuldigte sich Doris Maurer bei ihm für ihre offenherzige Aktion von gestern.

„Schon gut", sagte Rauscher, „ist kein Problem. Ich habe nichts gegen dich, aber ich hoffe, du verstehst meine Reaktion."

„Klar."

„Wollen wir zusammen frühstücken?

„Oh ja, gern."

Sie gingen in den Frühstücksraum, setzten sich an einen freien Tisch und genossen zum letzten Mal das morgendliche Buffet und redeten über den gelösten Fall.

„Nachher holt mich Padang ab. Er hat eine Überraschung für mich."

„Na, da bin ich gespannt."

„Hoffentlich bringt er mich rechtzeitig zurück. Sonst muss ich hierbleiben."

„Nur noch sechs Stunden, dann werden wir abgeholt. Endlich."

Doris Maurer löffelte genüsslich ihr Joghurt mit frischen Ananas und Papayas.

„Du kannst es nicht mehr abwarten, was?"

„Mir reichts. Ich will endlich nach Hause. Wenn ich gewusst hätte, was mich hier erwartet, hätte ich mir den Trip erspart. In Zukunft mache ich Urlaub an der Nordsee."

Rauscher frühstückte schnell und begab sich danach zur Rezeption. Er wollte Padang nicht warten lassen.

## 2.

„Heute ist Kampftag." Padang sprach in Rätseln, als er Rauscher anwies, sich ins Auto zu setzen. Dichter Verkehr verstopfte die Straßen in Richtung Denpasar.

„Hahnenkampf." Padang freute sich wie ein kleines Kind.

„Ist große Passion von mir. Sie schon gesehen?"

„Nein, noch nie. Ich bin wirklich sehr gespannt."

Padangs Fahrer setzte sie direkt vor der großen Hahnenkampfarena ab. Sie glich einem deutschen Fußballstadion. Eine Schlange stand vor dem Ticket-Schalter, aber Padang nahm Rauscher am Arm und führte ihn ohne Ticket hinein. Viele Menschen drängten sich auf den Stehrängen und machten Lärm, während sie die Kämpfe verfolgten. Rauscher erkannte die ansonsten so ruhigen Balinesen nicht wieder. Hier waren sie erregt, leidenschaftlich, zappelig, aufbrausend, nervös.

Unten in der Arena standen die Hähne in Bastkörben aufgereiht und ein sandiges Feld diente als Kampfplatz. Padang rieb sich die Hände.

„Lassen Sie uns wetten. Wie wär's mit diesem?" Er deutete auf einen stolzen schwarzen Hahn. Sein Trainer machte ihn gerade heiß für den Kampf, indem er ihm eine scharfe Klinge an die Krallen band und ihm ins Gesicht spuckte. Der Hahn flatterte hoch. Ein echter Heißsporn. Er konnte es kaum abwarten, seinen Gegner, einen Weiß-Braunen, zu erledigen. Rauscher war fasziniert.

„Okay. Ich setze 1000 Rupien auf den Weiß-Braunen." Padang rümpfte die Nase.

„Tausend Rupien? So wenig. Hier schon viele haben Haus und Hof verwettet. Aber gut."

Das Fieber in Padang stieg. Er wurde unruhig und zappelte hin und her. Die Hähne wurden von den Trainern aufeinander losgelassen, nicht ohne vorher alle guten und bösen Geister zu beschwören. Blitzschnell flogen sie aufeinander zu. Das Gefieder gespreizt, prallten sie gegeneinander. Der Sand staubte, Federn flogen durch die Luft, und Blut spritzte. Die Menge brüllte. Und schon war alles vorbei. Keine drei Sekunden hatte der Schwarze gebraucht, um den Weiß-Braunen zu erledigen. Er lag auf dem Rücken und tat keinen Mucks mehr. Der Schwarze flog immer wieder hoch, bis ihn sein Trainer einfing. Padang strahlte. Er hatte auf den Sieger gesetzt. Rauscher übergab ihm den Geldschein.

„Glückwunsch."

„Danke. Sie wollen wieder wetten?" Padangs Euphorie war kaum zu bremsen.

„Ja, mal sehen auf welchen." Rauscher schaute sich um. Die Masse wogte, und er sah manchmal nur Hinterköpfe vor sich. Das Gebrüll flutete auf, dann ebbte es plötzlich ab.

„Okay. Der Hellbraune dort." Padang schaute sich den Gegner an, einen Bunt-Gescheckten.

„Wieviel?"

„2000 Rupien."

„Okay."

Wieder beteten die Trainer vor dem Kampf die Götter an und bereiten ihre Lieblinge vor. Der Hellbraune stolzierte mit erhobenem Kopf herum. Rauscher hatte ein schlechtes Gefühl, denn der Hahn strahlte eine gewisse Arroganz aus. Dann flogen die beiden Hähne aufeinander. Die Menge sprang auf und jubelte. Sekundenbruchteile später lag der Hellbraune auf dem Rücken, blutüberströmt. Sein Trainer rappelte ihn auf. Rauscher drückte Padang die 2000 Rupien in die Hand.

„Ich habe heute kein Glück." Padang war bester Laune. Er schien die Sache sehr ernst zu nehmen.

Ein paar Kämpfe später verließen sie die Arena. Padang freute sich, denn er hatte keine Wette verloren. Nie zuvor hatte Rauscher Padang so glücklich gesehen.

Padangs Fahrer wartete schon und fuhr Rauscher zurück ins Hotel. Während der ganzen Zeit war kein Wort über den Fall Maurer gefallen. Padang vermied es, darüber zu sprechen. Und Rauscher wollte die gelungene Überraschung nicht kaputtmachen.

Vor dem Hotel verabschiedete sich Padang von Rauscher.

„Danke für alles."

„Schon gut. Sie brauchen sich nicht zu bedanken."

„Doch, wir haben Ihnen viel zu verdanken."

Rauscher schüttelte den Kopf.

„Nein, nein. Ich muss mich bei Ihnen bedanken. Dass ich Ihr Gast sein durfte."

„Kommen Sie wieder?"

„Das überlege ich mir noch." Ein Grinsen zog sich über Rauschers Gesicht.

„Ich würde mich freuen sehr." Padang gab Rauscher die Hand, klopfte ihm mit der anderen auf die Schulter, stieg ins Auto und wies den Fahrer an, loszufahren. Rauscher stand noch einen Moment da und blickte dem Auto hinterher.

## 3.

Wie es der Zufall wollte, waren Rauscher, Doris Maurer und die Guccis auf die gleiche Maschine gebucht, in der auch Maurers Leichnam überführt wurde.

Rauscher saß mit den anderen im Bus, der sie zum Flughafen bringen würde. Er merkte nun erst, dass die Heimreise begonnen hatte. Jetzt galt es noch, der Insel auf Wiedersehen zu sagen. Ob es eines geben würde, stand in den Sternen.

Der Check-In am Flughafen verlief zügig. Im Terminal tippte Rauscher noch schnell eine SMS: „Hallo Liebste. Bin bald bei dir. Ich sage noch schnell den Geistern und Dämonen Lebewohl."

Als sie übers Rollfeld liefen, schlugen dicke fette Tropfen auf den Asphalt. Der Himmel war zugezogen, schwarzgraue Wolken, wohin das Auge blickte. Maurers Sarg wurde übers Rollfeld geschoben. Rauscher hielt einen Moment inne:

„Gute Reise", wünschte er Maurer, „wohin auch immer."

Als Rauscher im Flugzeug Platz genommen hatte, hoffte er, dass die Maschine nicht gekapert werden würde. Er wollte so schnell wie möglich nach Hause.

Hoch oben über den Wolken kam ihm Padang in den Sinn, und er fragte sich, was er wohl gerade machte. Und Madé? Wie es ihr wohl ging? Er hatte sie am Nachmittag im Health-Center besucht, um sich zu verabschieden. Sie hatte Tränen in den Augen und wirkte hilflos. Sie machte ihm die Abreise schwer.

Dann musste Rauscher an Montag denken. Ihm graute vor dem Dienstantritt. In der Maschine ging das Licht aus.

# Letzter Urlaubstag

## 1.

Der Flug war reibungslos verlaufen und die Verabschiedung ging schnell über die Bühne. Lange Abschiedsszenen waren nicht Rauschers Ding. Er drückte Doris Maurer und gab den beiden Gucci-Ladys die Hand.

„Auf Wiedersehen, Herr Rauscher," erwiderte Frau von Talheim, „vielleicht sieht man sich ja mal." Dabei zwinkerte sie mit dem rechten Auge und Doris Maurer fügte hinzu:

„War schön, dich kennenzulernen. Trotz allem." Rauscher nickte. Zwei gemeinsame Wochen waren ein bisschen viel für alle. Dann ging er.

Im Terminal an der Passkontrolle schaute sich der Bundesgrenzschutzbeamte Rauschers Pass an und sagte:

„Das gibt's ja nicht."

Rauscher dachte schon, dass mit dem Pass etwas nicht in Ordnung sei und stellte sich auf Ärger ein. Doch der Mann sprach einfach weiter:

„Mensch Andi, erkennst du mich nicht? Ich bin's, Oli, Oli Müller."

Rauscher war irritiert. Den Namen kannte er, aber den Mann hinter dem Tresen nicht.

„Mensch, das muss jetzt acht oder neun Jahre her sein. Damals haben wir zusammen die Ausbildung auf der Polizeischule gemacht. Weißt du noch?"

Langsam dämmerte es Rauscher.

„Nee, das gibt's nicht. Oli? Du bist Oli Müller? Dich hätte ich ja niemals mehr erkannt. Wusste gar nicht, dass du beim Bundesgrenzschutz gelandet bist.

„Doch, doch. Bin schon länger dabei. Wo kommst du denn her?"

„Aus Bali. Urlaub gemacht." Rauscher wurde etwas einsilbig, denn er ahnte schon, was jetzt kommen würde.

„Junge, du hast es gut. Unsereins schiebt hier Schicht auf Schicht und du lässt dir die Sonne auf den Bauch scheinen.“ Rauscher lächelte etwas angestrengt. Das fiel auch Oli Müller auf.

„Hat‘s dir etwa nicht gefallen?“

„Schon. Könnte jetzt nochmal zwei Wochen gebrauchen.“

„Verstehe. Bisschen viel gefeiert, was?“

„Ja, ja genau. Du, ich halte hier ganz schön den Betrieb auf. Ich mach mich mal. Ciao.“

Rauscher nahm seinen Pass und verabschiedete sich mit den üblichen Floskeln. Er hatte jetzt wirklich keine Lust auf solche Gespräche. Außerdem konnte er es gar nicht abwarten, endlich Lena in den Arm zu nehmen. Er hoffte sehr, dass sie daran gedacht hatte, ihn vom Flughafen abzuholen.

## 2.

Rauscher trat aus der Ankunftshalle hinaus. Er schaute nach vorne, nach links und nach rechts. Lena war nicht zu sehen, nirgends. Sein Herz verkrampfte sich. Lag ihr denn so wenig an ihm? Zwei Wochen nicht gesehen und keine Sehnsucht spüren? Das konnte er sich beim besten Willen nicht vorstellen.

Diedeldiedeldid. Sein Handy klingelte.

„Ja, Rauscher.“

„Hi, ich bin‘s, Lena. Bist du schon gelandet?“

„Ja.“

„Bist du schon rausgekommen?“

„Ja.“

„Du, ich bin am falschen Ausgang. Warte bitte einen Augenblick.“

Na also, dachte Rauscher. Er ging ein Stück weiter und schaute sich um. Da kam sie. Er entdeckte sie inmitten eines Pulks von Leuten. Sie suchte ihn, er erhob die Hand und winkte ihr zu. Dann lief sie schneller und stand augenblicklich vor ihm.

„Hallo."

„Hi."

„Ich habe dich vermisst."

„Ich dich auch."

Sie fielen sich in die Arme und drückten sich minutenlang.

„So schnell fahre ich nicht mehr weg ohne dich."

„Das hoffe ich."

„Versprochen."

„Du siehst müde aus."

„Bin ich auch."

„Du musst mir alles erzählen."

„Später."

Sie machten sich auf den Weg zum Parkhaus. Rauscher betrachtete den Flughafen und die vielen hektischen Menschen. Er sah Deutschland jetzt mit anderen Augen. Es kam ihm alles so unwirklich vor. Auf der Fahrt nach Bockenheim dachte er zurück an die letzten zwei erstaunlichen Wochen.

Sie gingen ins Café Plazz am Kirchplatz. Die Wirtin, die er gut kannte, begrüßte ihn:

„Na, wie war der Urlaub?"

„Aufregend", erwiderte er lächelnd.

Nachdem er zwei Milchkaffee bestellt hatte, erzählte er Lena die ganze Geschichte. Von Maurer und Madé, Bayan und Rusli, dem Zwirbelbart und dem Vierzigjährigen, den Guccis, Doris Maurer, Puglug und Pak. Als er fertig war, schüttelte sie den Kopf und sagte:

„Und du bist sicher, dass du mich nicht veräppeln willst?"

„Manchmal denke ich auch, das alles war nur ein böser Traum, und ich bin nie dort gewesen."

Dann gingen sie zu ihm nach Hause. Rauscher packte seinen Koffer aus, schenkte Lena eine Uhr und ein Parfum, die er beim Zwischenstopp in Hongkong gekauft hatte und das Lederband mit der Schildkröte drauf.

„Damit du immer an mich denkst. Soll Glück bringen."

Lena umarmte ihn und knutschte ihn ab. Dann zogen sie sich gegenseitig aus und liebten sich bis in die Nacht hinein.

Als Lena gegangen war, stand Rauscher alleine in seiner Wohnung. Sofort breitete sich eine triste Stimmung aus, und er beschloss, seine Wohnung im Bali-Stil einzurichten. Ein bisschen Farbe konnte seiner heimischen Welt nichts schaden.

Am nächsten Morgen holte er eine Zeitung im Phönix-Buchladen auf der Leipziger Straße und Brötchen bei seinem Bäcker. Die Bedienung grüßte ihn herzlich, und dann sah er den Jesus von Bockenheim, der gerade an einem Stehtisch eine Tasse Kaffee trank. Der Mann war taubstumm, sah aus wie Jesus mit langem Bart, hielt immer den Kopf ein wenig schief, grinste dabei freundlich, und war meistens auf der Leipziger Straße anzutreffen.

Alles so wie immer, dachte Rauscher, und er war unendlich beruhigt.

# Nachrede

Blicke ich auf die Geschehnisse zurück, kommen sie mir tröstlich vor. Meine Erlebnisse auf der Insel haben mich den Balinesen ein Stück näher gebracht. Ich würde zu gern ihre Gedanken lesen, ihr inneres Wesen sichtbar machen oder ihr Handeln erklären können.

In der ersten Zeit nach meinem Bali-Abenteuer konnte ich mich nur schwer wieder dem Rhythmus in Deutschland anpassen. Zu viel hatte ich erlebt und gesehen. Mir fehlten die Luft, die Sonne, die Palmen und das Meer. Padang und Madé werde ich ewig im Gedächtnis behalten.

Trotz meiner Sehnsucht nach Bali, freute ich mich, wieder bei Lena zu sein. Sie war das Einzige, was mir während der ganzen Zeit gefehlt hatte. Und jetzt nutzten wir die gemeinsamen Stunden intensiv. Die Wochen nach Bali zählten zu den schönsten, die wir zusammen verbracht haben.

Jetzt – mit etwas Abstand zu dem Geschehenen – sehe ich die Dinge klarer. Denke ich an Bali zurück, fällt mir immer wieder eine Begebenheit ein. An meinem vorletzten Abend setzte ich mich auf eine Anhöhe und betrachtete am Horizont die untergehende Sonne, die ihren roten Schein in der Ferne hinterließ. Ich spürte ein Gefühl in mir aufkommen: das Gefühl der Dankbarkeit. Ich war dankbar, auf der Welt zu sein. Dankbar, dass es mich gab. Dankbar für mein Leben.

Überwältigt von diesem Eindruck, stieg ich wieder hinab, ging zum nächsten Tempel und zündete ein Duftstäbchen an – für Vishnu, den Gott des Wassers und Bewahrer allen Lebens.

Die Zeit auf Bali hatte mich verändert. Dankbar war ich meinem Freund, denn er hatte recht behalten: Bali ist tatsächlich eine ganz andere Welt.

ISBN 978-3-98135710-3